Akise Misumi

三角あきせ

TOブックス

Contents

イラスト：林マキ　デザイン：CoCo.Design　小菅ひとみ

人物相関図

いつも助けてくれて、
頼りにしてるわ

なんで優しく
しているか、理由を
知ってほしいな

エヴァンジェリン

主人公。前世でプレイしていた乙女ゲーム『プリンス・キス〜真心を君に〜』の名前も出てこないモブに転生した。王太子との婚約を破棄し、治癒術師となるため、セオドアに弟子入りすることに。

セオドア

神殿に所属する治癒術師。ゲームの攻略対象者のひとりであり、エヴァの師匠。

エヴァちゃんは
必ず守ります

エヴァを頼みます

まさかお兄様
だったなんて……

かわいい妹

王都に残していくのは不安……

幸せになってほしい……！

ヨアキム

エヴァの養父。

リエーヌ

エヴァの養母。

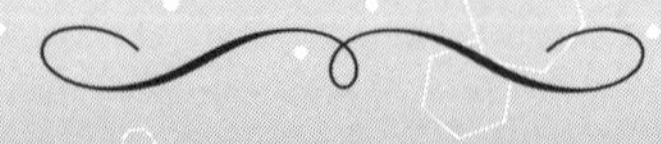

アスラン

エヴァの実の兄。ジェイドの幼馴染で、元護衛騎士。

Character relationship diagram

これまでのおはなし

王太子との望まぬ婚約中のエヴァが出会ったのは治癒術師セオドア。彼に桁違いの魔力を見抜かれ、魔術師として弟子入りを提案される。とある事件をきっかけに、婚約破棄を決意し、セオドアとの師弟関係を結ぶが……

治癒術師とは？

光属性の魔力を持つ魔導師。唯一神ハーヴェーを祭る神殿に所属し、クライオス王国内にはセオドアを含め五人しか存在しない。本来、光属性を持つ人間はそれ以外の属性は持たないはずだが、エヴァは地・水・火・風全ての属性を持っている。

ようやく取り戻したと思っていたのに……！

なにを考えているのかわからなくて怖い……

ジェイド

クライオス王国の王太子。ゲームの攻略対象者のひとりであり、エヴァの元婚約者。

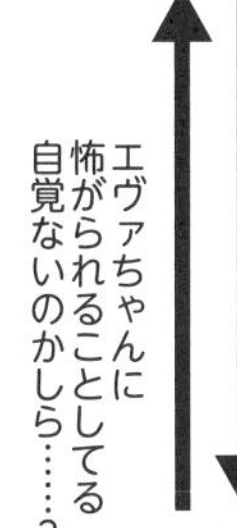

ヒロインの邪魔はしないようにしよう

ジェイドに執着されてかわいそう

サラ

ゲームのヒロイン。かつてクライオス王家に滅ぼされた魔族の末裔。

令嬢は王都を後にする

何も言わないジェイドを背にして私は歩き出す。婚約解消できて、安堵したのに、何故か淡い寂寥感も覚えて心細かった私を優しく迎えてくれたのはセオだった。差し出してくれた手はどこまでも温かくて、何故か涙が滲みそうになったが、堪えて微笑んだ。新しい門出に涙は必要ない。

セオの腕に手を置いた時、ふと、先ほどジェイドや文官の男性に手が触れた時のことを思い出した。書類の受け渡しの際に少し触れただけだというのに、肌の質感や、生ぬるい体温が気持ち悪くて、鳥肌が立ったのだ。

今、セオにエスコートされているが、彼の手や体温が気持ち悪いとは全く思わない。むしろ、ホッとするくらいだ。セオに触れている自分の手を見るが、案の定、鳥肌は立っていない。

鳥肌は気のせいだったかな？　と思いつつ、念のため確認してみようと、よろけるふりをして、目の前の貴族にぶつかってみる。そうしたら、なんと、鳥肌が立っていた。うわぁ、これってそういうことだよね？　どうやら私は男性に触られるのが、ものすごく嫌みたいだ。隣で私を心配そうに気遣ってくれる彼以外は……。

セオは私がぶつかった男性に「失礼」と声をかける。ムスッとした顔で振り向いた男性はセオの顔を見た瞬間、愛想笑いをすると「いえ」と答えた。私も、ぶつかった相手に「失礼いたしました」

とひと声かけ、そのまま馬車止めに向かう。

私達はセオの勧めで、裁判後、すぐに大神殿に向かうことになっている。お義父様もお義母様も「その方が良い」と言ってくれたので、今日、このまま王都を後にするつもりだ。

当初、神殿までは貸馬車を利用するつもりだったが、そのことをセオに話した翌日、セオが神殿の馬車を使うことを提案してくれた。

「まもなく生誕祭の時期です。ハルトは、原則、この時期は大神殿に帰らなくてはなりません。予定より、少しばかり早い帰殿となりますが、余計な邪魔が入る前に王都を発った方が良いでしょう。神殿を案内する時間ができたと思えば、丁度良かったかもしれません。昨日、神殿の馬車の手配をしてきましたので、もし貸馬車を手配したのであればキャンセルしていただけませんか?」

セオの言葉は本当に有難かったが、あまりにも甘えすぎだろう。義父母も私も断ろうとしたが、セオは優しく微笑みながら、続けた。

「よっぽど信頼のできる馬車を借りなければ、御者が山賊と手を組み、襲ってくる場合もあります。奇麗なお嬢さんが客の場合は、特にね。けれど、神殿の馬車であれば、その心配はありません。神殿の馬車を襲う馬鹿はそうそういませんからね。それにしっかりと護衛もつきますので、安全ですよ」

迷ったけれど、旅路の安全には代えられない。最終的に、セオの言葉に甘えることにした。今日、王宮へも、セオが迎えに来てくれて、神殿の馬車で送ってもらった。

馬車止めに向かうと、そこには既にお義父様とお義母様がいた。お義父様はセオに向かって「娘を頼みます」と頭を下げた後に、お義母様と一緒に私を抱きしめてくれた。

「幸せにおなり、エヴァ」

　お義父様の言葉に泣きそうになったが、今から旅立つ私が泣いたら、二人は心配するだろう。涙をこらえ、頑張って笑顔を作る。お義母様が「いってらっしゃい」と笑い、私の頬に優しくキスをしてくれた。

「エヴァちゃんのことはお任せください。必ず守ります」

「本っ当にお願いしますね、ハルト様。くれぐれも、本当に、よろしくお願いしますね⁉」

「もう、ヨアキムったら。ハルト様を信用することにしたんでしょう？　仕方のない人ね。ほら、二人とも早く出発した方が良いわ。変な横やりが入ると面倒だもの」

　なんだか泣き出しそうなお義父様とどこか楽しそうなお義母様に見送られて、私たちは王宮を後にした。二人はずっと馬車を見送ってくれていて……小さくなっていく二人を見ていたら、胸が締めつけられるように痛んだ。私が養女に行ってから八年間、二人は私のことを気遣ってくれて、精いっぱい守ってくれていた。いつも、優しくて温かかった。そんな義父母から離れるのは身を切るほど、辛い。二人が遠ざかるにつれ、王都に残る義父母のことが心配になってくる。王妃は私のことを疎んでいたし、ジェイドだって、まだ私に利用価値を見出しているようでもあった。義父母に何もなければ良いのだが……何故か嫌な予感もする。

　もう、二人はとうに見えなくなったのに、まだ窓に張り付いている私にセオが声をかける。

「子爵夫妻のことなら大丈夫。きちんと手を打っているから、王都での安全は保障するよ」

　どこまでも優しいセオの言葉に、とうとう堪えていたはずの涙が零れた。セオは困ったように笑うと、ハンカチを渡してくれた。セオにハンカチを借りるのはこれで何回目だろう？　そう思ってふと気づいた。そう、今までセオに一枚もハンカチを返していないことを……。セオから借りたハンカチは邸に置いてきてしまっている。恐らく邸に帰ることはもう無いから、借りたハンカチはもう返せないだろう。落ち着いたら新しいハンカチを返そう。

しばらく走って王都の外れの食堂で私たちは少し遅い昼食をとった。王都の外れにある食堂なのに、実に洗練された料理が出てきた。無事婚約解消ができて、ホッとしたせいか、それとも泣いたせいか、お腹が空いていた私は少し多めに食べてしまった。セオよりは食べたと思う。うん、私はやっぱり貴族には向いていなかった。だって貴婦人とやらはほんのちょっぴりしか、食べちゃダメなのだ。けれど、さすがに食べ過ぎたかも？　セオは引いたかな？　と思ったが、セオはニコニコ笑っていて、何も言わなかった。それどころか、デザートまで勧めてくれた。もちろん頂いた。美味しくて、とても満足した。

「さて、エヴァちゃん。相談なんだけどね……」

デザートまで食べ終えて、食後のお茶を飲んでいる私にセオが口を開いた。

「思ったよりも裁判に時間を取られたから、今王都を出ると野宿になる。だから、ここで宿を取って明日出発しても良いけれど……」

「野宿になっても良いから、王都を出たいって思うのは我儘かしら？」

「いや、私もその方が良いと思っていたんだ。どうも、殿下はまだ君を諦めていないみたいだったからね」

セオの言葉に息を呑む。確かにジェイドはまだ私に何か利用価値を見出しているような雰囲気があったが、気にしすぎかと——私の自意識過剰かもと——少しだけ思っていた。けれど、セオの目にもそう映ったのならば、やはり、ジェイドはまだ私を利用する気があるのかもしれない。

逃げるためには、彼の手が及ばない神殿に逃げ込むしかないが、入殿するためには大神殿に行って大神官様からの洗礼を受けないといけないらしい。大神殿は隣国にあるので、馬車で片道二週間近くかかる。往復だけでもひと月はかかるそうだ。急がないとジェイドの妨害があるかもしれない。

「やっぱり、まだ私に利用価値があると思っているのね……？　まさか、あのことを知られたのかしら？」

裁判の後、ジェイドは私との婚約解消を拒むような態度を見せた。けれど、どう考えても、あの腹黒殿下が私との婚約解消を渋る理由が分からない。思い当たることは、ただひとつ。私が光属性を所有していることが露見したのではないかということだけだ。

「利用価値……ね。自業自得だとは思うけれど、なんとも報われないね」

「報われないって？」

「いや、こっちの話さ。君が気にする必要はないよ。……そうだね、あのことがバレたわけじゃないだろう。もし、バレていたなら婚約解消なんて許すはずがないからね」

「それならいいんだけれど……でも、じゃあ、今度はなにを狙っているのかしら？」

私が光属性持ちということ以外、ジェイドが私との婚約を継続する理由がわからない。それならば、気にしなければいいのかもしれないが、何も知らないまま、またもや利用されるのは癪に障る。

「まあ、今考えても仕方が無いさ。難しいことは入殿してから考えよう。それで、王都をできるだけ早く出るのは賛成なんだけどね。でも、エヴァちゃんに野宿をさせるのは……」

「向こうの考えが分からない以上、彼らの縄張り（テリトリー）にいるのは怖いもの。確かに野宿なんてしたことはないけど、私ができることはするから、我儘を言ってもいいかしら？」

「私たちは、野宿に慣れているから問題ないけれど、君は……。うん、でも、君も同じ意見なら、王都を出ようか。少しでも距離を稼いだ方が良いだろうしね。それでもし、不都合があったら、遠慮せず何でも言ってね」

話がまとまったので、私たちは王都を出るべく、馬車に戻ることにした。馬車に乗り込んだ時に、ふと思いついたことがあったので、本来なら、向かい合って座るべきところを、先に乗っていたセオの隣に座った。馭者は不思議そうな顔をしながらも、見なかったことにするようで、何も言わずに馬車の扉を閉めた。

「ちょいちょい、エヴァちゃん、どうしたの？　座る場所間違えてない？」

「ううん、間違えてないわ。確認したいことがあって。ねえ、セオ。ちょっと手を貸してくれる？」

私はそう言って、セオの手を握りしめる。案の定、鳥肌は立っていない。

ふむ、と思って、今度は彼の腕に抱きついてみる。これだけ接触しても、やはり、鳥肌は立っていない。つまり、お義父様とセオは問題ないが、それ以外の男性と接触することに私は嫌悪感を覚えてしまうようだ。

「エヴァちゃん、何これ？　俺、誘われているの？　え？　なに、乗っていいの？　いただきますしても、問題ない感じ?」

「セオったら冗談ばっかり言うんだから。女性には不自由してないでしょう? そういうお誘いは私以外にしてちょうだい」

「いやいやいや、俺が悪いの? 今、誘ってきているのはエヴァちゃんだよね? 君さ、最近ちょっとこう、色々と積極的すぎない? というか、今回といい、前回といい、俺以外にこんなことしたら、ぱくりといかれるからね? もう少し危機感持たないと駄目だよ。据え膳食わぬは……っていうだろう?」

私の行動に冗談を交えつつ、窘めてくるが、それでも、私の手を無理に振りほどこうとしないセオに、なぜだかホッとした。

「セオ以外にはしていないから大丈夫。今後も多分セオにしかできないと思うし」

「え? 何? 俺、本気にしていい感じ? どっちかって言うと俺は自分の方から押したいタイプなんだけど……でも、相手が君ならどちらでも」

「その手の冗談を続けられると困るんだけれど……。セオ、あなた、本来は自分のこと『俺』って言うのね。うん、なんだかそっちの方がしっくりくるわ」

私の言葉にセオはしまったという顔をする。今まで頑なに『私』って言っていたから、当然だろう。でもセオの育ちを考えると『俺』の方が、違和感がない。珍しく顔を顰めているセオを微笑ましく思いながら、言葉を続ける。

「それでね、セオ。私、お義父様とあなた以外の男性に触られるのは気持ちが悪いみたいなの」

私の言葉に、セオは赤くなった後に青くなるという、とても器用な顔色をした。ジェイドと通りすがりの男性に触った時、鳥肌が立ったことを話すとセオは「なるほどね」と呟いた。

「ううん、仕方がないとはいえ、今後の仕事に差し支える可能性はあるね」

「そうよね、女性限定の治癒術師なんて無理だろうし、患者さんに触って鳥肌を立てるのも失礼だものね」

「わかった、じゃあ神殿に着くまで、馬車の中で防御魔法の練習をしよう」

突然の提案に首を傾げる私に、セオはクスリと笑う。その微笑みが色っぽくて少し落ち着かなくなる。彼は私の前世の推し……つまり、正直に言うと、好みのタイプなのだ。いや、こういうと誤解が生じるかもしれない。……今の私は目の前の彼のことを、ゲームの『セオドア』でなく、頼れるお兄さんみたいな——いや、これから師匠になるのか——『セオ』だと認識している。

私が辛い時にいつも支えてくれ、今も私のことを心配してくれるセオのことを『攻略対象者』とは思えない。そう、目の前の彼とゲームのセオドアは別の人間だと思ってはいるが、二人は、顔は一緒なのだ。つまり、要するに、セオも、とっても、好みのタイプなわけで……。とはいえ、恋愛感情というよりもアイドルに向かってきゃーきゃー言うようなものだとは思う。けれど一度、好みのタイプの顔だと認識してしまうとどうにも落ち着かない。

「聞いている？　エヴァちゃん」

声をかけられてハッとする。セオに見惚れて全く聞いていなかった。ここで嘘を言っても仕方がないので「ごめんなさい」と謝った後に聞いていなかったことを告げる。

「うん、正直でよろしい。それでね、君のそれは恐怖体験に基づく心的障害だと思うんだ。だから、自分で自分の身を守れることがわかれば改善するんじゃないかな？」

なるほど、先ほどの『防御魔法の練習をしよう』という発言は、この思考に基づいたものなのか。納得だ。ちょっと質の悪い冗談を言うこともあるけれど、やっぱりセオは有能な神官だと思う。

「さすがは神官様。素晴らしいご推察です！　それに、私も早く魔法を習いたかったの！　お願いします、お師匠様！」

「お師匠様はやめてくれるかな？　柄じゃない。今まで通りセオって呼んでほしいな。それで、今度こそ、君のことはイヴちゃんって呼ばせてもらえるのかな？」

セオの言葉に思わず笑顔が固まる。

『これは僕だけの呼び方だから、ほかの人間には呼ばせないようにね』

そう囁かれた言葉を思い出したのだ。馬鹿だ、もう彼と私の間には何の関係もない。二度と交錯しないはずの人だ。それなのに私はセオの言葉に頷けなかった。

「ごめんごめん、意地悪を言ったかな。無理しなくていいよ、俺は今後もエヴァちゃんって呼ぶから」

セオからの問いに答えられなかった私に、セオは一瞬困ったような顔をしたけれど、すぐに笑顔を作ると、引いてくれた。申し訳ないと思いつつ、セオに質問をすることにした。

「ねぇ、セオ。神殿に入ったら、名前って変えられるかしら？　エヴァンジェリンって名前って長いし……それに、今までの自分を変えたいから……」

私の言葉にセオは眉を顰める。未練がましいと自分でも思うが、ジェイドを思い出す名前でいたくなかった。もう彼に対しては何の感情も残っていないはずで、触られると鳥肌すら立つのに。

……それなのに。

それなのに……私の心の所々に彼はいて、ひょんなことで顔を覗かせるのだ。いやだな、私。ストーカーになりそうなタイプじゃないだろうか。

「貴族籍がなくなるし、神殿の所属になるから問題はないけど、あまりお勧めしたくないかな。いい名前だと思うけど？」

「そうかしら……？　色々吹っ切りたいと思ったの。でもセオがそう言うなら……」

「何か理由がありそうだね。俺でよければ、君の望む名前で呼ぶけれど？　なんて名前にしたかったの？」

セオにそう言われて、ちょっと困ってしまった。『イヴ』と呼ばれる名前を捨てたくて、改名したいと思ったが、新しい名前なんてまだ考えていなかった。なににしよう……全く違う名前にすると反応できないと聞いたことがある。似たような名前を付けた方が良いのかもしれないが、それなら名前を変える意味がない。

エヴァンジェリンの愛称は基本『エヴァ』だ。けれど『リザ』『ベス』『ベティー』『リリアン』『イライザ』が全て『エリザベス』の愛称であるように、『エヴァンジェリン』という名前の別の部分から取り出すといいかもしれない。『ヴァージ』？　『ジェル』？　『ジェリー』？　どれもピンとこない。首をひねるが、他に良い愛称が思いつかない。もしかしたら、濁音が良くないのかもしれない。それなら濁らずに……。

「シェリー」

思いついた名前を口にすると、思いのほか、しっくりときた。なんだか満足してもう一度繰り返す。

「うん、シェリーが良いわ」

「うん、いいんじゃないかな。じゃ、俺だけは君のことを『シェリー』って呼ぼうかな。もちろん『これは俺だけの呼び方だから、ほかの人間には呼ばせないようにね』」

「ちょっとセオ、あなた、いったい何をどこまで知っているの！」

私とジェイド以外知らないはずの言葉がセオの口から飛び出てきて、驚くやら、恥ずかしいやら……。恐らく、真っ赤になっている顔で怒る私を見て、セオは声を出して笑った。


「さて、それじゃあ早速、勉強を始めようか」

待ちに待った言葉をセオが口にしたのは、無事に王都を立った日の翌日だった。

「魔法というのは想像力だ。難しい術式を構築する人は術式で、感覚で身につける人は感覚で行使する。こうありたい、こうしたいということをより強く想像し、それを現実世界に引っ張ってくることが魔法だ。詠唱に関しては必要な人もいれば必要じゃない人もいる。できれば無詠唱で使えた方が色々な場面で役に立つとは思うけれど……でもまあ、人それぞれかな」

セオの言葉をまとめると魔法を使うにはより強く、イメージを持つ必要があるということだろう。それならば、私にとってはものすごく有利ではないだろうか。前世で乙女ゲームを始めとしたゲームや書籍、アニメを見ていた私はお手本を見ているようなものだろう。しかも私には強い魔力があるらしい！　これは楽勝なのではないだろうか？

手始めに昨夜セオが見せてくれた光の珠を出してみようと、自信満々で私は右手に力を込めた。

早速魔法デビューだ！　……そうワクワクしたのも束の間、残念なことに、私の手には何も現れなかった。なんだか木枯らしのエフェクトが出そうだ。セオはクスクス笑いながら、しょんぼりする私の頭を撫でた。

「まずは自分の身体の中の魔力を調整することから始めようか」

そう言って、セオは向かい合うと私の手をそれぞれの手で持つ。

「いいかい？　俺が魔力を送るから、君はそれを受け取って左手から左肩、頭を通して右肩、右手へ、そして俺に返して」

そう言ってセオは瞳を閉じる。セオに倣って私も目を閉じ、合わせた手に意識を集中したが、全く何も感じない。思わず首を捻るが、すぐに感じられるものではないかもしれない。なにより、セオが何も言わない以上、このまま継続すべきだろう。再度、手に意識を集中したが、やはり、何も感じない。

魔力を送るのに時間がかかるのか、それとも私がおかしいのか。何かを感じなくては、と思うが今まで魔力を感じたことなどないので、それがどんなものなのか、どうしたら良いか、全くわからない。

そーっと瞳を開けたら、私の集中が切れたのがわかったのか、セオも瞳を開いた。そうして、気まずそうな顔をしている私に向かって微笑んだ。

「最初からうまくいくわけがないんだから、何も気にすることはないよ。さて、シェリーちゃん、どこで躓いているの？」

「……受け取るところから、かしら。魔力を全く感じないの……」

初っ端から躓いているのが申し訳なくって、セオの顔色を窺いながら答えた。将来有望だと評価されていたからこそ、自分が情けなくなってしまう。

「魔力を感じたらどんなふうに感じるの？　温かく感じるとか」

「炎魔法とか水魔法とかじゃない限り、魔法に温度はないよ。……そうだね、押されている感じ……かな？　独特の感覚だから、口にするのは難しいけれど」

「押されている感じ……」

全くそんな感じはしなかった。もしかして才能がないのだろうか？　不安になってしまう。

「大丈夫、落ち込むことなんかないよ。初めて魔法を使うんだから当然さ」

そう言うなり、セオは握っていた私の手を口元に持っていくと手首に唇を落とす。

「安心して。俺が手取り腰取りじーっくり教えてあげるから……ね？」

「て、て、手取り、足取りれしょう？」

手首へのキスは相手への強い好意——性的な欲望も含むらしい——を表すと淑女教育で習ったこ

とがある。……え？　どういうこと？　つまり……、まさか？　手首へのキスに動揺してしまって、考えがまとまらなければ、口もうまく回らない。焦る私を微笑ましいものを見るような目で見た後に、セオは悪戯っぽく微笑んだ。

　そして動いている馬車の中だというのに、私を軽々と抱え上げると膝の上に乗せた。横抱きにされているせいか、セオの顔がものすごく近い。顔に熱が集まって来るのが自分でも分かる。

「手からだけじゃ、わからないなら、全身で感じてみるのはどうかな？」

　手首へのキスに加え、『全身で感じる』なんて聞きようによっては随分と怪しい発言だが、きっと深く考えてはいけない。セオはこの上なく優しいけれど、私を元気づけるためなのか、それとも、ただの癖なのか――プレイボーイとは本当に恐ろしい――時折こんな性質（たち）の悪い冗談を言う。落ちつこう、セオが私のことをそんな目で見ているはずがない。セオだってヒロインであるサラに失恋したばかりなんだから。

　気にしてはいけない。そう思うものの、正直、恥ずかしくて、恥ずかしくて仕方が無い。ジェイドといい、セオといい、どうしてそう簡単に人を膝の上に乗せようとするのか……。乙女ゲームには『女性は膝の上に乗せるべき』という不文律でもあるのだろうか？　なんて破廉恥な！

　彼らは熟練者かもしれないが、私は初心者なのだ。お膝の上で平然としていられるはずがない。絶対に無理だ。早く膝の上から降ろしてほしい。

　セオの顔が近すぎるってこともあるけれど……この体勢は、ジェイドを思い出してしまう。ジェイドにお仕置き（キス）をされるときはいつも彼の膝の上だった。

吹っ切ったはずなのに、裁判の時ですら平気だったのに……。優しかった、愛されているんじゃないかと思った頃のジェイドを思い出す度に、何故か胸が痛んだ。未練がましいと思うのに、自分でもどうしようもなかった。

感傷に浸っている時に、石でも踏んだのか、がたりと大きく馬車が揺れ、私を抱きかかえるセオの手に力がこもった。セオの胸板に顔が押し付けられるような形になって自分が今置かれている状況を思い出す。恥ずかしすぎて俯く私にセオが気遣わしげに声をかけてくれた。

「大丈夫？　シェリーちゃん」

「ありがとう、大丈夫。あの……セオ、お願いだから、降ろして」

ともかく、膝の上から降りたくて、俯いたまま、セオの肩を軽く押した。セオの視線を感じるけれど、恥ずかしくて、彼の顔を直視できない。

「ぜ、全身で、って言われても……こ、この体勢の方が無理！　かえって集中できないもの。どこか一か所を意識する方が私には向いていると思うの。ね、降ろし……」

そう言いかけた瞬間、セオは指の腹で、私の腰を撫であげた。どこまでも優しい手つきだったのに、なぜか、ぞくぞくっと背中に甘い痺れが走る。

思わず「ひぃやぁ！」と変な声が漏れてしまい、慌てて手で口を塞ぐ。ちらりとセオを見上げたら、クスクスと楽しそうに笑っている。……うぅ、恥ずかしい。「きゃあ」とか、かわいい悲鳴を上げられないあたり、自分の残念さが浮き彫りになっている。本当に恥ずかしいったらない。今の私の顔は茹で蛸よりも赤いと思う。

「今、俺が撫でたの、分かっただろう？」

妖艶な雰囲気をまとったまま、セオが笑う。そんなの、分からないはずがない。私が何度も頷くと、セオはにっこり微笑む。もの凄く機嫌が良さそうで、結構なことだとは思うが……正直、もう勘弁してほしい。

「シェリーちゃん、目を瞑ってみて」

俯く私の耳元で囁くと、セオはそのまま私の耳に口づけた。「うひゃあ」とまたもや変な声が漏れる。これ以上は私には荷が重い。一体、何が起こっているのだろう。混乱する私の耳に、またもやセオの声が響く。

「ほら、早くしないともっとするかもよ？」

「瞑る！　目を瞑るから、もうやめ……」

瞳を閉じたと同時に鎖骨に温かいものが触れる。チュッと軽くリップ音がして、思わず目を開けると目の前にセオの端正な顔があった。驚きのあまり、今度は声すら上げられなかった。顔から火が出そうだ。

「今、俺が君のどこに口づけたかわかったかい？」

私はまるで赤べこのように、首をがくがく縦に振った。

「今は皮膚感覚で触れられた場所がわかったはずだ。別にどこか、一か所だけを意識しなくても、分かっただろう？　魔力だって同じだよ。魔術師の体内にはリスパルミオっていう魔力器官があって、血管のように全身に張り巡らされている。だから、慣れれば、どこに魔力が流れているか、どこから魔力が注がれているか、身体のどこででも感じられるようになるよ。……今日から毎日訓練しようか」

「い、い、いや、あの特訓はお願いしたいんだけど……べ、別に全身の必要なんてないと思うの。手だけでお願い！」

「うーん、どこか一か所だけに限ったら、感じ取れない時、すぐに分かるだろう？　それだと、がっかりするし、集中も切れやすくなる。でも、この体勢なら、どこに流されるか分からないから、集中力も続くし、ゲーム感覚で訓練できるだろう？　君も俺もどっちも楽しいし、いい考えだと思わないかい？」

『私が焦っている姿を見るのが楽しい』などと意地悪なことを言うセオを軽く睨みながら反論する。

「手だけでも集中するから！　それにゲーム感覚って言われてもよく分からないわ」

「そうかな？　いつ、どこを触られるか分からない方がドキドキしないかい？　……こんなふうにね」

　セオは艶麗に笑うと、今度は背中を撫であげた。セオの肩を押していたのに、思いがけなくもたらされた感覚に驚いて、思わず目の前のセオの服を掴んだ。ものすごく困っているのに、どうすればこの状態から逃げ出せるのか、分からない。誰か円満解決する方法を教えてくれないものだろうか。このままじゃ、とんでもない失態を演じそうだ。

　ともかく、このまま唯々諾々（いいだくだく）と従ってはいけない――そうでないとセオだって、私が困っていることが分からない。

「む、無理れす。ほ、他の方法を、き、希望しましゅ」

「どうしようかな？」

とりあえず、私の希望は伝えた――ちょっと呂律が回らなかったが、伝わったはずだ。それなのに、セオはからかうような姿勢を崩さないし、降ろしてくれるようなそぶりも見せない。でも、ここで怯むわけにはいかない。なんとしても放してもらわなければ！

「そもそも重いと思うの！　膝の上にいちいち乗るのも大変だし！」

「使い古された言い回しで申し訳ないけど、君はまるで羽根のように軽いよ」

嘘だ。可愛いキャラクター達を次々と世に送り出している某ブランドの仔猫のキャラクターですら、林檎五個分の身長に対し、林檎三個分の重量があるのだ。絶対に私がそれよりも軽いはずがない。

「君から膝に乗ってくれるならそれはそれで大歓迎だけど、恥ずかしいっていうなら、俺が抱きかかえてあげるから安心して良いよ」

私はぶんぶんと首を横に振る。首を振りすぎて目が回りそうだが、意思表示はしっかりしなければなるまい。

「どうしても違う方法にしたい？」

私の必死の訴えを分かってくれたのかと思って私は何度も首を縦に振った。

「そっか。じゃあ、口から魔力を流してみようか……？」

セオは首を縦に振る私の顎を捕らえて、すぅっと唇をなぞった。

「む無理！　もうかあかわないれ、セオ！」

セオを睨みながら、語尾を結構強めに言ったのに、私の呂律がまわっていないせいか、それともセオが場慣れしているせいか、セオは楽しそうに笑うだけで、全く怯む様子はない。

「からかってなんかないさ。粘膜接触は皮膚からよりも、もっと魔力が伝わりやすいんだよ。それとも……もっと違う場所を触れ合わせる？」

そう言って私の太ももを――ドレスの上からだけど――手のひら全体でそっと撫でた。もう、どうして良いかわからなくて……混乱した私は、とりあえず目の前にある彼の頭を思い切り殴った。

急に殴られたというのに、セオは怒るどころか、はじけるように笑い出した。

「ハハハハハ、ごめんごめん、からかいすぎたよ。シェリーちゃんの反応が可愛すぎて、つい。ごめんね？」

「性質（たち）の悪い冗談だと思うの！」

「冗談のつもりはないんだけど。だって、あい……」

反論しかけたセオを私は睨んでやった。ようやく私が怒っていることに気づいたのか、セオは口元を抑え、そっぽを向いた。やっと伝わったようで胸を撫で下ろす。

「ごめん、反省するよ。でも、手のひらで感じ取れない時は、接触面を増やすのも、粘膜接触の方が、より魔力が伝わりやすいのも本当。その方が魔力に慣れやすいんだ」

セオはふぅっと息を吐くとようやく私の方を向いた。先ほどまでと違って眉が下がっているので、少しは悪いと思っているのだろう。私も落ち着くべく、小さく息をつく。まだ平静とはいえないが、先ほどまでよりは少しはましになったと思う。

「例えばさ、水泳の訓練をするときは、まず水に慣れるところから始めるだろう？　手のひらだけを水に浸けても、泳げるようにならないだろう？　実際に川や海に入らないと泳げるようにはならないよね？」

「そ……それはそうかもしれないけれど……。でも急に川に入るのは私には難易度が高すぎるわ。最初は洗面器に顔をつけるところから始めたい……っていうのは我儘？」

　そもそもセオだってサラに想いを残しているに違いないのだから、他の女性を膝の上に乗せるのは内心複雑だと思うのだが……。私の言葉に、セオは少し困ったように笑った。

「まあ、約束もあるし、無理強いをするつもりはないけれど……。でも、君はできるだけ早く魔法を覚えたいんじゃないかな？　水に慣れた方が早く泳げるようになるように、魔力に慣れた方が早く魔法を覚えられるよ？」

　確かに早く魔法を使えるようになりたい。――いつまでもセオに甘えっぱなしでいたくないから、少しでも早く一人前になりたい。けれど、この体勢はハードルが高すぎる。

「ちなみに俺もシェリーちゃんと一緒でなかなか魔力を感じられなくってね。師匠の膝の上で訓練したけれど、それでも一か月かかったよ。手だけで頑張るとしたら……一年くらいかかるかな？　もっとかもしれないね」

　一瞬迷ったが、それでもとりあえずはお膝の上でなく、手でお願いしたのだが――それから三日間頑張ったが全く魔力を感じ取れなかった。

　結果、私は恥を忍んでセオのお膝の上に乗せてもらうようにお願いすることになった。けれど、お膝の上でも、どれだけ日にちがたっても、集中しても私は全く魔力を感じ取れなかった。まるで見えない三番目の手を動かすような気分だ。

セオだってひと月はかかったとはいっていたけれど……全く何も感じ取れないことに私は焦燥感を募らせていった。焦る私を宥めるようにセオは頭を撫でた。

「シェリーちゃんはちょっと疲れているのかもしれないね。最近環境の変化も著しかったしね。焦りも疲れも、訓練に悪影響を及ぼすから、少し休養した方がいいかもしれない」

そう言って馬車を止めるように御者に声をかけると馬車から降りて行った。それから少しして帰ってきたセオはにっこり微笑んだ。

「結構、行程に余裕があるから、少し、寄り道しようか?」

子爵夫人は怒りに震える

「お義父様、お義母様、いたらぬ娘で申し訳ありません」

そう言ってエヴァは頭を下げた。この子が謝ることなど何もない。生涯に一度きりのデビュタントで婚約者に放置された上に、異母兄妹にひどい仕打ちを受けたエヴァは被害者だ。

それなのにエヴァは私達に謝罪をしており、その身体は小さく震えている。その姿は幼い頃のエヴァを思い起こさせ、悲しみが込み上げてきた。子供のできない私たちのところに養女として来てくれた娘は、最近になってようやく私たちのことを父母と呼んでくれるようになったばかりだった。

もともとエヴァはクラン公爵家の正当な血筋の娘であった。しかし婿養子である現当主のファウストはクラン公爵家の血がほとんど入っていない、愛人との息子のサトゥナーを公爵家の後継に据えたいようだった。後継については、もちろん一族は異議を唱えた。けれどもファウストにはとんでもない切り札があった。

そう、リオネル家との契約だ。騎士団長の子息が怪我を負わせたせいで、エヴァは王家に嫁げなくなった。その代償として王国騎士団を一度だけ出動させる権利を得たのだ。

この切り札を保持しているファウストには、一門の誰も強く逆らえないままだった。本来なら、このような乗っ取り劇を起こした場合、何らかの措置が取られるのだが、アスラン様というエヴァの実兄の籍がクラン家にあるので、まだこれといった罰は受けていない。

けれどいくらリオネル家との契約があるとはいえ、アスラン様が跡を継がなければクラン家は公爵家のままではいられなくなるだろう。

ファウストが何を思おうと彼の望みは、叶わないに違いない。皆そう思い、様子見をしていた。けれど誰も手を出せないままでいるうちに、とうとうエヴァは公爵家から出されることになってしまったのだ。

実はエヴァの養子先についてはどの家が引き取るか大きな問題になっていた。公爵家の正当な血筋の娘であり、強い魔力を保持している上に、騎士団長であるリオネル伯爵家に嫁ぐ予定の娘だ。

しかも、王妃教育まで受けており、何をどこまで知っているのかも分からないため、扱いが困る娘である。下手なところに養女に出すのは危険だった。けれどファウストは絶対に公爵家から出すと宣言しており、しかも子爵家以下でないと認めないと言っていたから尚更だ。

私はこの話を聞いて、エヴァを養子に迎えたいと思った。そもそも私は幼い頃から体が弱かった。一日をベッドで過ごさなければならないというほどではないが、すぐに熱を出し、外を駆け回ることなどはできなかった。お茶会に行くために少し遠出をするだけで熱を出すことも珍しくなかった。おそらく子供は望めないだろうと医師にも言われており、結婚は諦めていた。

しかし、デビュタントの時に私はヨアキムに出会った。私は彼に恋をしたが、彼はリザム家の嫡子だったので、その想いは秘めたままにするつもりだった。けれど驚いたことにヨアキムも私に一目惚れしたと告白してくれた。その上「君が病弱でも構わない、子供は養子をとればいい」と言ってくれ、貴族には珍しく恋愛結婚をすることになった。

とんとん拍子に話が進んだ私達だが、結婚式の際にケチが付いた。ヨアキムの従兄弟が酒に酔った勢いで『石女を嫁にもらうなんて物好きな』と発言したのだ。

末っ子で身体が弱かったこともあり、両親は私のことを溺愛していたから、この言葉には激怒した。私の実家は南の辺境伯だったので、周囲の人々は固まった。義両親はすぐに平謝りをしたが両親の怒りは解けず、その場でこの結婚は無かったことになりかけた。ヨアキムを愛していた私は、どうしても彼と結婚をしたいと両親に泣いて訴えた。両親は私の涙に渋々折れてくれたが、実家とリザム子爵家の間には溝ができた。もともと物理的な距離があったこともあり、実家とは疎遠になってしまった。

酔いが覚めた従兄弟は顔色を真っ青にしたが、私達への謝罪は一切なかった。私の両親からヨアキムの従兄弟の家に圧力がかかったのかもしれない。彼は家から絶縁された。絶縁される時にいくばくかの金をもらったらしいが、それも全て酒に使ってしまったらしい。彼は程なく町外れの薄暗い路地で冷たくなって見つかったが、その時金は全く持っていなかったそうだ。

本来はリザム家の親戚筋から養子を迎えるつもりだったが、この一件のせいで、それは難しくなってしまった。

この国では女性は爵位を継げないが、どうしても私はエヴァを養女にほしかった。というのも、血縁関係がない子供を養子にする許可はなかなか下りないからだ。このままでは、下手をしたら、リザム子爵家は絶家することになるだろう。漏れ聞いた話によると、養女の話は王家も認めているそうだ。つまり、この話がまとまれば、私たちには子供ができるということだ。

できれば、エヴァの夫が子爵家を継いでくれればよかったのだが、エヴァは既にリオネル家の嫡子と婚約している。だから、エヴァとその夫はこの家を継ぐことはできない。けれども、エヴァに二人以上子供を産んでもらえばことは解決する。次子に子爵家を継いでもらえばいいのだから。

もし、子供ができなくても、エヴァの血縁の中から――なんといってもクラン家は公爵家だ――養子を貰えばいい。

絶対にこの機会を逃したくない私は、ヨアキムに相談した。ヨアキムは驚き、「自分も同じことを考えていた」と言った。けれど私が嫌がるかもしれないし、なにより名乗りをあげた場合、私の実家の名前を借りることになるので、言い出せなかったそうだ。

疎遠になっていた両親に相談するのは少し抵抗があったが、背に腹は代えられない。私達は思い切って両親に相談した。いざ連絡したら両親は喜んで同意してくれた。両親は結婚式の際に生じたトラブルで口を出し過ぎたと思い、婚家での私の立場を気遣って様子を見守っていたそうだ。

私の実家という後ろ盾ができたおかげで、私達はエヴァを引き取ることができた。

ようやく来てくれたエヴァは本当に身一つだった。我が家としては来てくれるだけでよかったけれど、あまりのことに絶句した。エヴァだってお気に入りの小物やドレス、アクセサリーなどあっただろうに。後日、「何も持ち出すことは許してもらえなかった」とエヴァは語った。辛うじて持ってこられたものは母親の形見のピアスだけだったそうだ。もう少し気づかってあげられないものだろうか。

もちろん支度金なども一切なかった。私たちは金銭が目的ではなかったけれど、もし金目当ての家が引き取った場合、この子の立場はどんなものになるのか考えなかったのだろうか。常識というものがこれっぽっちも備わっていないに違いない。

我が家に来たばかりのエヴァは部屋に引きこもり毎日泣き暮らしていた。慎重に様子を見ながら、落ち着いた頃合いに話してみると、エヴァは聡明で穏やかな性格をしていた。エヴァは公爵令嬢でなくなったことよりも実父に捨てられたことが悲しいようだったが、私たちの前では決して、そのことを口にしなかった。

エヴァは悲しみに沈んではいたが、叫ぶことも、周りの人や物にあたることもなかった。ただただ静かに悲嘆に暮れていた。育ってきた環境のせいか、それとも生来の性格ゆえか、エヴァは八才だというのに、実に大人びた子供だった。それがかえって私たちの庇護欲を掻き立てた。最初は言葉少なく、暗い瞳をしていたエヴァを、お茶や買い物などに誘い、少しずつ部屋から連れ出した。そのうち、少しずつだがエヴァに笑顔が浮かぶようになった。初めて笑った時は、その愛らしさに感動したものだった。三か月が過ぎた頃には彼女の笑顔は珍しくなくなっていった。私たちはますますエヴァを可愛がった。

それなのに、私たちの大切な娘を、最も大事にすべきはずのルアード・テンペス・イースター・リオネルは冷遇していた。

エヴァにつけていた侍女のエリスから二人の様子を聞いて、怒りのあまり、倒れそうになった。彼はエヴァを呼びつけるだけ呼びつけて一言も話さずただただ睨みつけるだけだというのだ。

このまま彼と結婚するのはエヴァにとって決して良いことではないだろう。なんとかして婚約解消させようとヨアキムと一緒に動いた。併せて、万が一婚約破棄がうまくいかず、酷遇された場合に備えて私の知っている知識をエヴァに教えた。実家の教育もあり、私は家事全般を叩き込まれていた。私の実家である、スライナト辺境伯領は厳しい土地だ。環境もだが、隣国とはいつも臨戦態勢で、いつ戦火に見舞われるか分からない。万が一、何かあっても生きていけるように色々と教えられた。

私は体が弱かったので、家事だけだったが、私の姉達は野外で生きていけるような教育まで受けているそうだ。表向きは楚々とした美しい姉たちだが、なんと熊ぐらいなら倒せるという。残念ながら私は熊の倒し方は教えてあげられないが、炊事や洗濯、身だしなみの整え方ぐらいなら教えてあげられる。公爵令嬢には抵抗のあることだろうにエヴァは気が紛れるのか、私の教えを真摯に聞いてくれて、楽しそうに一緒に実践してくれた。この頃にはエヴァは部屋で引きこもることもなくなり、素の自分を見せてくれるようになった。

あんなにスタイルが良いのに、実は食べることがとても大好きでたくさん食べること。エヴァより少なめに食べていたはずなのに毎日一緒にお茶菓子を食べていたら、私だけ太ってしまって、ふたりで笑ったこともあった。

甘いものが大好きで、中でもすみれの砂糖漬けがとても好きで、私が作ったらこっそり盗み食いをしていたこと。好みの食べ物を食べると少し目が大きくなって、ゆっくり噛み締めるように食べること。頭を撫でられると少し照れくさそうに笑うこと。

私たちは笑い合いながら毎日を過ごすようになった。けれど、どれだけ笑顔を見せ、親しくなってもエヴァは私たちのことは頑なに、リザム子爵、リエーヌ様と呼んでいた。実父に捨てられたも同然で我が家に来たのが辛かったのだろう、エヴァは私たちのことを父母と認めたくないようだった。けれどそれは仕方のないことだろう、私とヨアキムは父母と呼ばれることを諦めかけていた。

その後もリオネル家との婚約を解消するべく、私たちは動いた。併せて実家にもお願いして動いてもらった。ようやくなんとか目処がつきそうだった頃に、なんとエヴァの婚約者が変わることになった。

今度の婚約者はグラムハルト・フォン・ルーク・ベネディ。宰相子息だ。しかも、またもやエヴァの身体に傷をつけた責任を取るための婚約だという。

グラムハルトは「階段でエヴァが足を滑らせてしまい、エスコートをしていたのに上手く支えられなかった。責任を取らせてほしい」と言った。しかし後から現場を見ていた人から「あれはわざとよ、だって、どう見ても突き落としたようにしか見えなかったもの」との話を聞いた。全く理由がわからない。エヴァが何をしたというのだ。エヴァが寝込んでいる間に、ベネディィ家を遠回しに問い詰めたが「なんのことかわからない」と返されてしまった。

こんな婚約を許すわけにはいかない。人を突き落とすような相手と結婚なんてしようものなら、将来エヴァがどんな危険な目に遭うか分からない。下手をしたら殺されてしまうかもしれない。

「責任など取ってもらわなくていい」と返そうと思ったがエヴァは大人しく婚約を受けた。

「王太子の筆頭婚約者を辞退することになった上に、家からも捨てられました。その上にこんな醜い傷跡が残る娘など他に貰い手はつきません。それにベネディィ家に逆らうとリザム子爵やリエーヌ様にご迷惑をかけるかもしれません。もしかしたらルアード様よりももっと良い関係が築けるかもしれません。なにより以前の方よりも、グラムハルト様のお家の方が、家格が高いので、お二人のお役にきっと立てます」

そんな健気なエヴァに涙が溢れた。せめて彼女の怪我をなんとか治してやれないかと神殿に問い合わせたところ、父母に頼ればなんとかなるくらいの金額だった。頼み込んで援助してもらう話がついたが、エヴァに言うと絶対に遠慮するだろうと思い、黙ってことを進めていた。けれどその時期にタイミング悪く隣国が攻めてきたせいで、実家に余裕がなくなり、話が流れてしまった。

治癒術師を呼ぶ以外に、もう一つ方法があった。ハーヴェー教の大本山であるサリンジャ法国では、年に一度ハーヴェー神の誕生祭を開催している。その日に大神殿まで行けば無料で治療をしてくれるのだ。もちろん大神殿に入る際は有料だが、治癒術師に依頼するよりも格段に安く、我が家でも決して払えない額ではなかった。隣国であるサリンジャは馬車で片道二週間程度で、決して行けない距離ではない。エヴァを連れて行くべく、出国申請を出したが、許可が貰えなかった。国から返ってきた答えは『宰相子息の婚約者が国外に出てはならない』というものだった。『万一国外に出た時に何かあったらどうするのか』とのお叱りの言葉も添えられていた。辺境伯爵領からえり抜きの護衛の騎士を連れて行く、と伝えていたにもかかわらず、全く聞く耳を持って貰えなかったらしい。

もし、神官に知り合いがいたなら、出国するにあたって口添えして貰えるのだが、神官は基本的に貴族に深く関わることを嫌う。私達も神殿に全く知り合いがいなかったので打つ手がなかった。出国に関してはベネディ家が強く反対していて、その後も毎年、申請したが却下され続け、結局この手も使えなかった。

せめてグラムハルトがエヴァに対して誠実な婚約者であれば良いと祈ったが、残念なことに私たちの願いは叶わなかった。グラムハルトはエヴァに無関心な男だった。エヴァから手紙やプレゼントを送っても返事ひとつ寄越さなかった。もちろんエヴァの誕生日でも何のアクションもなかった。ただ、未来の侯爵夫人として教養が必要と思ったのか、家庭教師だけは送ってきた。少し覗いたことがあるが語学や地理、近辺国の動向やこの国の歴史など多岐に渡るもので、侯爵夫人とはここまで教養が必要なのかと驚いた。しかし、エヴァにとってはそこまで難しいことではなかったようで乾いた地面が水を吸い込むように知識を吸収していった。しかし、グラムハルトがエヴァにしたことはそれだけで、ここまで教養を要求してくるくせに、彼からの接触はこれ以外何もなかった。

エヴァは部屋に引きこもることは無くなったが、社交を好まず、邸外に出ることはほとんどなかったから、尚更、グラムハルトとは接点がなかった。まあ、例え外に出たとしても上位貴族であるグラムハルトと、今や下位貴族であるエヴァでは社交の場で会うことはなかっただろうが。

実父に捨てられたことや、婚約者に蔑ろにされ続けたせいだろうが、エヴァの自己評価は格段に低い。エヴァはグラムハルトに無関心を貫かれても、何の不満も漏らさず、私たちに助けを求めることもなかった。

グラムハルトとの婚約もなんとか解消できないかと動いたがルアードの時と違い、なかなかうまくいかなかった。彼はクラン家と仲の悪いルーク家の人間だったので、簡単に婚約解消ができるのではないかと思っていたが、何故か、難航した。

このままエヴァが不幸になるのを、指を咥えて見ていなければならないのかと思うと悔しくて悔しくて仕方がなかった。『貴族の婚姻とはそんなものだ』と言う人もいたが、エヴァは今までいろいろなものを失ってきた子だ。せめてこれからは幸せになってほしかった。

グラムハルトは結局二年以上経っても手紙ひとつ花一輪ですら送ってこなかった。どうしたものかと頭を抱えていたところに事件が起きた。ヨアキムのところに差し入れを持って行ったエヴァが王宮の池に落ちたのだ。ぐったりとしたエヴァを、なぜか王太子殿下が抱えてやってきた。エヴァは額に傷を負った上に、意識すらなかった。「どうしてこんなことに」と嘆く私たちに、王太子殿下は頭を下げてこう言い出したのだ。

「私の責任です、どうか私と彼女を結婚させてください。絶対に大事にします」

その言葉に私達は驚愕した。今や子爵家の令嬢でしかないエヴァが王族に嫁げるか否かも不明であるし、王妃の派閥のルーク家と私達の派閥であるクラン家は仲が悪かったからだ。そもそもエヴァほどできた娘が幼い頃、殿下の婚約者候補筆頭でしかなかったのは、両家の不仲のせいだったのだ。あれから特に状況は変わっていないどころかクラン家は没落の一途を辿っている。今更殿下がエヴァを求める理由がわからない。

とりあえず今は王家からの申し込みではなく、あくまで殿下の意思であることを確認の上、『娘に意思確認をしてからでないと返答ができない』と伝えた。それなのに、殿下は毎日のように花やプレゼントを持ってエヴァの見舞いに訪れた。見舞いに来るだけ、グラムハルトやルアードよりもエヴァを大事にしてくれる方なのかもしれないとは思った。

それでも念のため、事故当時の状況を調べようとしたが、目撃情報は何ひとつとして出てこなかった。王宮の池はそんなに辺鄙な場所にあるわけではないのに、誰も何も知らないと言うのだ。あまりにも不自然だ。しかし相手は王族であり、事故の当事者であるエヴァは家に運び込まれて以来一度も目を覚まさなかったため、調査は暗礁に乗り上げてしまっていた。

とうとうエヴァが寝込んでから三日目に「こんなにひどい状況が続くなら尚更責任を取らせてほしい」と今度は殿下個人からではなく、王家から打診があった。王家からの打診は『相談』ではなく、『命令』だ。結局何が起こったかわからないままエヴァの婚約者は殿下に変わってしまった。

殿下は見目麗しく、聡明な上、初代国王のオーガストに匹敵すると言われるほど魔力が高く、性格も良いと専らの評判で、ご令嬢方に絶大な人気があるが、何故か婚約者がいなかった。初恋の相手を忘れられないからとも、乳兄妹であるクラフト伯爵令嬢とただならぬ仲だからとも噂されていた。

不穏な噂に心配になり、調べたところ、エヴァが婚約者筆頭候補だった時、殿下とエヴァはとても仲が良かったらしい。もしかしたら殿下の忘れ得ぬ相手とはエヴァかもしれないと少しだけ思った。しかし、エヴァが婚約者筆頭候補だったのは八年以上前のことだ。

なにより、クラフト伯爵令嬢とも気が置けない仲のようで、親密な様子があちらこちらで目撃されている。なので、殿下に婚約者がいないのはクラフト伯爵令嬢のためという説が主流だった。そのせいもあり、殿下に対しては良いイメージを持てなかった。何があったのかよくわからない上に、殿下にそれとなく聞いても答えてくれない。何よりもおかしな噂を否定すらしていないのに、エヴァに婚約を申し込んだ殿下に不信感を抱いた。

エヴァが目を覚ましたのは事故から四日が過ぎたころだった。目を覚ましたエヴァはなんと私とヨアキムのことを『お義父様、お義母様』と呼んでくれた。そして私達の顔を見て「顔色が悪いから休んでほしい」と自分の方が辛いだろうに、逆に私を気遣ってくれた。

突然父母と呼んでくれたことに私もヨアキムも聞き間違いではないかと思った。「もう一度呼んでほしい」と言うヨアキムの言葉に私も一緒に頷いた。エヴァは何度でも私たちのことを父母と呼んでくれた。あまりの嬉しさにもう一度と言いかけたが、エヴァはようやく目を覚ましたばかりなのだ。無理はさせられない。

エヴァは私たちの方に手を伸ばして身体を起こそうとしたが、傷が痛んだのだろう、眉を顰めた。起きてはいけないと言いながら、額に傷が残ってしまったことをヨアキムが告げた。そして言葉を重ねようとしたがエヴァは力無く微笑み、告げた。

「傷なんて、今更ですわ。これが原因で、婚約解消になるなら、私はそれでも構いません」

エヴァはいつもこうして誰も責めずに自分が全て被って身を引こうとする。そんなエヴァにまたもや婚約者が変わったことを言わなければならない。

私から見たら、不信感を覚える相手だが、今までの婚約者と違ってエヴァに真っ当に関わろうとするだけ、まだましだろう。エヴァにとっては良縁なのかもしれない。そうは思ったが、目覚めたばかりのエヴァに話して良いか迷った。意を決したようにヨアキムが口を開いたので「その話は今でなくとも」と窘めたが、エヴァが話の続きを促した。渋々、婚約者が王太子殿下に変わったことを話すと、エヴァは何も言わないまま、気を失ってしまった。やはりショックだったのだろう。

エヴァが目を覚ましたのはその二日後のことであった。

「嫌、嫌よ。あなた！」

エヴァが寝込んでいる間にヨアキムから提案された話を聞いて私は絶叫した。

「殿下の婚約者になったのであれば、エヴァは公爵家に戻れるはずだ。僕は子爵でしかなくて、あの子を守る力なんてないも同然だ。君のご実家にいつまでも迷惑をかけるわけにはいかないし、なによりエヴァはいつも公爵家に帰りたがっていただろう？」

「それは……。でもようやくあの子が私達のことを父母と呼んでくれたのよ？　それに今の公爵家に帰るより我が家にいる方が安全じゃないの」

「王宮は毒蛇の巣よりも危険なものだ。あの子を守る力は強ければ強いほど良いだろう。確かに今は落ち目のクラン家だけれど、それでも公爵家だ。そしてなんと言っても、クラン家にはリオネル家との約束があるから武力はある」

「それはそうかもしれないけれど……。でも一度あの子を捨てた家族なのよ？」

「昔のあの子は婚約者の筆頭候補でしかなかったが、今回はきちんとした婚約者だ。公爵家も粗末な扱いはできないだろう」

「それでも！　それでも、あの子がようやく私達のことを認めてくれて……それに帰っても辛い思いをするかもしれない」

泣きながら反論する私をぎゅっとヨアキムは抱きしめて続けた。

「君の気持ちはよくわかる。私だってあの子を手放すのは辛い」

私の肩に、何か温かいものがぽつりぽつりと落ちてくる。辛いのは私だけではないのだと今更ながら察した。確かに今後のエヴァのことを考えるならヨアキムの言う通りに公爵家に帰った方が良いのだろう。それでもこの八年間を思うと、とても手放す気にはなれない。

「けれど、あの子が王妃になった時に子爵家出身だと馬鹿にされるかと思うと……あの子のことを思うなら今、手を放してあげるべきだろう」

ヨアキムの言葉にはっとなった。そうだ、これからあの子は王太子の婚約者になるのだ。エヴァが公爵家から子爵家に養女に出されたことは、外聞が悪いため、秘されている。それならばあの子はどこまでも子爵令嬢でしかない。私のわがままであの子は一生馬鹿にされるかもしれないのだ。

「急にこう言われてもすぐに返事はできないと思う。明日までに考えてくれないだろうか？」

そう言ってヨアキムは執務に戻った。ヨアキムの言葉がぐるぐると頭を回る。そして、エヴァの笑顔も。どうしたらいいのか、何を優先させるべきなのか……。

わかっている、わかっているのだ。我が家にいるより公爵家にいる方があの子のためだ。確かに私の実家は辺境伯爵家だが、隣国とは常時、小競り合いをしている。いつ大規模な戦争になるか分からない。それに、そろそろ兄が家を継ぐと聞いた。

末っ子の私は両親や兄姉に可愛がられていたが、ヨアキムの言う通り、いつまでも頼るわけにはいかない。兄に声をかけたら助けてはくれるだろうが、爵位の継承の際はどうしても混乱するだろうし、色々と忙しいはずだ。

それに、歴史的敵国である、隣国のハルペー帝国は近年砂漠化が進んでいる。元より好戦的な彼らは、水や豊かな土地を求めて我が国に攻めてくることが多くなったとも聞く。そんな実家にこれ以上頼るのは心苦しい。

王太子の婚約者は下手をしたら暗殺されることだってある。エヴァの安全面を考えたら公爵家に戻った方が絶対に良いことは分かっている。

殿下だってあれだけ熱心に婚約を申し込んできたぐらいだから、エヴァに何らかの情があるに違いない。今までの婚約者はエヴァを蔑ろにしてばかりだった。けれど、殿下は向き合おうとしてくれている。もしかしたらこの婚約者変更はエヴァの幸せに繋がるかもしれない。

けれどあの子がいなくなったら、どうやって過ごせば良いのだろうか。一緒にお菓子を作ったり刺繍をしたりした日々が思い浮かぶ。

「グラムハルト様と結婚してもきっと彼は私に無関心でしょうから、月に何度かはこの家に帰ってきます。うまくいけば一緒に住むこともできるかもしれませんね」

あの子は悪戯っぽく笑いながらそんなことを言ってくれていたから縁が切れることなんてないと思っていた。けれど公爵家に戻るなら、わたしたちの縁は切れてしまう。なによりあの子が公爵家に戻るということは、またもや、私たちという家族に捨てられることになってしまうのではないだろうか。そう思ったが、先程ヨアキムが言っていた言葉を思い出した。

ようやく父母と呼んでもらえたけれど、本当は知っていた。見ないふりをしていたが、あの子が公爵家に帰りたがっているのは気づいていた。笑い合っていても、ふと遠い目をしてどこか淋しそうにしていたことも。……それならば帰してあげるのが一番なのだろう。

良い夢を見させてもらったと思えばいいのだ。八年間も素敵な時間をもらったと思えば……。

エヴァンジェリン・フォン・クランは病死したことになっているが、金さえ積めばなんとでもなる。『死んだのではなく、療養していただけだ』と金をちらつかせれば済む話だ。一晩中泣きながら考え、そして決めた。

とても淋しくて悲しいが、私達があの子に最後にしてあげられることは公爵家に帰してあげることだろう。翌日、できるだけ目を冷やした私はヨアキムのところに行き、昨日の提案に同意することを伝えた。ヨアキムは黙って私を抱きしめてくれた。

翌朝エヴァが起きたとエリスが知らせに来てくれたので、エヴァのところへ行き、提案をした。

「ねぇ、エヴァ。気を悪くしないで聞いてほしい。君は元々王太子の筆頭婚約者候補だった。それが叶わなくなったので我が家に来てくれたのだが、私は子爵でしかない。何かあった時に君を守れる力はあまりないんだ……悔しいことだが」

私は静かに息を吐いた。そして手を少し握りしめて、ゆっくり息を吸うと私も続けた。声が震えてないかどうか気にしながら、私も言葉を紡ぐ。

「だからね、貴女はもう公爵家に大手を振って帰れるのではないかしら？　その方があなたのためになるんじゃないかと私たちは思うのよ。クラン公爵家には私たちからお話しするわ」

エヴァは私たちの方を見ると目をぱちぱちとさせた。これはエヴァが驚いている時の癖だ。込み上げてきそうになった涙をぐっと抑える。静かにあの子の返答を待つと、エヴァは静かに答えた。

「お義父様とお義母様にはご迷惑になるかもしれませんが、私の家族はお二人だけです。他に帰るところなんてありませんわ。エヴァンジェリン・フォン・クランは八歳の時に病気で死んだのです。……死者は生き返らないものですわ」

そう言うなり、エヴァは私に抱きついてきた。今まであの子から私に抱きついてきたことはなかった。抱きしめ返してもいいのだろうか……？　ヨアキムの顔を見ると彼も驚いたような顔をしたが、すぐに頷いたので、恐る恐るエヴァを抱きしめる。私が抱きしめ返すと更にエヴァの手に力が篭った。

この子を手放さなくてもいいのだろうか。けれど、それではこの子の将来はどうなるのだろうか。子爵家出身の王妃などと呼ばれるのだろうか……。決心したつもりなのに、心が揺れる。エヴァが良いと言ってくれるのならばと、つい、そう思ってしまう。涙を流さないように注意をしているのに、それでも声が震える。

「ありがとう、エヴァ。私もあなたのことは実の娘のように愛しく思っているわ。私は体が弱くて、子供がなせなかったの。ヨアキムは構わない、二人で暮らそうって言ってくれたけど、ずっと申し訳なくて……寂しかったわ。でも貴女が来てくれて本当に嬉しかったの。本当は、私だって貴女を手放したくなかったからそう言ってもらえて、嬉しい。でも、大事に思うからこそ聞きたいの、頼りない私たちだけど本当にいいの？」

「私の家族はお二人だけです」

私の問いにエヴァは微笑みながら続けた。その答えにヨアキムと私はたまらなくなってエヴァを抱きしめた。エヴァも、ヨアキムも私も泣いた。エヴァは私達二人を真摯な瞳で見つめた。

「お義父様、お義母様。私、実はこの婚約についてはお断りできないかと思っているのです」

私たちはエヴァの言葉にとても驚いた。なにしろ王太子は――私は胡散臭いと思っているが――令嬢たちの間ではとても人気があるし、エヴァが帰りたい理由のひとつではないかと思っていたからだ。そう宣言した後、エヴァは目を少し伏せながら続けた。

「小耳に挟んだのですが、殿下は想う方がいるそうなのです。うっかり池に落ちた私のそばにいたせいで、殿下は責任を感じていらっしゃるようですが、殿下のお気持ちを蔑ろにすることは私の望むところではありません。なにより公爵家に戻らない以上、私は子爵家の娘ですので、王家に嫁ぐことなどできませんもの。そもそも、私は傷物の身。この醜い傷痕を持ったまま、王家や高位貴族の下へ嫁ごうなどとは思っておりません」

初めてあの日、何があったのかわかったが、その話が嘘だったということはすぐにわかった。エヴァは嘘をつく時、目を伏せる癖があるのだ。きっと何か口に出せないことがあったのだろう。

くだらない噂をエヴァの耳に入れたのは誰なのだろう。そして、エヴァはこの噂を聞いて何を思ったのだろうか。相手の気持ちを慮って身を引こうとしているエヴァを思うと切なくて悔しくてたまらない。殿下の心がどこにあるかは知らないが、エヴァにとって殿下は良い思い出だったのではないだろうか？　それなのに、今更現れて、エヴァにこんな思いをさせるなんて……！　何を思ってエヴァに婚約を申し込んだのか分からないが、エヴァに申し込むなら身の回りを奇麗にしてからしてほしいものだ。

なぜエヴァにはいつもこのような愚かな男しか寄って来ないのだろう。エヴァはこんなにいい子なのに！　しかもエヴァが気に病んで止まない傷だってその愚か者たちがつけたものなのだ！　憤る私を他所にエヴァは淡々と続ける。

「グラムハルト様と婚約を解消した後は、後妻や平民でも良いので、子爵家のためになるところに嫁ぎたいと思っております。なにより王宮に上がっては二人になかなか会えなくなりますから、婚約はお断りしたいのです」

そんな健気なエヴァに私は言葉を失う。どうして、エヴァばかりが不幸な目に遭わなくてはならないのだろうか？　神が本当にいるならこの子を助けてあげてほしい。絶句している私の隣でヨアキムが微笑みながらエヴァに告げた。

「王家の意向に異を唱えることにはなるが、下手に責任を取らせるために婚約するよりは良いことだろうね。ただ、エヴァの婚姻先については今後ゆっくり話すことにしよう。お婿さんを取ってこの家を継いでもらうというのが、一番私たちの望む形ということだけは伝えておくよ」

それは私達が将来思い描いていた未来だった。辛く当たるルアードや無視を続けるグラムハルトとの婚約を解消できたら、エヴァにこの家を継いでもらいたい、そうしたらこの子とずっと過ごせる。そしてエヴァを大事にしてくれる人ならどんな人でも反対しないと私たちは話していた。

エヴァは遠慮したが「私達がそうしたいのだ」と強く告げると嬉しそうに微笑んでくれた。

私達は何度か殿下に文を送ったが、返事はなかった。正直、またか、と思った。やはり殿下もエヴァを蔑ろにするのかとがっかりした。結局婚約をお断りしたい旨を告げられないまま、ひと月経ち――殿下が指定した婚約式の日となった。季節は、蝉が喧しく鳴くころになっていた。式は午後からだったが、最後のあがきで、殿下と話すために午前中に王宮へ行くことにした。殿下は早い時間に仕事を終えると聞いていたし、私達の文を無視したのはあちらだ。どうせ、文を送っても読んでいるか否かも分からない。敢えて知らせずに王宮に向かった。無礼なことではあると百も承知していたが、私達を馬鹿にしたような行動をとっているのは殿下だ。絶対に時間を作ってもらうのだ。

殿下に絶対に会おうと思っていたが、本当に会えるかどうか、一抹の不安があった。けれど、驚いたことに、馬車のドアを開いたらそこには嬉しそうに微笑む殿下がいらした。驚く私達を尻目に殿下は迷うことなく、エヴァに手を差し伸べた。そしてまるで宝物に触れるように優しくエヴァに触れ、熱い眼差しを向けた。話があると言うエヴァに殿下は頷いたが、エヴァとしか話をする気がないようで、私達は空気のように扱われた。

殿下は私達にひと言断ると、嬉し気にエヴァを連れて王宮の庭へ向かった。本来なら婚約を断るつもりの男性と二人きりになることは避けるべきだ。けれど、殿下の強い視線は私達の同行を拒んでいた。殿下の視線に気づいたのか、エヴァは私達に視線を送ると大人しく殿下について行った。恐らく、私達が殿下の不興を買わないようにするためと、こっそりと婚約を断るためだろうが、私達も同席すべきだった。

けれど、殿下のエヴァを見る目に既視感があった。あれは大切な相手を見る目だ——ヨアキムが私を見る目にとてもよく似ている。殿下とクラフト伯爵令嬢の話は公然の噂だったが、噂でしかないのではないか。殿下の忘れ得ぬ初恋の相手とは、やはり、エヴァではないのだろうか？

だからつい殿下に流されるまま、エヴァを預けたが、一時間後に私はその判断を後悔した。殿下について行ったエヴァは気を失った状態で私達の下に戻ってきた。そしてあれほど「お断りする」と言っていたのに、殿下はエヴァから了承をもらったと話した。せめてエヴァが目覚めてから、式を挙げるべきだと文官も私たちも言ったが、殿下は頑として聞き入れなかった。結局、婚約式は殿下一人で恙無く行われた——その間エヴァは王宮の一室で寝かされていたが翌日まで目を覚ますことはなかった——その様子は異様としか思えなかったことは付け加えておく。

翌朝目を覚ましたエヴァに私たちは安堵しながらも何があったのかを聞いたが、エヴァは目を伏せて「何もなかった」と赤面しながら繰り返した。何もなかったはずがない、と思うもののあまり突っ込むのは可哀想だ。あの王太子、うちのエヴァになにをしたのかと頭にくる。最近の私は頭にきてばかりだ。

「お義父様、お義母様。殿下に責任を取っていただかなくても良いとお伝えしたのですが、それでも婚約を望まれましてお断りできませんでした。けれど二年もしないうちにこの婚約は解消されることになると思いますので……」

私達が何度聞こうともエヴァからの返答はいつも同じだった。たしかに殿下がエヴァを見る目はヨアキムが私を見つめる瞳と同じであり、さらに言うなら獲物を狙う肉食獣のような眼でもあった。どう見てもエヴァのことを大事に想って——狙って？——いるようにしか見えなかった。少し悩んだが、暫くは様子を見ることにした。

それから、エヴァは王宮に王妃教育に通うことになった。殿下とは三日に一度はお茶をする取り決めになったらしいが、お茶会の日は気を失った状態で帰ってくることが多かった。心配のあまり目覚めたエヴァに詰め寄ったが、反応はいつも判を押したように同じだった。目を伏せ、頬を赤らめて「何もなかった」と繰り返すだけだ。本来なら目を瞑ってはいけないところなのだが、エヴァはどことなく嬉しそうだったので、深く追及しなかった。

殿下は今までの婚約者と違い、エヴァに大量のプレゼントを贈ってくる。それはどれもエヴァにとてもよく似合うものばかりで、届けに来た侍従曰く、殿下自らが選んでいるそうだ。毎朝送って

来る花や小物についているメッセージも直筆とのことだった。

物に釣られたのかと誹りを受けるかもしれないが、物とは相手にも他者にも伝わりやすい愛情の証である。今までの婚約者が何もしてくれなかった分、殿下の対応はエヴァを大事にしてくれているように思えた。

ただし、あのデビュタントのドレスは正直どうかと思った。デビューする令嬢が簡素な白いドレスを着用するのは暗黙の了解である。それにもかかわらず、殿下は自分のものと喧伝するかのように、エヴァに自らの目の色の青いドレスに、髪色と同じ金色の刺繍をした豪奢なドレスを贈ってきた。誰も触れるな、と言わんばかりのドレスに私たちは困惑した。エヴァが急いで手違いでないかと問い合わせだが、返ってきた答えは間違えていないというものだった。仕方なくエヴァはそのドレスを着てデビュタントに出席した。たしかにそのドレスはエヴァにとてもよく似合っていた。けれどもこんな型破りをしても良いのだろうか、と不安になった。貴族とは見えている足を引っ張らずにいられない生き物だ。何か悪いことが起きなければ良いのだが……と願わずにはいられなかった。

実際にエヴァがデビューした時、周りの貴族たちはまず黙った。エヴァの美しさに見惚れていたのだろう。その後、我に返ったものは口々に文句を言っていたが、その目は憧れを強く含んでいた。来年デビュタントする令嬢方は色とりどりのドレスを着るのではないかと思えるほどの興奮ぶりだった。

少し離れた場所から見たエヴァと殿下は、まるで腕の良い人形師が揃いで作ったのではないかと思えるほどとても似合っていた。

エヴァと殿下は実に楽しそうにファーストダンスを踊った。本来エヴァのエスコートもファーストダンスもヨアキムがしたかったと拗ねていたが「エヴァを大事にしてくれるなら良いじゃないの」と笑って諭した。ここまでならちょっと胡散臭いところはあるけれど、それでも私は殿下にエヴァを預けても良いと思っていた。

殿下はエヴァとファーストダンスを踊った後、イリアの手を取らずに侯爵令嬢であるシモンヌ様の手を取った。クラン公爵家が王家に不況を買っているのは周知の事実だったので、イリアの手を取らないのは分かっていた。けれどなぜエヴァと二曲踊らないのだろう？　不思議に思う私を他所に、ヨアキムが嬉しそうにエヴァと踊った。

デビューする令嬢は原則的にどんな人にでもダンスを申し込むことができる。つまり、殿下は今日デビューする二十人以上の令嬢と踊らなければならないだろう。だからエヴァと二曲以上踊らなかったのかしら、と思いつつエヴァとヨアキムが帰ってくるのを待った。今日は「あまり側にいられないから、エヴァとできるだけ一緒にいてほしい」と殿下にお願いされていた。殿下に頼まれなくても一緒にいるつもりでいたのだけれど……。

もうエヴァは自分のものだと思っているような、なんとなく殿下の独占欲の強さが出ている言葉に思わずムッとした。まだエヴァはうちの子だ。いちいち貴方に何かを言われる筋合いはないと思ったけれど、まぁ配慮してくれているのだから、と自分を納得させた。

踊り終わった二人は私のところに戻ってこようとしていたが、エヴァに手を差し出した男がいた。ひとつ前の婚約者のグラムハルトだ。エヴァは困惑気味に会話をした後に、渋々といった感じでグラムハルトの手を取った。あちらは侯爵家の嫡男で、現在興盛を極めているルーク家の一門だ。断れなかったのだろう。優しいあの子は子爵家を慮ったのかもしれない。殿下は何をしているのかとダンスフロアを見たら、噂のクラフト伯爵令嬢の手を取ったところだった。役に立たない方だなと思いながらも私はヨアキムと合流する。そして踊り終わったエヴァをすぐに迎えるべくダンスホールの近くに陣取ることとした。

　今までずっと無視していたのに、何を思ってエヴァにダンスを申し込んだのだろう？　私達に見られていることを知ってか知らずか、グラムハルトはエヴァに必死に話しかけていた。何を今更と思うが、彼の態度を見て、気づいたことがある。

　グラムハルトも恐らくエヴァを大切に思っているに違いない。なぜならエヴァを見る彼の目も愛しいものを見る目のように私には思えたからだ。それならどうして婚約期間中、エヴァを大事にしてくれなかったのだろう？

　逃した魚は大きいと思ったのか、それとも今日改めてエヴァを見て、美しいと思ったのか。どちらにせよ、エヴァはもう彼の婚約者ではない。ダンスをしながら二人は何かを話し続けていた。エヴァは依然としてグラムハルトには硬い顔を向けたままなのに、何故かグラムハルトは段々と顔が明るくなっていく。

　曲が終わり、エヴァはお辞儀をしてグラムハルトから離れようとしたが、グラムハルトはエヴァを引き留めるべく、手を掴もうとした。その失礼な行為に頭にきて私が飛び出すよりも前に彼の手を弾いてエヴァを守ってくれた男性がいた。

銀髪に藍色の瞳の男性だ。あまり面識はないが、目を引くほど麗しい容姿をしている。エヴァは彼に差し出された手を取るか否か躊躇していた。助けに行こうとしたが、その前に、男性は俯いたエヴァの手を恭しく取った。グラムハルトがしようとした行為と同じはずなのに、彼の所作は洗練されていて目を奪われた。なによりも、先ほどと違って、エヴァは安堵したような顔をしていた。

男性はエヴァをこの上なく優しくリードしているようで、二人が踊る姿は会場のどのペアよりも目立っていた。殿下とはやや異なる趣だが、彼とエヴァも一幅の絵のようでとても似合っていた。美男美女はいつの世でも目の保養である。思わず感嘆のため息が漏れる。

しかし、彼は誰なんだろう？　そう思いながらも、ふとダンスフロアを見たらなんと殿下はクラフト伯爵令嬢と二曲目のダンスを踊っていた。エヴァとは一曲しか踊らなかったのに！　あまりのことに持っていた扇を折りそうになるのをグッと堪えていた私の耳にヨアキムが溢した言葉が届いた。

「まさか、あの方とエヴァはお知り合いなのか……」

「今エヴァと踊っている方を知っているの、ヨアキム」

「あぁ、セオドア・ハルト様だ」

「ハルト様って……神官の一位様⁉」

「そうだよ、リエーヌ。王宮神殿にお住まいの方だ。こう言ってはなんだが、いつもどなたか女性を侍らせている軟派な方だ。できればエヴァには近づいてほしくないんだが……。しかし、あの方がこんな夜会にお出でになるなんて珍しい。夜会で見るのは初めてかもしれないな。……あぁ、そういえばあの方もクラフト伯爵令嬢との噂があったたな」

「でもヨアキム……、私の気のせいかもしれないけど……」

そう、彼もエヴァのことを大事に想っているような気がするのだ。彼の瞳に宿っている炎は、殿下やグラムハルトよりも上な気がする。身贔屓なだけかもしれないが、それでもあの三人——殿下、グラムハルト、ハルト様——がそれぞれエヴァのことを大切に想っているようにしか私には見えなかった。

ハルト様は、それはそれは大切にエヴァに触れており、時には蕩けるような笑顔をエヴァに向けていた。彼もエヴァと何か話をしているようだったが、先ほどとは違い、エヴァの顔にも微笑みが浮かんでいた。いつの間に、どのように知り合ったのか気になって仕方が無い。この後、エヴァに話を聞いてみよう。

曲が終わり、彼はエヴァをエスコートしようとするが、今年デビューした伯爵令嬢に申し込まれて苦笑しながらもその手を取った。エヴァを見送る彼の瞳は残念そうな雰囲気を宿していた。

「あぁ、うん。私にも君の言いたいことは分かるよ、リエーヌ。けれど、私たちの目は曇っているかもしれないね」

その視線の先には三曲目を踊り出す殿下とクラフト伯爵令嬢がいた。あまりのことに頭に来た私は、とうとう持っていた扇を折ってしまった。ばきりと軽い音がする。ヨアキムは私の方をちらりと見るが、何事もなかったかのようにまた視線をダンスフロアに移した。ハルト様と別れたエヴァを迎えに行くべく歩を進めようとした私たちの前に、現れたのはデリア伯爵だった。

「やあ」と伯爵はどこか歪な笑いを顔に浮かべる。クラン家の一門ではあるが、珍しくファウストと仲良くやっている男だ。それだけでろくでもないことがわかる。もちろん、評判は芳しくない。ファウストと懇意にしているだけでも他の貴族たちからしてみれば敬遠の対象だが、彼の評判を落としているのはそれだけではない。デリア家は伯爵家の中でも家格が高く、そのことを鼻にかけている、顕示欲の塊のような尊大な態度も彼が嫌われている一因だ。しかし、そんな立派な伯爵家の当主だというのに、ギャンブルにはまったせいで、家計は火の車らしい。女癖も悪く屋敷のメイド達に片端から手をつけ、その端から捨てているという噂もある。

なぜのうのうとこのような場所に出て来られるのか、この男の神経を疑うが、今のところ彼の地位は伯爵だ。どれだけ彼の現状が悪いものであろうと今は私たちより上の存在であることは間違いない。嫌な男に会ったものである。私は扇で顔を隠そうとして、先ほど自分が折ってしまったことを思い出し、予備を持ってこなかったことを後悔した。

デリア伯爵は蛇のような細い目を更にすがめ、無遠慮に私の顔を見つめてくる。素知らぬ顔でいたが、正直不快で仕方がない。伯爵から隠すようにしてヨアキムが私の前に立つ。

「良い夜ですね、デリア伯爵」

「あぁ、美しい花々を見られる良い夜だね。そうそう子爵、あんなに美しいお嬢さんがいたとは知らなかったよ。それにあのお嬢さんの母親だけあって奥方も随分と美しい方だ」

「お褒めいただき光栄にございます。伯爵は本日奥様とご一緒ではないのですか？」

「あぁ、あれならそこいらで愛人とでも楽しんでいるところだろう。お互いを縛りあわない夫婦なんだよ、私達は。色々な相手と楽しんでみるというのはなかなかに面白いものだよ、子爵。今度、君と奥方もどうかな？」

そう言ってにんまりと笑う男に寒気がする。つまり、ヨアキムに私を差し出せと言っているのだ。なんて男だろう！　冗談ではない、こんな男に指一本触れられたくない。

私は身体が弱いことを口実にあまり夜会に出席しない。けれど仲の良い夫人たちや、断れない相手が開く茶会には出席している。デリア伯爵家は名が示す通りヨアキムの主家筋にあたる家だ。そのため、デリア家が開く茶会に出席することもあった。この国ではお茶会とは基本的に女性のものなので、男性が臨席することはない。だから私はデリア伯爵とは直接会ったことがなかったが、悪い噂は何度も耳にしていた。本来なら噂など話半分に聞いておくものだが、彼に関しては噂以上に下衆な男のようだ。

デリア伯爵夫人にはお茶会で何度か会ったことがあるがおとなしやかな人であった。彼の言うような奔放な女性とは思えない。先程、奥様は他の男といると伯爵は言ったが、噂ではギャンブルで負けた相手に代償として奥様を差し出しているそうだ。同じ女として伯爵夫人には同情を禁じ得ない。正直に言って不快で仕方がない。

「残念ですが、私は妻を愛しておりまして、他の女性に興味はありません。それに妻を他の男の手に委ねるつもりはございません。加えて恐れ多くも、娘は殿下の婚約者ですから。下手な醜聞を私どもが立てるわけには参りませんから、他の方を誘っていただけませんか」

「へぇ、殿下の婚約者ねぇ……、どうやら殿下には大事にされていないようだけどねぇ」

「どうでしょうね、尊い方が何をお考えかは私には分かりかねます」

「はは、子爵、本気で言っているかい？　今日デビューしたばかりの婚約者を放って他の女性と三曲も踊っているんだよ、大事にしていないことなんて誰の目から見ても明らかじゃないか」

伯爵の言葉に頭に来て、言い返そうとしたけれど、周りの貴族たちも笑っていることに気づいた。今日急に発表された殿下の婚約者が気に入らないのだろう。それに加えてデビュタントの掟破りの格好が羨ましいという気持ちも多分にあるのだと思う。

周りの貴族たちと伯爵、そしてなによりエヴァのデビュタントを台無しにした殿下に、もう今日何度目か分からなくなるくらい頭にきた。姉たちに比べ、私はあまり短気な方ではないと思っていたが自覚がないだけで、どうやら怒りっぽい性格のようだ。

「さて、どうでしょうね。私どもが勝手に彼の方の気持ちを決めつけるのは不敬だと思いますがね」

怒り心頭の私と違って落ち着いているヨアキムの声に少しだけ冷静になり、辺りを見回した。伯爵と周りの貴族たちもニヤニヤと私たちを見下すような目を向けている。

「まぁ、もし殿下に婚約破棄されたら、相談してくれて構わない。お嬢さんの次の相手を紹介しよう」

「お気遣いありがとうございます。もし万が一そのようなことがありましたら殿下と相談して決めることにします」

そんな話をしていたら、小休止の時間になった。エヴァと合流できないまま時間が経過してしまっていた。できるだけ早く合流したいと思うけれども、この男をあの子に近づけるわけにはいかないので、この男がそばにいる限りエヴァとは合流できない。

「申し訳ありませんが、伯爵、私どもは他にもご挨拶しなければならない方がおりますので本日はこの辺りで失礼いたします」

「いやいや、子爵。是非とも君の美しいお嬢さんを紹介してくれないかな。奥方とも是非話をしたいしねぇ」

「残念ですけれど、殿下からエヴァにあまり男性を寄せ付けないように厳命されております」

「そうなのかい？　じゃあお嬢さんは諦めるけれど奥方と話をするくらいなら良いだろう？」

そう言うと、伯爵はヨアキムの後ろに隠れている私の手をいきなり掴んで引っ張り出した。あまりの痛さに顔が歪む。私の顔が苦痛に歪んだのを見て伯爵は嬉しそうに笑った。気持ちが悪い。

「いや、本当に美しい奥様だねぇ。少し二人で話をしたのだが、いいだろう？　子爵」

ヨアキムはぱしりと伯爵の手を叩いて私の手を解放してくれた。ヨアキムの行動に伯爵が顔を真っ赤にして怒鳴り出した。

「貴様、何をする！　分家の分際で、本家筋の俺に逆らうのか！」

「人の妻に手を出すような下品な真似をする相手に対処したまでです。私に何かを仰る前に我が身を省みては如何です」

そう言いながら、ヨアキムは私をそっと抱き寄せてくれた。心底ホッとしたのも束の間、ヨアキムの今後はどうなるのだろうと不安になる。顔を真っ赤にした伯爵はヨアキムに向かって手を振り上げてきた。パシリッ、伯爵の振り上げた手を大柄な男性が受け止める。

「全くヨアキム殿の言う通りだな」

その声に私ははっと顔を上げた。

「儂の娘に何か用があるのかね？」

「お前の娘だと⁉　お前がこんな無礼な娘の親か！　いいか、俺は伯爵家の……、ひっ、スライナト辺境伯！」

「お父様！」

そう、そこにいたのは私の父だった。

「お父様だと？　まさか、スライナト辺境伯の娘が貧しい子爵家などに嫁ぐはずが……」

「王家に許可は得ている。お前などにどうこう言われる筋合いはない。それで？　儂の娘に何の用だ？」

「いや、その、特には何も。……あぁ、子爵。私は用を思い出したからこれで」

「おい、貴様。儂の娘とヨアキム殿に下手な手を出してみろ、次は儂が相手になってやろう」

父がそう言うとデリア伯爵は「ひえっ」と情けない声を出して、後ろも見ずに走って逃げていった。

「お義父様、お久しぶりです。お見苦しいところをお見せして申し訳ありません」

「なに、見苦しいところなんてこれっぽっちもないだろう。儂の娘を守ってくれて礼を言う」

がはは、と父は豪快に笑った。懐かしい父の強い笑い声に涙が出るほど安心した。けれど最近ハルペー帝国が攻めてきていると話を聞いていたから心配にもなった。

「お父様、今は大変な時期ではないのですか？　ここにいても大丈夫なのですか？」

「おう、まぁな。だが、可愛い孫娘のデビューを見るくらいの時間はあるぞ。お前たちはなかなかうちに来てくれないから、儂は孫娘に会ったことすらない。それならこの機会に紹介して貰おうかと思ってな。それで孫娘はどこだ？　殿下の婚約者になったと聞いていたが、今踊っている娘とは違うのだろう？」

そう、あの下衆な男と話しているうちに小休止は終わり、ダンスタイムに突入していた。父が指す方向を見ると、殿下と踊っていたのはまたもやクラフト伯爵令嬢だった。これで四曲目である。あり得ない！

「えぇ、今少しはぐれてしまって……」

「殿下が今踊っているのはクラフト伯爵令嬢ですわ、お父様」

私の言葉に父は殿下の噂を思い出したのだろう、苦い顔をした。

「デビュタントの紹介に間に合わなくてな、儂が来た時にはあの令嬢と踊っていたが、これで三曲目か？」

「いいえ、四曲目です」

「ほう、婚約者を放っておいて他の令嬢と四曲目か……、子爵家の娘だからといって馬鹿にするにも程があるだろう。リエーヌ、お前たちはこの婚約をどう思っている？」

「あの子も私達も、できればお断りしたいと思っていました。だけど押し切られてしまって……」

「そうか、それなのにこの仕打ちか、わかった。後で儂から陛下に奏上しておこう。このままでは不幸になるのが目に見えている。お前たちの立場までなくなるだろう」

「いいえ、スライナト辺境伯様、それはお考え直しになってくださいませ！」

私たちの話に割り込んできたのはレイチェル侯爵夫人を始めとする、貴婦人の模範と言われるご婦人たちだった。

「リザム子爵令嬢ほど王妃に相応しい方はおりませんわ。王妃教育も完璧ですし、聡明な方です。きっと今の王妃様よりも素晴らしい王妃におなりになりますわ」

「そうです、現王妃様は色々と問題がある方ですもの。ヒステリックに叫び出したり、下の者に当たったりしますし……なにより王妃教育すらお一人でできない方なんですのよ」

「クラフト伯爵令嬢が王妃になったら今の王妃様の二の舞になりますわ、間違いありません」

夫人たちは口々に王妃とクラフト伯爵令嬢の文句を口にし始めた。クラフト伯爵令嬢はともかく王妃のことまで悪く言うので驚いたが「現王妃の不出来さを嘆くのは今更のことだ」と父が説明してくれた。たしかに現王妃はあまり良い噂を聞かない方だが、エヴァに施している王妃教育も一人では任せられないということに驚く。このご婦人たちはその王妃様のカバーで王妃教育を行っている方々らしく、彼女たちの口からは王妃様の文句が次から次へと出てきた。

いったい何があったのかと彼女たちに問いただすと先程起こった事を説明してくださった。

「先程、殿下とクラフト伯爵令嬢が二人してリザム子爵令嬢に挨拶に向かったのですけれど、素晴らしいことに彼女は怒り出すことなく、的確なアドバイスを二人になさったんです」

「そうそう、ダンスを二曲以上踊ることや、公的な場で殿下を愛称で呼ぶことの非常識さを穏やかに諭されたのです」

「あんなことを言うのは勇気がいることでしょうし、言いたくないことだったでしょうに……。婚約者たるもの、殿下が間違ったことをしたら注意をするのは義務とはいえ、とても立派でしたわ」

「しかも下の者にまで気を遣ってくださるなんて素晴らしい方ですわ」

皆様の口から出てきた事実に開いた口が塞がらなかった。あの二人はどこまでもエヴァを馬鹿にするつもりらしい。エヴァがどんな思いをしたかと思うと悔しくて悔しくて仕方がない。そんな私の気持ちを酌んでくれたらしく、父が貴婦人たちに反論する。

「ふぅむ、しかしレイチェル夫人、それは孫娘に侮辱を受けても我慢せよということではないかね？　あまりにも馬鹿にしすぎている気がしてならんがね」

「ええ、それはそうかもしれませんけれど……」

「けれどもあんな教育のなってない小娘が王妃になればこの国は滅びますわ」

貴婦人達は怒りに燃えた瞳でダンスホールを見た。そこにはまだ踊り続けている殿下とクラフト伯爵令嬢がいる。

「娘のことをそこまで評価してくださるのは有り難いことではございますが、私は娘が不幸になる結婚は望みません。娘ともう一度しっかり話し合ってみたいと思います」

「えぇ、お気持ちはわかりますけれど……それでもわたくしどもはリザム嬢にこのまま殿下の舵を取ってほしいと思っておりますのよ」

私達が静かに怒っていることに気付いたのだろうか、貴婦人達は先ほどまでの勢いが嘘のように静かに答えた。私達が彼女たちに礼をしてその場から離れようとした時に、給仕の青年がやって来て、頭を下げると話し始めた。

「失礼いたします。リザム子爵様、お嬢様から伝言をお預かりしております。障りがあったので、先にお帰りになると仰せでございました」

「あぁ、わかった。すまないね、娘が帰ったのはいつ頃かな？」

「はい、二十分ほど前です。すぐにお伝えしたかったのですがなかなかお二人を見つけられずにお伝えが遅くなってしまいました。申し訳ありません」

ヨアキムは給仕に向かって頷いて、こちらを見たので私も頷く。

「私達も帰りますが、お義父さんは如何なさいますか？」

「あれを見ていても腹が立つばかりだ、儂も帰ることにしよう。そもそも王都まで来たのは孫娘の晴れの姿を見るためだったからな。しかしちょうど良かったやもしれんな」

私達が会場を後にする時もまだ殿下はクラフト伯爵令嬢と踊り続けていた。


薄暗い王宮の廊下を歩きながら、私はヨアキムとお父様に告げる。夜会の喧騒が遠くに聞こえる。周りに騎士の一人もいないことを不思議に思いながらも、今から告げる内容が内容なので特に気にせず話を続けた。

「今回のことではっきりしましたわ、私はこの婚約を白紙に戻せないか動き始めます。とてもではないですが、殿下にエヴァを任せるに気にはなれませんもの」

私は頭にき過ぎて何かを突き抜けてしまったようで、かえって冷静になった。殿下もエヴァを大事に想ってくれている？　殿下の初恋の相手はエヴァではないか？　なぜそう思ったのだろう。そんな人間がエヴァを放って延々他の令嬢と踊り続けるはずがない。しかも小休止の間にわざわざエヴァを馬鹿にしに来るなど人を虚仮にするのも大概にしていただきたいものだ。

「うむ、儂もそれが良いと思う。ご婦人方には申し訳ないが、あの殿下に孫娘はやれん。しかし、婚約解消に乗り出せば、王家から風当たりが強くなる可能性が高い。ヨアキム殿、リエーヌ、お前達さえよければエヴァンジェリンは儂が養子にしてスライナト領へ連れて行くが、どうだ？」

「お義父さん、あの子は私たちの大切な娘です……とはいえ私では力が及ばずあの子を満足に守れないでしょう。ですが、あの子を手放すことはもう考えられません。お義父さんさえよければ私共夫婦も一緒に辺境伯領へ移り住んでもよろしいでしょうか？」

「仕事はたくさんあるが、危険なものばかりだ。構わんか？」

「えぇ、勿論です。リエーヌとエヴァの幸せを守れるのであれば、そんなことは些細なことです。微々たる力ではありますが私は魔法を使うことができます。お役に立てることはあるでしょう」

「ヨアキム、それは……」

「あぁ、私は爵位をお返ししてエヴァと君と三人でお義父さんの下へと身を寄せようと思っている。けれど、今の私ではとてもではないが王家へ異論を唱えることはできません。申し訳ありませんが、お義父さんを頼らせていただきたい」

「妻子のために身分を顧みず、義父に頭を下げることができるとは、さすがリエーヌの選んだ男だ。

本来なら爵位を返上すれば余計に事態が悪化することになるが、儂の庇護下に入るのであれば良い判断であろう。そもそもクラン家には最早先が見えん。今の状態でいるよりも我が家に身を寄せた方が良い。実は今回はその話もしようと思っておった。手間が省けたわい」

「待って、お父様。……ヨアキム、貴方本当にそれで良いの？　辺境は噂以上に危険なところよ。それに、何よりも貴方はリザム子爵領を本当に大切に思っていたじゃないの」

「勿論領民達は大事だし、子爵家の名前も守っていきたいと思ってはいた。けれど君が思っているように私もエヴァを殿下に任せる気にはなれない。……同じ男として殿下をとても許せない。それにエヴァの身ばかり君は案じているが、君だって危険なんだ。あの好色なデリア伯爵に目をつけられた。絶対にあの男は君を狙ってくるだろう。本当に悔しいことだが、今の僕では王家どころか、デリア伯爵からですら君を守ることが難しい。領民だって、リザム家の名だって僕にとって大事なものだ。けれど僕の腕はそんなに長くない。格好悪いことだが、君とエヴァと子爵家の名、そして領民の全てを守り切ることはとてもできない」

　そう言ってヨアキムはぎゅっと自分の手を握りしめながら、ひたと私とお父様を見つめた。彼の言葉に私は認識が甘かったと悟る。デリア伯爵には不快な目に遭わされたけれども、今日限りと思っていた。

「何を守り、何を捨てるのか選択しないと全てを失うことになる。領民には申し訳ないし、貴族失格だとは思うが、僕は君とエヴァを一番に守りたい」

「儂の娘は良い選択をしたようだ。儂の治める地はここでは考えられないほど過酷な土地だ、君のように何を守り、何を捨てるかを決断できる男には向いているだろう。ヨアキム殿、君さえ良ければ儂が持っておるトラン子爵家を継いでくれないか」

「有難い御言葉ですが、何の殊勲も立てていない私がその爵位をいただけばお義父さんが周りの者から責められることとなりましょう。そのお言葉は私が辺境伯領で何某(なにがし)かの勲を立ててから伺えますでしょうか」

「ますます気に入った！　結婚式当日はどうしたものかと思っておったが、なかなかどうして良い男ではないか。でかした、リエーヌ！　気にすることはない、ヨアキム殿。いや、もうヨアキムと呼ばせてもらおう。儂が、儂の息子に複数持っている爵位のひとつを譲るだけの話だ。誰にも何も言わせんよ、それに儂の後継、リエーヌの兄のグランツも同じように思うだろう」

そう言ってお父様は、ばしばしとヨアキムの背中を叩く。「いや、ですが」とヨアキムは固辞しているが、お父様は引きそうにない。けれど、ヨアキムの言葉に胸が痛んだ。

「ごめんなさい、ヨアキム。私のせいで貴方に何もかもを捨てさせることになってしまったわ……」

「何を言っているんだ、リエーヌ。今回のことは僕の力不足でしかない、君が謝る必要などどこにもない。僕がもう少し頼れる男であればよかったんだ。こちらこそすまない。僕は僕のわがままで爵位を捨てることになる。もし君さえ良ければ僕が勲を立てて君を迎えに行くまでエヴァを連れて実家に帰っていてくれ。その方が安全だと思う」

「嫌よ、私は貴方と離れる気はないわ。例え貴方がどこに行こうと、どんな身分になろうと私は貴方の妻よ。私とエヴァのために全てを捨ててくれる貴方を置いて私にどこへ行けと言うの？」

「その通りだ、ヨアキム。リエーヌとエヴァンジェリンを守るためと思って、君の矜持を少し曲げてほしい。なぁに、勲が先か、叙爵が先かの違いにしかならん。これは義父の頼みと思って受けてくれ」

「分かりました、お義父さん。それではひと時でも早くあなた方の領地に貢献して胸を張ってトラン子爵と名乗れるようにしたいと思います」

「うむうむ、さてお前たちの馬車はエヴァンジェリンが乗って帰っただろうから、儂の馬車で送ろう。孫娘とも話をしてみたい。あの気難しいご婦人方があそこまで手放しで褒めるのだ、きっと素晴らしい淑女なんだろう」

「えぇ、とても可愛くて良い子なのよ、お父様。今まで色々と障りがあったからスラナイト領まで連れて行けなかったけど是非会ってほしいわ。……あら？　どうしてかしら、我が家の馬車がまだここにあるわ」

そう、目の前には我が家の馬車があった。殿下の婚約者の身内だからと言って私達の馬車は子爵家という身分に関わらず、宮殿に近い場所に停めさせてもらえていた。

なぜ、馬車がここにあるのだろうか？　エヴァが乗って帰ったのではないのだろうか？　なんだか嫌な予感がして馭者に急いで聞く。

「エヴァが来ているでしょう？　どうして帰らなかったの？　私たちのことを待っていたの？」

「あぁ、旦那様、奥様、お早いお帰りで。お嬢様ですか？　いえ、こちらにはいらしてませんよ。殿下がお迎えにいらしましたから、お帰りも殿下がお送りになるのではないんですか？」

「なんですって？　ヨアキム、お父様！」

私は真っ青になって振り向いた。ヨアキムとお父様も厳しい顔をしている。

「落ち着け、リエーヌ。他の貴族に何があったかを悟らせてはならん。弱みを見せるのは不利益にしかならない。儂の部下に探らせる。けれど時は一刻を争う、陛下に報告して秘密裏に動こう。心配で仕方がなかろうが、ヨアキム、リエーヌ、お前達は馬車に乗って何事も無かったように帰るんだ。良いな？　他の貴族に異変を悟らせるな。後は儂に任せておけ」

私はお父様の声に頷き、ヨアキムと二人で不安に駆られながらも馬車で帰った。もしかしたら、他の人に送られて帰ってきていないかと思ったが、家にもエヴァの姿はなかった。私達が下手に動くと何かが起こったと勘繰られるだけなので大人しく待つしかなく、できることは祈ることだけだった。何事もなく、無事で帰ってきてほしい。もし万一何かがあったとしても、せめて生命だけは。

あぁ、やはり殿下に婚約を打診された時、エヴァを公爵家に返しておけばよかった。私達にはあの子を守る力がなかったのだ。一緒にいてほしいと殿下に言われていたのに、言われなくても一緒にいる気だったのに、目を離してしまった。目の前がぐらぐらする。けれどすぐに動かなければならないことがあるかもしれないのだ。今私が倒れるわけには行かない。

「奥様、旦那様、スライナト辺境伯からの使いの方がいらしております」

「すぐに通してくれ」

私が不安になっているところに執事が声をかけてきたので、ヨアキムが答えた。そしてすぐに一人の男性が通された。それが誰かを認識したことでさらに血の気が引いた。

「アンディ……」

　そう、彼は私の従兄弟のアンディだった。お父様が彼を使うのはあまり外に知らせてはいけないことを伝える時だ。口の軽い者や、腕が立たない者だと他の人間に情報が盗られてしまうことがある。アンディは血縁者で信頼ができる上に腕も立ち、口も堅い。だからこそ彼はお父様の右腕として動いている。

「リエーヌ様、お久しぶりでございます。クライド様から、言伝を預かって参りました。……ご息女ですが、クラン公爵家の兄妹に一室に連れ込まれ暴行を受けたとのことです。すぐに王宮医師のクレア・ノーマン医師の診察を受けました。純潔は守られているそうですが、その、あちこち殴られた痕が……危ないところだったようです」

「なんですって！　兄妹なのにエヴァを襲おうとしたと言うの？」

「ええ、そうです。畜生にも劣る輩です。これを」

　そう言ってアンディは書類を渡してきた。中を見るとそれはエヴァの診断書であった。顔やあちこちに殴られた痕や、噛みつかれた痕など、性的暴行を受けかけたことが記載されていた。眩暈がする。唯一の救いは、純潔だけは守られたということだった。

「殺してやりたい……！　あの子が何をしたというの！」

　私から書類を受け取ったヨアキムがその書類を見て眉を顰める。

「それで、エヴァは……？」

「はい、今はセオドア・ハルト様がおそばについております」

「ハルト様が？　殿下は何をなさっているのか、お分かりになりますか？」

「ええ、それ以上問題が起こらないように城の警備の見直しや問題の洗い直しをされておられました」

「エヴァを放っておいてか！」

がんとヨアキムが机を思い切り殴りつけた。彼がこんなに怒っているところを見たのは初めてだった。私が彼の名を呼ぶと、ヨアキムは頭を振ってため息を深くついた。

「すまない、リエーヌ。ご使者の方も。……どうあっても殿下の擁護はできない。何があってもエヴァはあの男に嫁がせない。あの男だけは絶対に許さん」

「アンディ、エヴァは今どこに？」

「今は事情聴取を受けていらっしゃいます。けれど心配する必要はありません。セオドア様がずっとついておられます」

「ハルト様か、あまり良い噂を聞かない方だと思っていたが……」

「確かにハルト様は軟派な態度を取っておられますが、実際に女性に手を出してはおられないようです。そもそも神殿の一位の方は同じ神殿の二位以上の方としか体の関係を結べませんので、安心してよろしいでしょう。それに私も少し覗きましたがまるで雛鳥を守る親鳥のようでしたよ。この時間ですからご息女は恐らく本日は王城に泊まることになるかと。部屋を用意されておりました」

「わかりました。義父上によろしく伝えていただけますか。近いうちに色々と相談したいとも」

「かしこまりました。それでは私はこれで」

エヴァが見つかったことに安堵したのも束の間、あまりにも酷い目に遭ったと聞いて、やり場のない怒りがこみ上げた。感情の置き場が分からない。私がこんな調子ではいけない。エヴァの方がもっともっと辛い目に遭っているのだから。なんとかあの子が帰ってくるまでに気を落ち着けないといけない。

それでもクラン家の兄妹が憎くて、殿下が憎くて、そんな殿下を信じた自分が憎かった。自分の無力さも頭にくる。涙が溢れて仕方がない。泣き続ける私をヨアキムがそっと抱きしめてくれた。

「旦那様、奥様、エヴァンジェリン様がお帰りになられました」

それから一時間もしないうちにエヴァが帰ってきたとエリスが飛び込んできた。もう深夜と言っていい時間である。それでもあの子が帰ってきたことが嬉しくて、急いで向かった先にはハルト様に支えられるようにして立つエヴァが居た。思ったよりもしっかりと立っていることに少し安心するが、それでもエヴァはとても疲れているようだった。

「初めてお目にかかります、セオドア・ハルトと申します」

そう言ってハルト様はその辺りの貴族よりもよほど優雅に一礼した。

「色々とお話ししたいことはありますが、今日のところは……。ご息女はとても疲れているでしょうから。また後日お時間をいただけますか？」

「こんな遅くに申し訳ありません。エヴァがお世話になりました。ハルト様さえ良ければ部屋を用意いたします。どうかお泊まりになって行かれてください」

「いいえ、まだ彼女は王太子殿下の婚約者です。いくら神官とはいえ、醜聞に繋がる可能性があることは避けた方が良いでしょう」

ヨアキムの言葉をハルト様は断られたが、それはエヴァの外聞を慮ってのようだった。こうして近くで見ると周りの女性が騒ぐのもわかるほど奇麗な顔立ちに、その辺りの貴族よりも美しい立ち居振る舞いの男性だ。ハルト様はエスコートしてきたエヴァの左の額の上に優しく口づけを落とした。

「よく眠れるおまじないだよ、おやすみ、エヴァちゃん」

本来なら止めなければならない行為なのだが、いやらしさのかけらもなく本当に自然に感じられる行動だったので、つい見守ってしまった。

「それでは失礼します」

そう言ってハルト様は帰って行った。エヴァは私達の前では気丈に振る舞っていたが、やはり疲れていたらしく、部屋に帰ったらすぐに寝てしまったとエリスから報告があった。

翌朝はエヴァをゆっくりと寝かせてあげるように指示した。いつもなら朝早くから起き出してくるエヴァだが、今日は十時になっても、お昼になっても部屋から出てこない。

そろそろ起きているだろうか？　話ができるだろうか、とソワソワしているとエヴァが大きな声でエリスを呼ぶ声が聞こえた。そして急いで身の回りを整えるとエヴァは屋敷から飛び出して行った。

「エリス、あの子はどこへ行ったの？　まさか殿下のところとか言わないわよね？」

「えぇ、王宮神殿に行かれると仰っておりました」

「ハルト様のところかしら？　何かあったのかしら？」

私とヨアキムはそわそわしながらエヴァが帰ってくるのを待っていたが、なかなか帰ってこない。昨日の今日だから何かあったのではないかと落ち着かない。心配で心配で仕方なく、神殿に使いを送ろうかと思っていたらハルト様に連れられてエヴァが帰ってきた。

「お義父様、お義母様、突然飛び出してしまい、申し訳ありません。ご心配をおかけしました」

「私もお嬢さんがいらしていると使いを出すべきでした。申し訳ありません」

「いいえ、昨日から娘がお世話になりっぱなしで申し訳ありません。ありがとうございます」

ヨアキムがハルト様に伝えると「いいえ」と言って爽やかに笑った。昨日、ヨアキムがハルト様は女性を侍らしていると言っていたけれど、確かにこれはモテるだろう。ハルト様は昨日と同じようにエヴァに優しく語りかけると帰っていかれた。

更に翌日、所用から帰ってきたら何故かハルト様が我が家にいらしていた。三日連続でお会いしているが、何かあるのだろうか。気になって仕方がない。ヨアキムが帰宅するとエヴァは「話があります」と言ってまっすぐ私達を見た。

「私は殿下との婚約を解消していただこうと思います」

「エヴァ、気持ちはわかった、けれど……」

そう言ってヨアキムはちらりとハルト様を見る。部外者にそのような機密事項を知られるのは良くない。エヴァを止めるべく、口を開く前にエヴァが続けた。

「ハルト様に私の傷痕を全て消していただきました。……王宮の池に落ちた時についた額の傷も。

ですからもう責任を取っていただく必要は無くなりました」

「え、なんですって？」

エヴァの言葉に驚いて私は急いでエヴァの額を見たが、そこには傷痕ひとつなかった。次にエヴァの右手を見るが、やはり醜く引きつれた傷はない。外出していたのに、エヴァが手袋をしていないことは初めてだと気づく。そしてエヴァの右手にはハルト様の瞳と同じ色の指輪が嵌っていることに驚いた。

「ハルト様、ありがとうございます。けれど私達は貴方様にお渡しする十分なものがございません。何年かかるかわかりませんが、必ずお支払いさせていただきます」

「いえ、リザム子爵。お気になさらず。対価に関してはエヴァンジェリン嬢からいただく約束をしております」

驚いてエヴァを見ると、エヴァは何かを決心したような顔で私たちに告げた。

「分かってはいたことですが、殿下の気持ちは私にありません。むしろ私は殿下の恋路の邪魔者です。……今回の件で、社交界では私は汚れた女だと言われるでしょう。もう、殿下の婚約者ではいられませんし、次の婚約者もできないでしょう。だから殿下と無事、婚約解消をした暁には神殿に身を寄せようと思っております。私は昔から魔力が高いと言われていました。恐らく二位にはなれると思います。セオが私の師になってくれると言ってくれています。入殿したら、この怪我を治してくださったのもお手本として無料になるそうです」

「神殿に身を寄せる、ですって？　そんな！」

「えぇ、お二人が心配するのも当然だと思います。けれど殿下がどうして今更私などに目を向けたかは分かりませんが、私は殿下の婚約者でい続けるのはとても辛いのです。今回の件で恐らく婚約解消できるでしょう。下手をしたらあちらから破棄されるのではないでしょうか。けれど殿下が私を婚約者にしたのは何か思惑があるはずです。それが何かはわかりませんが、もうこれ以上彼に関わりたくありません。神殿に入れば私に接触することは難しくなりますし、二位になれば下手な貴族よりも高い地位を得ることができます」

「私が責任を持って彼女を守りますのでご安心ください。どうか彼女の神殿入りを許可してくれませんか。それに神殿に入るとこの国の籍から抜けて、サリンジャの民になることになりますが、一切関われなくなるということではありません。実際に私も実の母を王都に住まわせておりますし、いつでも好きな時に会いに行けます。こう言ってはなんですが……、彼女の生い立ちと経歴を考えると神殿に入った方が安全ではないでしょうか？」

「それは……少し考えさせていただけますか」

「お義父様、お義母様、私もそれを望んでおります。もし二位にすらなれないのであれば、またどこかに嫁ぐことも考えます。けれど私はもうこれ以上流されて生きていきたくないのです。今度こそ自分の未来は自分で決めたいのです」

ハルト様の言葉を肯定するように、エヴァは私たちに一生懸命懇願した。こんなに強くねだられたのは初めてかもしれない。

「エヴァ、私たちに気兼ねをするつもりで決めたわけじゃないのかい？」

エヴァはこくりと頷いた。その瞳は強い意志を秘めていた。

「そうだね、確かに二位になれるなら神殿に身を寄せたほうが将来的にエヴァのためになるかもしれない。けれど二位になれるという保証はないと思うのだが……」

「その時は責任を持って私がお二人の下へ彼女をお送りします。ハーヴェー神に誓います」

本当ならエヴァを手放したくなかったが、けれどそれを渋ったせいでエヴァが危険な目に遭ったり、人に馬鹿にされたりするのはもうごめんだ。

二人が言うようにエヴァが二位にさえなれれば確かに安泰ではある。そしてハルト様は昨日からエヴァを守ってくれて、大事にしてくれているように見える。エヴァを任せてもいいのではないかと思えたのだ。私とヨアキムは目を合わせて頷いた。

ハルト様はエヴァに目配せをすると、お帰りになられた。なんだか秘密を共有しているような雰囲気だ。その秘密が何か、気にはなったけれど、問い詰めることはできなかった。


あのデビュタントから五日後にクラン家の兄妹の裁判が行われることになった。頭にくることに、こんな醜聞にしかならない事件にも関わらず、被害者であるエヴァにも出席するように王宮から召喚状が届いた。王家からの接触はその手紙だけだった。本当にどこまでこちらを馬鹿にするつもりなのか！

あの事件の後、毎日殿下からエヴァに届いていた花束や小物は一切届かなくなった。殿下の評価はもう下がりきってしまっていると思ったが、それ以下があるとは思わなかった。お父様はあの事件以降は根回しをするからと言って忙しくしているが、エヴァの今後に関して神殿に身を寄せることを伝えたら賛成してくれた。お父様が調べたところ、エヴァが襲われた時、クラフト伯爵令嬢が居合わせたそうだ。また他にもルーク家の人間がいたらしいので、貴族たちにエヴァの醜聞が広まる可能性が高いとのことだった。だから神殿に入ってしっかりとした地位を確立した方がエヴァのためになるだろうと言ってくれた。そしてもし神殿に入殿しても、二位になれない時は還俗代を出すとも言ってくれた。

けれど神殿に入るエヴァには心配をさせたくないから、リザム子爵家の爵位を返上することもスライナト辺境伯領に身を寄せることも伝えなかった。入殿後、エヴァが落ち着いて、私達が無事だったら伝えることにしようとヨアキムと話し合った。

あの事件以降こちらに全く接触のない殿下と違い、ハルト様は毎日エヴァを訪ねて来てくれた。あの事件の日以降エヴァは随分と憔悴していたが、ハルト様のおかけで随分と落ち着いてきた。ハルト様はたわいない話をたくさんしてくれた。その際、邪魔じゃないかとも思ったが、ハルト様に強く勧められて私も臨席した。

神殿の話やハーヴェー神の話でもするのかと思ったが、「その手の話は入殿してからでいい」と言って、日常的な話を面白おかしく話してくれた。さすが神官様と言うべきか、話し上手だった。少し心配になる程、彼は女性の扱いがとても上手くて、気がつくと私も彼の話を聞くのが楽しみになっていた。そんな日を過ごしているうちにエヴァは以前のように笑顔を見せてくれるようになった。

ハルト様には感謝してもしきれない。

しかも、彼はエヴァの心のケアだけでなく金銭的な支援までしてくれた。どこまでも気がまわる方だ。

裁判の前日にもハルト様は来てくれた。ハルト様は相談があると言って、私だけでなく、ヨアキムの臨席も望んだ。エヴァが意を決した瞳をして私たちに口を開いた。

「お義父様、お義母様、私の醜聞はもう社交界に広まっているでしょう。王妃様は私のことをお嫌いですから、恐らく、この機に殿下との婚約は破棄されると思います。ですから、その足で私は神殿に入殿したいのです。セオも賛成してくれています」

「彼女の意見に私も賛成です。私には、殿下がエヴァンジェリン嬢に執着しているようにしか見えません。どのような思惑があるか私には分かりませんが、早め早めに行動した方が良いと思います」

「そうだね、王家の出方も分からないし、あの王妃様が何を仕掛けてくるか分からないからその方が良いだろうね」

「これ以上こちらを馬鹿にするのも大概にしてほしいですものね。私も賛成よ」

そう言った後に今までエヴァの出国許可が下りなかったことを思い出した。

「だけど、ハルト様、エヴァにはなかなか出国許可が下りないのです」

「あぁ、今までは騎士団長子息や宰相子息、王太子の婚約者だったから出国許可が下りなかったのでしょう。ただの子爵令嬢を私が神殿に連れて行くのであれば出国許可などは必要ありません。強い魔力を持つ神官候補を連れて行くのだということであれば王家でも止められません」

ハルト様の心強いお言葉に胸を撫で下ろした。

「そうなんですね、ありがとうございます。どうか……どうかエヴァをよろしくお願いします。エヴァ、いってらっしゃいな。こんな機会はそうそうないわ。でも忘れないでほしいのだけど、神殿に入殿しても貴女は私の娘よ、何かあればいつでも相談してね」

私達の言葉にエヴァは安心したように笑って、隣に座るハルト様に信頼の目を向ける。その目に応えるようにハルト様も優しく微笑み返した。二人はお互いを大事に思い合っているように私には見えた。エヴァが二位以上になれたら、この二人は結婚するかもしれない。それなら私たちも安心できるのに。

そして裁判の日もハルト様が迎えに来てくれて、エヴァをエスコートしてくれた。ハルト様はそのままエヴァと共に裁判が行われる部屋に入ろうとしたが、門番に止められた。

「王妃様より、エヴァンジェリン嬢は被害者の席にお一人で入っていただくように命令されております」

どうやら王妃様は被害者であるエヴァを一人で入廷させ、晒しものにするつもりのようだ。あまりのことに絶句したが、門番はこちらを見ながらニヤニヤしている。どこまでもこちらを馬鹿にしてくる王家には怒りを通り越して諦めにも似た気持ちを抱く。

そんな門番に、エヴァの隣に立っていたハルト様が話しかけた。

「へぇ、そうかい。けれど私も当事者の一人だ。彼女を助け出したのは私だからね。だから、私も彼女と一緒に入廷するよ、問題ないね？」

「へぇっ⁉　いや、王妃様のご命令ですから」

「あぁ、それは先ほど聞いたよ。けれどこんなか弱い淑女を一人で法廷に立たせられないだろう？　後で王妃様から君が怒られたら私に無理を言われたと言うといい。君の名前は？　覚えておくから教えてくれるかな」

「あっ！　いえ、そのぅ」

あたふたする門番を尻目にハルト様は笑った。

「問題ないみたいだね。さて行こうか、エヴァちゃん。リザム子爵、夫人お任せください」

そう言ってハルト様はエヴァをエスコートして入廷した。私たちはハルト様がエヴァの側にいてくれることに安心しながらも、私達が側にいてあげられないことを悲しく思った。けれど、いつまでもここで立ち尽くすわけにはいかない。私達は傍聴席の方へ向かった。

入廷してエヴァの方を見ると、王子の婚約者にも拘らず、一段低い場所に案内されていた。加害者ならば仕方ないが、被害者であり、かつ王太子の婚約者という準王族のエヴァが立つ場所ではない。本来ならもう一段、高い場所に立つべきだ。更に驚いたことに、殿下の隣にはクラフト伯爵令嬢が寄り添うように立っていた。

私の持っている扇がみしりと音を立てた。前回はついうっかり扇を折ってしまったので、今度は鉄製の硬いものを持っていたが、またもや壊しそうである。もう絶対に王家は許せない！　馬鹿にして、馬鹿にして、馬鹿にして！　悔しさのあまり涙まで出てきた。私の手をヨアキムがぎゅっと握ってくれたので、あまり力を入れすぎないように私もヨアキムの手を握り返した。

裁判の議題は『クラン公爵兄妹の不敬罪とファウストの監督不行き届き』である。その際、『兄を使って王太子の婚約者を襲わせたこと』が上がっていた。ことの成り行きを見守ることしかできない自分が歯痒くて仕方がない。そのまま裁判が進んで行き、そしてとうとう殿下がこう叫んだ。

「彼女がそなたの兄の子を孕んだ場合、それは王家を乗っ取ることになるな。つまり、王家簒奪の罪を犯しかけた言い訳がそれか？」

ぱきりと手の中の扇が軋む音を立てた。殿下は今『エヴァが傷物になった』と貴族たちの前で宣言したのだ。つまり、エヴァとは『婚約を継続するつもりがない』という意思表示だ。こんなことを聞かせるためにエヴァをこの場に召喚したのだろうか？

殿下のこの言葉にエヴァは一度だけ悲しそうに俯いた。けれどもすぐに頭を上げて真っ直ぐ殿下を見つめた。あぁ、エヴァは殿下に惹かれていたのだ、と今更だが思った。あの子の気持ちを踏みにじった殿下を私は睨みつけた。視線で人が殺せたらいいのに。

貴族たちがざわざわと騒ぎ、エヴァに好奇の目を向けている。エヴァは俯くことなく真っ直ぐ前を見続けている。そんなエヴァに寄り添うように立ってくれているハルト様が本当にありがたくて仕方がなかった。

そんな空気の中、ファウストが兄妹同士の諍いだと愚かなことを口にした。なんて厚顔無恥なことを言うのだろう！　報告書を読んだ私たちにはそんなはずがないことはよく分かっている。あんなことまでしておきながら『兄妹同士の諍い』で済むはずなどない。

それなのに、殿下はその言葉を嘘だと謗（そし）ることなく、満足そうに笑うと『王家の名の下に八年前のリオネル家との約束は無効になったものとする』とファウストに告げ、両家の約束の終了を宣言した。これによって、『一度だけ、クラン家の要請で王宮騎士団が出動する権利』は消失したのだ。まさか、と思って様子を窺ったら、殿下だけでなく国王夫妻の顔にも、うっすら微笑みが浮かんでいる。

ああ、この男はエヴァを愛していたから婚約を申し込んだのではなく、この愚かな契約を破棄するためにエヴァに申し込んだのか。そうだとすると色々と納得がいった。

一生に一回のデビュタントに白以外のドレスを用意したのはこの状態を作り出すためだったのだろう。だから、ファーストダンスだけは人の目を引きつけるためにエヴァと踊った。そしてその後は卑劣な輩が手を出しやすいようにエヴァを放置してクラフト伯爵令嬢とずっと踊っていたのだろう。事件の後もエヴァに付き添ってくれたのはハルト様で、役目を果したエヴァに殿下は目もくれなかった。見舞いにすら来なかった。

クラン家とリオネル家の約束が解消した後、ファウストはエヴァを家に連れて帰ろうとした。冗談ではない、あんな家にエヴァを返せるはずがない。何をされるか分からないのに。殿下はそれについては何も言わない。エヴァがどんな目に遭ったか書類に目すら通してないのだろう。婚約破棄をされたら、すぐに神殿に行くというエヴァの意志は間違っていなかった。

けれどこのままではエヴァは公爵家に引き取られることになって、神殿に行く話も無くなってしまうかもしれない。何よりも公爵家にいる間に今度こそ取り返しのつかない目に遭うかもしれない。どうすればこの事態を阻止できるかと唇を強く噛み締めた時に、今まで黙っていたエヴァがファウストに向かって口を開いた。

ファウストに初対面だと告げるエヴァに向かって、ファウストは「エヴァは自分の娘だ」と何度も強く繰り返した。その言葉にエヴァは大きく息を吸うと大きな声で隣に立つハルト様に告げた。

「セオドア・ハルト様、クラン家は家族同士で姦淫を行う、罪深い一族のようでございます。私が、どのような状況にあったかは保護してくださった貴方様ならよくご存じでしょう。クラン家の方々は『兄妹ならあのような行為をするのは当然』だそうです。兄妹で当然ならば、親子でも行ってぃたに違いありません。とてもではありませんが、私には理解できかねますわ。ハーヴェー様の教義にも反した考えでございます」

「えぇ、そうですね、リザム嬢。貴女の告発をしかと聞きました。さて、国王陛下、このような訴えがあった以上、これは国王と貴族の不敬罪云々の話でなく、宗教裁判にかけるべき案件となりました。ファウスト・フォン・クラン並びにサトゥナー・フォン・クラン、イリア・フォン・クランを背教者として神殿預かりといたします」

エヴァの言葉にすぐさまハルト様は応えて三人を神殿預かりにした。ハルト様には本当にどうお礼をすれば良いのか分からないほど助けられてばかりだ。

その後、エヴァはクラン家には戻らないにも関わらず、クラン家の保護を陛下に願い出た。もうエヴァの独壇場であった。

驚いたことにアスラン様はすでに帰国しており、殿下のそばで牙を研いでいたらしい。正直アスラン様にもがっかりした。アスラン様はエヴァと同母の兄である。だからエヴァを大事にしてくれるかもと思っていたが、今回の殿下の所業を受け入れているということは結局ファウストと同じ類の輩なのだろう。

陛下はファウストを無事に更迭(こうてつ)できたことに、ことのほか大喜びで、エヴァになんなりと褒美を与えると口にし、エヴァの反応を楽しむように笑った。それに待っていたとばかりにエヴァはにっこりと微笑んだ。そしてこれがお手本だと言わんばかりの美しい礼を執ると陛下にこう告げた。

「どうぞ、私と王太子殿下との婚約解消をお許しくださいませ」

正直胸が空(す)いた。エヴァと殿下の婚約は誰から見ても継続できない。だから王家側——特に王妃——から言い渡されるだろうと思っていたが、エヴァから後々問題にならない方法で言い出せたのだ。傍からから見ると『子爵令嬢に婚約解消を申し出られた王太子』になるのだと思うと「ざまを見ろ」とさえ思えた。

「いや、リザム嬢。それについてはもう少し話し合いが必要ではないかね？」

エヴァの言葉に喜んで同意するかと思えたのに、陛下は驚いたことに渋る様子を見せた。まだエヴァに何らかの利用価値があるのだろうか？　けれど私たちはもう王家に関わりたくない。

「純潔は守られたとは言え、私はもう王家に嫁ぐことが叶わぬ身であることは承知しております。この後どのような噂が立つかは火を見るよりも明らかなことかと存じます。せめて最後は引き際を弁えた淑女であったと皆様の記憶に残りとうございます。どうかどうか、私の我儘を叶えていただけないでしょうか？」

きちんと自分の純潔は守られたことを対外的に示した上で、潔く身を引きたいと満点の答えをエヴァは口にした。この場はすっかりエヴァのものになっていた。少し安心をして周りを見渡す余裕が生まれた。そして少し離れた位置にレイチェル夫人を始めとした気難しいご夫人たちが臨席していることに気づいた。彼女たちは実に残念そうにエヴァを見つめていた。

「うむ、わかった。王太子と其方の婚約を解消することを認めよう。後日場を設けるので、その際に詳しい話をまとめよう」

婚約解消を認めるとは言うものの、結論を先延ばしにしようとする陛下に、またもやエヴァが告げた。

「いいえ、陛下。この婚約が継続できなくなった理由は、私にございます。私は王家に何も要求いたしません。また後日、私の噂が蔓延している王宮に伺うのは私にはとても耐えられません。どうしても後日と仰せであればいっそ……」

この言葉に周りの貴族たちも息を呑んだ。エヴァの先程の言葉で好奇の目を向けていた貴族たちの何人かはエヴァに同情的な目を向けるようになっていた。

エヴァの発言にとうとう陛下が折れ、この場で婚約解消する手続きを取ってくれることになった。それなのに、なぜか王太子は驚いた顔をして陛下に異議を申し立てた。しかし、陛下に異議を却下され、その後速やかに婚約は解消された。

閉廷し、退出したエヴァはそのまま家にも帰らずにハルト様と大神殿へ向けて出立することになっていたので、ヨアキムと二人で見送りに行った。いつどんな邪魔が入るか分からないので、そうするのが一番だと分かってはいたが、寂しくて仕方がなかった。最後にエヴァを抱きしめて私たちは二人を見送った。

　私たちはエヴァには内緒で陛下と殿下に謁見を申し込んでいた。本来であれば貧しい子爵家の私たちに許可が下りるはずなどないが、今まで殿下の婚約者の実家だったことや、お父様の力添えもあったからか実現した。陛下と殿下のお二人を指定したはずだったが、なぜか妃殿下まで臨席していた。けれど、何も問題はない。むしろ、好都合だ。

「国王陛下にお目にかかります」

　頭を上げよとの言葉に、私達は下げていた頭を上げる。

「陛下の貴重なお時間をくださり、誠にありがとうございます。本日は申し上げたいことがございまして、謁見を願い出ました」

「うむ、今回はそなたの娘に助けられた。何なりと忌憚なく申すが良い」

「ありがたき仰せ、感謝いたします。……まずは殿下、ご下賜いただきました邸をお返しいたします。殿下の婚約者ではなくなった今、住み続けるわけには参りません」

「いや、慰謝料代わりにはならないと思いますが、今後もあの邸に住んでください」

「いいえ、お返しいたします。陛下、私共は爵位を返上したく存じます。その上で、王都から離れようかと思っております」

　そう言って頭を下げたヨアキムと一緒に私も頭を下げる。

「なに？　何故だ？　リザム子爵、財務課でのそなたの働きは素晴らしいものと聞いておる。考え直してくれぬか？」

「何故だと、今仰いましたか？　娘をあれだけ馬鹿にしておいて今更何を仰せです！　私共が何を思ったか、想像すらされないのですか？」

陛下のあまりにも無神経な言葉に私は黙っておられず、つい、声を荒げた。

「子爵夫人の分際で、何を！　そもそもそなた達の監督不行き届きではないの！」

「えぇ、えぇ、仰る通りですわ。婚約者に放置された娘にしっかりと寄り添うべきでしたわ。まさか、王宮という場所で殿下に背反する騎士が存在するとは思っておりませんでしたもの」

「なんて無礼な！　陛下、この無礼者たちの爵位を取り上げ、牢に入れてくださいな！　子爵家の分際でわたくし達になんて口をきくのかしら！」

私の言葉に妃殿下は顔を真っ赤にして怒り出した。王妃というよりもまるで駄々っ子のようだ。

「えぇ、妃殿下、そもそも私たちは爵位を返上したいと申し上げております」

「妃殿下、落ち着いてください。子爵夫妻の言うこともっともです」

「うむ、イザベラ。わしが忌憚なく述べよと言ったのだ。それに子爵夫妻の言うことは耳が痛いが間違ってはおらぬ」

「いいえ、たかが子爵家の人間が立場もわきまえずに……」

「わしが許したのだ、黙って聞け」

激高した妃殿下を殿下と陛下が交互に窘める。なんて茶番だろうと思わず冷めた目で彼らを見てしまう。

「妃殿下にもご不興を買いましたことですし、私共は今後二度と王都に足を踏み入れません。どうかお許しを」

「そなた達の気持ちはよく分かった。しかし今回の件の直後にそなたが社交界から姿を消したらあらぬ噂が立つだろう。どうだ、考え直さぬか？」

「非才の身を惜しんでくださるのは有難いですが、今の私は王家に忠誠を誓えません。それに殿下の御代になった時に私共は言祝ぐことができないでしょう。そんな私共が王都にいることの方が後々問題になるでしょう」

「良いではありませんか、陛下。王家に忠誠を誓えないと言う貴族など不要ですわ。それにとんでもない不敬ばかり口にして！　騎士達、入室を許します、その無礼者達を捕らえなさい！」

妃殿下の言葉に扉が開いて騎士達が部屋になだれ込んでくる。彼らは戸惑いながらも私たちに近づいてこようとした。

「ならん！　たかが子爵夫妻ではない。リザム子爵夫人はスライナト辺境伯の息女だ。下手をしたら辺境伯を敵に回すことになる。今スライナト辺境伯と事を構えるとことはまかりならん。ことによれば国が割れるぞ！」

騎士達の手が私たちに触れる前に陛下の怒号が飛んだ。陛下のあまりの剣幕に、騎士達は私達から一定の距離を保って止まった。

「国が割れるなんて大袈裟なことを仰らないでくださいな。たかが辺境伯です、我がルーク家さえ共にあれば、何ものも恐れることはありませんわ」

「愚かなことを申すな、妃よ。南のハルペー（蛮族）を押しとどめておるのが、強靭なスライナトの兵だ。

辺境伯が職務を放棄するだけで、王都は火の海に沈むだろう。そうなった時に妃が誇るルーク家が対処できるか？　戦を忘れて久しいルーク家には無理であろう」

陛下が苦い顔をして妃殿下を諭す。陛下が妃殿下を溺愛していると専らの噂だったが、国防すら理解していないなんてあり得ない。

「スライナトは、クライオスの盾、国防の要だ。ゆえに、スライナト家には特例的に、子爵家以下の貴族の叙爵権を与えておる。滅多なことを申すでない」

陛下が声を大きくしている間に、騎士達の後ろから二人の男女が室内に入ってきた。驚いて、そちらを見ると騎士達が入って来たドアは開いたままとなっていた。

「陛下の仰る通りですな、私の息子と娘に手を出されるのであれば我が家を敵に回すとお心得ください。……しかし、孫娘の養子先は精査なさっただろうに、妃殿下はこの程度のことすら把握しておられないのか。そのような王妃を平然とこの場に出す王家に不信を抱くのは仕方がないことではありませんかな？」

入室してきたうちの一人は父だ。忙しいのに、私達を心配してきてくれたのだろう。父は妃殿下を蔑むような目で見ると、厳しい声を出す。

「何よりも妃殿下、この二人を処断すれば、王家には『貴族を利用するだけ利用して用済みになったら処刑する』という悪評が立ちますぞ」

「えぇ、辺境伯の仰る通りですわ。それにもしお二人に手を出されるなら、神殿も黙っておりませんわよ」

お父様と共に入室したのは、見覚えのない赤い髪の鮮やかな美女だった。美女は私達を庇うように陛下の前に立った。その美女を見た陛下は苦虫を噛み潰したような顔をする。

「スライナト辺境伯は分かるが、ハルト殿、またどうしてここに」

「あら、陛下、ごきげんよう？　私は私の可愛い後輩にリザム子爵夫妻のことを頼まれただけですわ。それに話を聞いておりましたけど、リザム子爵夫妻の言うことに何も間違いはないのではなくて？　そもそも婚約者のデビュタントで婚約者を放置して、他の女性と踊り続ける王太子を責めるどころか被害者を責めるなんて……。妃殿下はどうかなさっているんじゃありませんこと？　そんな妃殿下を放置なされている陛下も同罪ですわね」

楽しそうににやにやと笑いながら女性は続ける。妃殿下はその女性を睨んでいるが、何も言えない様子だった。いきなりのことに驚く私にヨアキムがそっと耳打ちをする。

「あの方はバーバラ・ハルト様と仰って、王宮神殿にお住いのハルト様だ。恐らくセオドア様が私たちを案じてお願いしてくださっていたのだろう。本当にあの方には返しきれないほどの恩を受けてしまったね」

「陛下、リザム子爵夫妻はそんな難しいことを申し上げておりませんわよ。爵位を返上して二度と王都に来ないと言っているだけではありませんか。法外な慰謝料を要求されているわけではありませんわよ？　どうして許可なさらないのです？　そもそも、有能な人物から見放されるのも、粗略に扱った婚約者の家から見放されるのも全て自業自得ではありませんの。あまりおかしなことを言い続けるのでしたら、大神殿に『この国からの要請を断るように』要請しても良いんですのよ？

もちろん妃殿下が毎月依頼されている美容施術に関してもお断りすることになりますわね？」

ハルト様の強い言葉にその場に居合わせた人間は思わず息を呑む。困惑する私達の中で、妃殿下だけがぎりぎりと歯を食いしばりながら、ハルト様を睨んでいる。何かよっぽどまずいことを頼んでいるのだろうか？

「妃殿下、美容施術とはなんですか？」

私たちが疑問に思っていることを殿下が切り込む。確かに『美容施術』とはいったいなんだろうか？ ハルトへの依頼には莫大な費用がかかる。それなのに、毎月受ける必要がある施術とは、どのようなものなのだろう。

「それは、殿方には関係ないことよ。バーバラ・ハルト、余計なことは口にしないでちょうだい！」

「あらあら、私は妃殿下に呼び捨てにされる謂れはありませんわよ。良いことを教えて差し上げますわ。神殿には守秘義務はありませんのよ？ 何を依頼されたか、開示するかしないかはそれぞれの判断に寄りますの」

「何ですって！ たかが男爵令嬢風情が！」

「私は、ハルトですわ。以前の身分を言うのであれば、妃殿下こそ、たかが侯爵令嬢風情ではありませんの。ふふふ、殿下、気が向いたので教えて差し上げますわ。美容施術とは年齢を重ねたことで出てくるシミや皺を無くす魔法ですわ。私の得意な魔法ですのよ、ご覧くださいな。王妃様にはシミも皺もありませんでしょ？」

「そんなことを神殿に依頼したのですか！ それなら八年前にクラン公爵令嬢が怪我をした際に私

の予算から治療費を出してもよかったではないですか！　なぜ密輪に手を出したのかと思っていたが、そんなつまらないことのためだったとは……。陛下、後程お時間をいただけますか。もう妃殿下は表に立つべきではないでしょう」

「ジェイド、馬鹿なことを言わないでちょうだい！　あなたは実の母を貶めるつもりなの？」

「ええ、貴女も実の息子を蔑ろにしていたでしょう、お互い様ですよ。いや、この話は後からいたしましょう」

確かに妃殿下は年齢よりも若く見える方だが、神殿にそんなことを依頼していたとは！　しかも殿下は『密輪』と仰ったような……。おかしなことを聞いてしまったのではないだろうか。

殿下は蔑むような目を妃殿下に向けた後に私達の方を振り向いて深々と頭を下げた。

「リザム子爵、夫人、本当に申し訳ない。今回のことは私の不徳の致すところです。お二人の仰ることはもっともですが、どうか、もう一度私にチャンスをいただけないでしょうか？　私には彼女が必要なんです」

「今更です、私たちは貴方を信用できません。万が一、あの子が望もうとも、殿下に娘を預けようとは、もう二度と思えません」

ヨアキムだって頭にきているだろうに、静かにそう返した。殿下は頭を上げないままだ。なんだか落ち込んでいるようにも見える。けれども、私もヨアキムも、もう殿下を信じられない。だって、殿下はエヴァでなく、クラフト伯爵令嬢の手を取ったのだ。それなのに、まだエヴァに何か用事があるのか。……もしも、彼女との仲を隠すための隠れ蓑に使うつもりなら絶対に許さない。

「どうか頭をお上げください。申し訳ありませんがどれだけ請われようともそのご命令だけは聞けません」

ヨアキムはそう言って殿下の頭を上げさせると、私のそばを離れ、殿下に歩み寄った。そして「失礼」と言って、いただいた邸の鍵を殿下にお返しした。

「もう二度と私たちは王都に足を踏み入れるつもりはありません。娘もこの邸に住むつもりはないでしょう。お雇いいただいておりました使用人たちの給与は今月分までは私共で支払い終えております。以降どうなさるかは殿下がお決めください。それから娘にいただきました品物も全てこちらに置いておりますし、それも殿下がご処分なさってください。私も妻も娘も、殿下からは何もいただくつもりはございません」

殿下はすがるような瞳でこちらを見ていたが、絶対に許さない……許せるはずがない。ヨアキムもそう思っているのだろう、厳しい瞳を向けていた。何故か殿下はエヴァにまだ利用価値を見出しているようだ。『エヴァが洗礼を受けるまで神殿に行ったことは言わない方が良いだろう』とのヨアキムの言葉は正解だった。

「さて、陛下。もう良いでしょう、ヨアキムもリエーヌも私が領地に連れ帰ります。そうそうトラン子爵位を授けようと思っております。もちろん問題はないでしょう、我が領地での叙爵権は私にありますからな。もちろん、もう二度と王都の社交界には出席させませんがな」

「仕方があるまい……。しかし、わしがこう言っても信用ならんだろうが、エヴァンジェリン嬢のことは考え直してもらえないだろうか。彼女はジェイドの運命だと……」

「まぁ、王家の運命の相手って面白いですわねぇ。陛下のように甘やかしすぎて情勢のひとつもろくに読めない人間を生むかと思えば、殿下のように放置して、貴族達に笑われて惨めな思いをする人間も生むんですから。どちらにしても迷惑極まりませんわね、運命の相手とやらとは結ばれない方がお相手のためにも周りのためにも良いのではなくて？」

ハルト様は艶やかに笑いながら、ものすごく毒を吐く。言うことが的を射すぎて私達がこれ以上言うことは何もない。

「それではこれで失礼する。もう二度と我が娘と息子、孫娘に近づかないでいただきたいものですな。行くぞ、ヨアキム、リエーヌ」

そう言ってお父様と私とヨアキムは陛下の前を辞した。もうこれ以上王家の面々の顔を見ていたくはなかった。拝謁の間を出たところで後ろから楽しそうについて来たバーバラ・ハルト様に振り向いてお礼を言った。

「ハルト様、この度はご加勢をいただきまして、本当にありがとうございました」

「うふふふ、いいのよ。私の可愛くて小生意気な弟分がわざわざ私に頭を下げに来たんだもの。あの子のつむじを見下ろせただけでも楽しいのに、あの傲慢な妃殿下に面と向かって文句を言えるんだもの、役得よ。本当に楽しかったわぁ」

そう言ってハルト様はにっこりと微笑む。彼女はまるで真紅の薔薇のような女性だったから、笑うとより艶やかに見えた。

「ありがとうございます、けれど貴女様の立場が悪くなるのではありませんか？」

ヨアキムが心配そうに告げるとさらにハルト様は破顔した。

「あらぁ、気にしてくださるの？　大丈夫よ。今の王家に神殿と諍うほどの力は無いもの——まあ、例外もいるようだけれど。でも、安心なさって。私はこの国で五人しかいない光属性の持ち主よ、下手に手を出したら破滅するのはあちらの方ね。それに私はあと二か月もしたら大神殿に行く予定なの」

そう言ってそっとお腹に手をやって愛しそうに撫でる。

「ここにね、新しい生命がいるの。大神殿で産む予定なんだけれど……ふた月後に隣国で誕生祭があるでしょう？　その時に隣国にいたら無理しなきゃいけないから、誕生祭が終わり次第、大神殿に行くつもりなの。入れ違いに王宮神殿にはセオドアが帰ってくるし、その時に新しいハルトもやってくるでしょう」

「お子が宿ったなら余計に今敵を作るのは危険ではありませんか？」

「うふふ、大丈夫よ。ハルトの子だもの、この子もハルトになれる可能性があるわ。だから、私とこの子を守るために神殿から精鋭が送られて来ているの。今の私を傷つけることはなかなかできることではなくてよ。……それよりも、貴方たち驚いたわ。あそこまで言うなんて。下手をしたら生命がなかったわよ？　私が取りなすことを知らなかったんでしょう？　いくらスライナト辺境伯のお身内とはいえ、あの愚かな妃殿下が何をしてくるか、分かったものじゃなかったでしょうに」

「ご心配ありがとうございます、けれど……」

「ヨアキム、リエーヌ、お主達死んでも良いと思ってあの場に臨んだな？」

ヨアキムの言葉を遮るようにしてお父様が口にした。気づかれていたかと、ぎくりとした。

「何ですって、どうしてそんな事を？　いくらハルトとは言え、死んだ人間を生き返らせることはできないのよ？　下手なことをされたら私だって困るわ。理由を仰って」

「エヴァが殿下に情を残しております。恐らくあの子は殿下に惹かれています」

ヨアキムの言葉にハルト様は楽し気だが、それでいてどことなく寂し気な顔をした。

「セオドアの悲しい片思いなのね。残念だわ」

「ハルト様のことは信頼して大事に思っているようではありますが……」

「信頼と恋愛は違うものだもの、仕方がないわ。それに恋愛なんてままならないものだしね。まあ、アレが好きだっていうのは正直趣味が悪いとは思うけど……セオドアが良い趣味かどうかは別の話ね」

「いいえ、ハルト様方には感謝してもしきれません、本当にありがとうございました」

私達はハルト様に深く頭を下げた。

「娘は殿下に強く請われたらただ利用されるだけでも、殿下の下に戻るかもしれません。けれど、殿下のそばにいる限りあの子は周りに馬鹿にされて嘲笑われて、搾取されるばかりです。きっと幸せになれません」

「もし、私たちが王家の手によって生命を落としたら、絶対にあの子は殿下の下には戻らないでしょう……そう思っている部分もありましたわ。もちろんただ王家に頭にきたということもありましたけれど。言ってやらないと気が済まなかったんです」

「まぁ、気持ちは分かるけれど、あまり無謀な真似をしてはダメよ。もし、お嬢さんが後から知ったらどれほど傷つくか分からないわ」

「全く、ハルト様の言う通りだ。もう二度とあのような危険な橋は渡るでないぞ。そもそもリエーヌ、ヨアキム、親よりも先に死ぬなど親不孝の極みだ」

ハルト様とお父様に叱られて確かに私達の我儘だったと反省する。思わずため息をつくと、急に力が抜けた。危うく倒れそうになった私をヨアキムが支えてくれた。ヨアキムは私を抱きしめたま ま、二人に謝罪した。

「ともかくさっさとこんな場所から出るぞ。もうこのまま領地へ向かおう。ハルト殿、この度は本当に助かった。ありがとう、礼を言う」

「良いのよ、本当に楽しかったもの。それにトラン子爵夫妻ともうお呼びして良いのかしら？　すごく気に入ったわ、特にリエーヌ様！　よろしければ私とお友達になってくださらない？」

そう言ってハルト様は私に手を差し出した。私は嬉しくなって彼女の手を握った。

「私でよろしければ是非」

領土へ帰ったらエヴァに手紙を送ろう。近況報告をしたら悲しむかもしれないと思ったけれど、新しい素敵な友達ができたことを知らせたらきっと喜んでくれるに違いない。

兄は妹に会いたい

「お待ちください！」

　俺は謁見の間から出てきた目的の人物をなんとか捕まえることができた。目的の人物――エヴァを保護してくれていたリザム子爵夫妻は俺の顔を見ると顔を顰めた。夫妻の顔に浮かんだ嫌悪の色に思わず足を止める。そこで初めて子爵夫妻以外の男女がいることに気づいた。

　男性の一人はスライナト辺境伯だ。辺境伯が共にいることは想定の範囲内だ。けれど、赤毛の美女がいることに――しかもリザム子爵夫人と実に仲良さげにしている様子に――首を傾げたくなる。なぜ、ハルトがここにいるのだろう？　はっきり言ってハルトにはあまりいい感情がない。目の前の女性のせいでなく、銀色のハルトのせいなのだが。けれど、今はそんなことを気にしている場合ではない。

　俺はどうしても、エヴァに会いたいのだ。勝手と言われようとも会って話して、そして詫びたい。エヴァを守りきれなかったこと、何度も顔を合わせていたのに何も言わなかったこと、なにより俺たちが立てた計画のせいで酷い目に遭ったこと。

　その上で、エヴァを説得して公爵家に迎え入れたい。今回の俺たちが立てた計画は失敗していたはずなのに、最終的に思い描いていた形になったのは、エヴァのおかげだ。こんな不出来で薄情な兄にあの子は全てを残して去っていこうとしている。自分の情けなさにたまらなくなる。このまま俺が全てを得て、あの子が全てを失うなどとても耐えられない。それにエヴァは俺のただ一人きりの家族だ。失いたくない。

　俺はどうしようもなくて、頼りない兄貴だけど、それでも今度こそ守りたい。誰よりもエヴァの味方になりたいのだ。

「リザム子爵、夫人、初めてお目にかかります。アスラン・フォン・クランと申します。エヴァを……妹を保護してくださり、ありがとうございます。いきなり申し上げるのは失礼かと存じますが、妹と会わせていただけないでしょうか」

　俺の願いを聞いた子爵夫妻は冷ややかな視線を向けてきた。それも仕方が無いだろう。子爵夫妻から見たら俺は妹を放置していた兄で、帰国したのに挨拶すらしなかった、不義理な人間だ。それにジェイドのそばにいたのだから、今回の事件についても責任の一端を担っていることを分かっているのだろう。

「はじめまして、クラン公爵閣下。申し訳ありませんが、すでに私はリザム家の爵位を返上しております」

　リザム子爵――いや、元子爵は一礼すると淡々と述べた。俺に発する言葉は静かで怒りの色が滲んでいなかったからこそ、余計に彼の怒りが伝わってきた。声は平坦だが、夫人共々こちらを見る目は実に冷たい。夫人の後ろに控えているハルトはにやにやしながら、面白いものを見るような目で俺を見ている。次の言葉を探す俺に話しかけてきたのは辺境伯だった。

「クラン公爵、お久しぶりですな。お小さい頃に何度かお会いしたことがありますぞ、この老人を覚えておいでかな？」

「ええ、もちろんです。王国の盾であり、英雄と謳われるあなたを忘れるはずがありません。私が剣を習い出したのも、あなたに憧れたからです、スライナト辺境伯」

「ほう、それは光栄ですな、この老骨の顔を覚えてらっしゃるとは。しかし、この老骨の顔よりも覚えていなければならない方のことをお忘れでおいでではないかな？」

「妹のことを忘れたことはありません。ただ……いいえ、これ以上なんと言っても信じられないでしょう。私のことをどのように思っていらっしゃるかも理解しているつもりです。けれど、これだけは信じてほしいのですが、私は妹の幸せを何よりも願っています」

「何を……今更、何を仰せです⁉　殿下と共にエヴァを利用なさったではありませんか！」

俺の言葉に夫人が声を荒げる。夫人は細く頼りなげな、線の細い佳人という風貌をしているが、それに反して、俺を睨む視線は鋭く、語気は強い。思わず怯みそうになった足を踏ん張る。身体があまり丈夫ではないので、あまり社交界に出てこないと噂だったが、この気迫はなんだろう。

「リエーヌ、やめなさい。公爵には公爵のご事情がおありだったのだろう。我々下位貴族よりも権限をお持ちである以上、責任も肩にかかるものもきっと大きいでしょう。妻が失礼しました、クラン公爵閣下。けれど、貴方様は、私たちに構っているお暇などないのではありませんか？」

声を荒げて威嚇してくる夫人も怖いが、穏やかに声をかけてくる元子爵も恐ろしいものがある。

どうやら帰国を黙っていた事は目を瞑るが、あの事件の後に訪ねてこなかったことを責めているようだ。正直に言って返す言葉もない。

俺はクラン公爵家の現状の把握をしつつ、ジェイドの不始末の処理などでここ数日忙しくしていた。クラン家は俺が思ったよりも弱体化していた。正直に言って今のクラン家はぐちゃぐちゃで、何をどこから手をつければいいのかわからないほどである。目処すら立っていない。早く、他の三大公爵家手下の貴族や一門の人間につけ入れられないように急いで体制を整えなくてはならないと焦っていた。

けれど、それでもあの事件の後、傷ついたエヴァに会いに行かなければならなかったのだと気づいたのは裁判の時だった。貴族たちの心無い言葉に少し俯いた後、まっすぐ前を見たエヴァの手は震えていた。それを支えていたのは、あのいけ好かない男、セオドア・ハルトだった。本来ならあの場所でエヴァを支えるのは俺であるべきだった。

エヴァのことはジェイドが守るだろうとあの事件の時まで高を括っていた。ジェイドとの婚約を反対しながらも、エヴァを守るのはジェイドの役目だと、今思うと矛盾している気持ちを抱いていた。本当に俺は愚かだ。

「仰るとおりです。貴方がたがお思いのように、私は不出来な兄です。けれど、このまま私が全てを受け継ごうなどとは思っておりません。できれば妹の籍を公爵家に戻してあの子にも然るべきものを渡したいのです」

「ふむ、公爵の言い分は理解しましたぞ。しかし公爵、伺いたいのですが、妹御を公爵家に連れ戻された後は如何なさるおつもりですかな？」

「守りたいと思っております」

「呼び戻したのならば守るのは当然でしょう。問題は如何にして守るか、ではないですかな？　はっきり言いますぞ。公爵家に呼び戻そうとこのまま王都にいる限り醜聞からは逃れられんでしょう。そうなると……まともな縁談は望めんでしょうな」

「ならばこそ、守る力は大きければ大きいほど良いのではありませんか？　前回のデビュタントや今回の裁判であの子は人目に晒されすぎました。身内贔屓と言われるでしょうが、あの子は美しい。その美しさに狂う人間が何人もいるほどに。殿下と婚約解消をし、更に醜聞を背負った妹ならば、手に入れられると勘違いした愚かな人間が山ほど湧いて出るでしょう。……失礼ですが、低い爵位にいるよりも公爵家の令嬢の方が少しでも小蝿を払えるのではないのでしょうか」

俺の言葉に辺境伯は、わはははは、と大きな声で笑う。

「仰る通りですな、公爵。けれどそこまでわかっていて何故ご自身の下に戻そうとなさるのか。失礼ですが今のクラン家は名ばかりであることは、もうご自身が嫌になる程ご存じでしょう。商家やそれほど力のない伯爵家くらいまでの求婚者は断れても、それ以上は無理でしょう。下手をしたらどこぞの侯爵家からの申し出は断れない可能性もありますぞ。さて、どこに嫁がせるおつもりかな？」

「婚姻はあの子が望むところに嫁げば良いと思っております。他の貴族からの圧力に負けぬよう、早く家を立て直します。そのためならば手段を選ぶつもりもありません。……あの子が望まないならばどこにも嫁がず、ずっと公爵家で過ごせば良いとも思っています」

俺は考えうる限りの言葉を懸命に答えたつもりだが、辺境伯は困った子供を見るような目になった。元子爵夫妻も戸惑ったように俺の顔を見つめている。ハルト様だけが先ほどと変わらずにやにやしていた。辺境伯は小さなため息をひとつつくと、俺の目をひたと見つめて切り出した。

「これから家を立て直すために、公爵は色々な貴族に頭を下げ、縁故を作る必要があるでしょう。なにより、貴殿は今から殿下に擦り寄り体制を整えるおつもりでしょう？　そんな状況で本当に妹御を守り通すことがおできになりますかな？　王家はうちの孫娘にまだ何か利用価値を見出している様子。殿下に至ってはなぜか孫娘に執着しているようにも見受けられます。果たして、公爵はその殿下から本当に孫娘を守りきれるおつもりですかな？」

今の俺は、エヴァとジェイドを結婚させる気はこれぽっちもない。どんなことをしても阻止するつもりでいた。しかし、辺境伯の言葉を聞いて俺はサラの言葉を思い出した。

『アスランが許可したからここにいるんじゃなくて、エヴァちゃんを手に入れるためにアスランがここにいるのよ』

この言葉は本当だろう。ならば俺がどんなに反対しても、ジェイドは止まらないだろう。ならば、今の俺では守りきれない、そう考えてぞっとした。また俺は俺のためにエヴァを動かそうとしたのだ。このままエヴァが色々な貴族に馬鹿にされ、全てを失ったまま去ってしまうことに耐えられないのは俺だ。エヴァの気持ちを一度も聞いていない。どうするのかを相談するのでなく、籍を戻すように説得したいとしか考えてなかった。辺境伯の仰る通り、俺はまず自分の周りを固めた後に、エヴァと相談の上にどうするかを決めるべきだったのだ。頭に血が上っていた。焦りすぎていた。それで今回の作戦も失敗したのに、なにも学んでなかった。俺は自分で自分を殴りつけたい衝動に駆られた。

「申し訳ありません。頭に血が上っており、馬鹿なことを申し上げました。辺境伯の仰る通り、今の私ではあの子を守れないでしょう。私は殿下がエヴァを手に入れるための手駒としてそばに置かれていたのですから」

俺の言葉に辺境伯は眉を顰めた。そして立派な白い顎髭を触りながら何かを考えていたが、考えが纏まったのだろう。重々しく口を開いた。

「公爵、先ほど陛下が口にされかけたのですが……もしや、殿下は孫娘のことを『運命』と思っておいでなのかな?」

「えぇ、仰る通りです。私は殿下の駒の一つにすぎません。クラン家を継ぎ、妹の後ろ盾になるための……。もちろん、色々と便宜を図っていただきましたが……」

俺の言葉に辺境伯は大きくため息をついた。何かを吐き出すような、どこか諦めを含んだようなため息だった。

「それはまた、面倒なことになった。……いや、しかし、殿下はクラフト伯爵令嬢を寵愛されているのでは？　夜会では孫娘を放ってずっと踊っておられたが……」

「それについては私の口からは申し上げられません。私のことであれば出来得る限りお話ししますが、主君のことについては申し上げかねます」

俺の言葉に辺境伯は何度かうんうんと頷きながらぽつりと呟いた。

「今日の殿下の様子であればなんとかなるかもしれんな……。手遅れになる前に手を打たねばなるまい」

なんとなく不穏な感じがしたが、口を挟めるような雰囲気ではない。余計なことは言わない方が良いだろう。今の俺がエヴァにできることは何かと考え、口を開いた。

「辺境伯、子爵、夫人。本来なら私があの子を守らなければなりませんが、情けないことに今の私には力が足りません。それなのに、私の気持ちばかりを押し付けるような真似をいたしました。謝罪いたします。辺境伯の仰る通り、今の私ではあの子を守りきることができません。……引き続きあの子をお願いできますか？」

俺は深く頭を下げたが、思うことがあるのだろう、誰も口を開かなかった。それでも、頭を下げたままでいると、ようやく辺境伯が応えてくれた。

「うむ、よくわかりましたぞ、公爵。頭をお上げくだされ」

「ありがとうございます。こちらから無理なお願いをしておきながら、このようなことを言うのは失礼でしょうが、それでも申し上げたい。ご不快であればお断りくださって結構です。あの子にせめて母の形見の品を何点か贈らせていただけないでしょうか？　あの子の養育費も、ご不快でなければお受け取りいただきたい」

「閣下、お気持ちはわかりました。養育費は必要ありません。あの子は私たちの子です。他の方からいただくつもりはありません」

俺の懇願に答えたのは元子爵だった。心なしか声が柔らいだように感じる。元子爵の後に、続いがありがたかった。

たのは夫人だった。彼女の声は、まだ怒りが滲んでいたが、それでも俺と話をしてくれるのがありがたかった。

「けれど実のお母様の形見に関しては、私たちでは決めかねます。娘に確認をして返事をしたいのですが、よろしいですか？」

「もちろんです、私の不躾な願いにお応えくださり、感謝いたします。……最後に、身勝手とは思いますが、あの子の近況を教えていただけないでしょうか？　思い出した時だけ、『元気です』の一言でも構いません。何か困ったことがあればなんでも仰ってください。私の持てる力の全てでお応えすることをお約束します」

俺はもう一度元子爵たちに向かって頭を下げた。彼らが渋々とだが、頷いてくれてほっとした。

「さて、ヨアキム、リエーヌ。二人は先にスライナト領に行っておれ。私はすることができてしまった。さて公爵、あなたが本当に妹御を殿下に嫁がせる気がないなら、協力していただけますかな？」

俺は間髪を容れずに「もちろんです」と答える。俺の答えに辺境伯は満足そうに頷いた。

「殿下にお会いしたい。できるだけ早く」

「わかりました、エヴァのことと言えば殿下は必ず時間を空けるでしょう。すぐに確認をとります。遅くとも明日には時間をとっていただけるよう、お願いします。宜しければ私の邸でお待ちいただけますか？　私が戻ってから日が経っておりませんので、ご満足いただけるようなおもてなしはできないかとは思われますが……」

俺の言葉に辺境伯は重々しく頷いた。辺境伯の言葉に元子爵が心配そうに口を開く。

「お義父さん、どのような話をなさるおつもりですか？　私達も同席させていただきたいのですが……」

「悪いようにはせんから任せておけ。王都はあちらのテリトリーだ。奴らがどう出るか想像がつかん。お前たちは安全を第一に考えて先に領地へ行くのがよかろう……お前たちに何かあったら、孫娘が悲しむ」

元子爵夫妻は同意しかねるようだ。恐らくジェイドと関わりを持ちたくないのだろう。その二人に辺境伯は噛んで含めるように続けた。

「良いか、クライオス王家は本来獅子なのだ。まだ眠っているうちに手を打たねば手遅れになる。今ならまだ間に合うだろう」

その言葉に二人は渋々と頷いたが、俺は辺境伯の言葉になぜか背中が冷たくなった……。

【間章】神殿騎士は不満に思う

はぁ、とオレはため息をついた。目の前には女が一人、ロッキングチェアーに座り、さして大きくなってもいない腹を大事そうに撫で、子守唄のようなものを歌っている。

正直に言ってオレは不満だった。神殿から王宮神殿に行くように言われた時は、飛び上がるほどに嬉しかった。

セオドア様のおそばに行ける、きっとお役に立ってみせると喜び勇んで王都まで来たのだ。けれども蓋を開けてみると、セオドア様はオレと入れ違いにサリンジャへ戻ると言う。それならセオドア様の護衛をしたいと申し出たのだが、断られてしまった。

「長旅で疲れているだろうイアンを連れて行くのは忍びないよ。君にはバーバラの身辺警護をお願いしたい」

長旅の疲れなど貴方のお役に立てるならなんでもないと、ごねたが聞き入れてもらえなかった。

王宮神殿に在籍している神殿騎士なんかよりもオレの方が絶対にお役に立つと思うのだが……。

「おい、まだ拗ねてんのか、イアン」

隣から同僚のグエンが声をかけてくる。「うるせぇ、拗ねてねぇよ」と返したが、自分でも声が苛立っていることがわかる。

「良いじゃないか、野郎のそばに居るより美女を守る方が燃えるってもんだろう」

「何が美女だよ、誰の子を孕んだかわからない阿婆擦（あばず）れじゃねぇか」

吐き捨てるように言ったオレに「バカ、声がでかい」とグエンは慌ててオレの口を塞ぐ。グエンの手を振り解いて奴を睨む。確かに声がデカかったかもしれないが、汚い手で口を塞ぐんじゃねぇと思ったが、周りの騎士たちが俺を睨んでいることに気づいた。面倒くさい、そう思いながらも、少しだけ声を顰めて言い返す。

「事実だろ、バーバラさまは独身なのに腹に子供がいるんだぜ、しかも思い当たる人間は何人もいるんだろうが」

「ばっか！　お前、ハルト様は子供を作ることも職務のうちだろうが。なによりも、お相手は二位様以上なんだから問題はないからな」

「ハッ、本当に二位様の子供かどうかなんて分からねぇだろう。そもそも結婚してねぇのに子供ができるなんて……」

「あのな、お前さ。なんで神殿に入ったんだ？　……いいか、ハルト様なんて護衛という名目で、神殿に常時見張られているようなもんだぞ。決められた人間以外と寝るなんてできるわけがないだろうが。そもそもな、妊娠のことだってお前の認識と違うからな。お前の国だったらおかしいことかもしれないが、ハルト様なら珍しいことでも、ふしだらなことでもないぞ。立派に職務を果たしたってことになるんだ」

グエンの言葉にオレは押し黙るしかなかった。オレの故郷では結婚をしてねぇ女が子供を産むなんて醜聞でしかなかった。狭い村社会のことだから、子供の父親が誰かなんて周りも知っていたし、子供ができたら結婚していた。だから、本当に誰の子かわからねぇ子供を身籠ったら、村八分にされたものだ。だから、いくらお勤めとは言われても、正直バーバラさまには抵抗がある。「それなら神殿に入るなよ」とグエンは言うが、オレにはオレの都合がある。

「何がそこまで不満なんだか……。大神殿から遠路はるばるここまで来たのにとんぼ返りの方が疲れるだろうに。なによりバーバラ様の護衛なんてご褒美でしかないだろうが。元々お奇麗な方だったけど、なんだかお優しい雰囲気になられたよなぁ。あぁ、俺がもっともっと力があったら、ワンチャンあったかもしれないのに……」

「お前、あんなのが好みなのか」

「イアン、さっきから口が過ぎるぞ。あまり口が過ぎると、消されるぞ。……全く、バーバラ様は大輪の薔薇みたいに華やかでお奇麗な方じゃないか。憧れて何がおかしい。はぁ……相手になれる方が羨ましい。まぁ、一位様のお相手は二位様以上とはいっても神殿が厳選するから、もうちょっと力があったとしても、俺なんか相手には選ばれなかっただろうけどさ」

「よかったじゃねぇか、変な命令出されなくて済んでよ」

「もう、本当にさ……お前、なんで入殿したんだ？　お前たちなら、大好きなセオドア様のおかげで違う道も選べただろうが」

グエンは大きくため息をついて続けた。その態度に少しイラつく。こいつは良い奴だが、説教くさいところがある。けれどオレみたいな人間でも分け隔てなく付き合ってくれる希少な奴でもあるので、有難いとは思っている。……思ってはいるが、それでも面倒くさいと思わずにはいられない。

オレは元々ハルペー帝国の人間だが、戦争のせいで村から焼け出された。妹と二人で彷徨ううちにサリンジャの国境付近にたどり着いた。神殿はハルペーの人間で、かつ子供なオレたちの入殿を許可してくれなかった。もう死ぬしかなかったオレたちを助けてくれたのはセオドア様だけだった。基本的に神殿は民族差別をしないはずなのに、ハルペーの人間だけは冷遇している。恐らくハルペーの人間が、魔法を全く使えねぇからだろう。

この大陸の人間は力の大小はあれ、魔法を使えるのだが、何故かハルペーの人間だけは魔法が使えない。つまり、ろくに働けない、魔法すら使えず、働き手にすらなれない子供を神殿に迎えるメリットはないということだろう。

「オレはセオドア様に命を貰った。貰ったものは返すのが筋だ。オレと妹の二人分、オレはセオドア様に生命を返す。だからこそ、神殿騎士になったんだ」

「へぇー、泣ける話だな。俺は神殿から逃げる為に神殿騎士やっているけど。兄貴が家継いでさ、オレへの仕送りを切っちまった。兄貴は還俗料すら出すつもりがないから、還俗するためには自分で金を貯めないといけない。神殿騎士は危険な任務もあるけど、税金払わなくて良いし、危険手当も貰えるからな」

神殿騎士はサリンジャの下位に位置する人間の中から、希望者を募って結成される。だからか、戦闘能力が高い人間が多い。正直言って化け物揃いである。特に最も優れた素質を持つ人間が集められる第一騎士団なんて本当に人間か？　と聞きたくなるほどの身体能力を持っている。

オレとグエンは第二騎士団に所属している。第二騎士団は魔法が使えたり、剣技が人より優れていたりと第一騎士団ほどではないが、ある程度以上の力を持っている人間が集められている。グエンは子爵家の子息で、元は割と力の強い三位だったし、オレはセオドア様が剣技を習わせてくれたので、なんとか第二騎士団に所属できている。

ちなみに神殿騎士は第三騎士団までしかなく、第三騎士団は正直素人に毛が生えたくらいの実力しかない。先程グエンが言ったように神殿騎士は金が貰えるし、下位の人間でもある程度の自由が保障される。だからなりたがる人間も多い反面、危険な仕事が主だから死ぬことも珍しくない。生きてさえいれば、ハルト様の治療を無料で受けられるが、間に合わず、死んでしまうことも珍しくない。けれどもセオドア様の役に立てて死ねるなら、本望だ。

「オレはセオドア様の役に立ちたくて神殿にいるんだ。あの方のために命を捧げたい」

「前々から思っていたけどさ、お前たちのセオドア様への信奉ってなんなんだよ？　正直気味悪いんだけど。あの方は確かに力のあるハルトだが、俺には義務も果たさず、王宮でちゃらちゃらと女と遊んでいるだけに見えるんだが。バーバラ様とどう違うんだ？」

何もわかっていないグエンの言葉にイラッとしてオレは強く言い返した。

「何言ってんだよ！　お前、さっき自分で言っていただろ。二位以上の人間としか寝られないって！　そこらのくだらない女たちと身体の関係なんかあるわけねぇだろう。セオドア様にはオーリャ姉ちゃんがいるんだぞ！」

「あら、オーリャ？　名前から言ってハルペー出身かしら？　それはダメよ」

オレの言葉にいきなり口を挟んだのはバーバラさまだった。しまった、聞こえていたかと舌打ちしたくなったオレとは反対にグエンは真っ青になって、ものすごい勢いで頭を下げた。

「もっ、申し訳ありません。お耳汚しを！」

「うふふ、グエン君って言ったかしら？　良いのよ、褒めてくれて気分がよかったわ。けれど、イアン君？　セオドアに恩返ししたいって言うなら、貴方のその思いは隠しておきなさい。下手にその気持ちを前面に出していたら、神殿に睨まれるのはあの子よ」

バーバラさまの言葉に、ひゅっと息を呑む。力をつけ過ぎると睨まれるとの言葉に息が詰まりそうになる。恩返しをするどころか足を引っ張るだなんて、何をしているんだ、オレは！

「今回のこと、私は目をつぶってあげるわ。けれど人の口に戸は立てられないものよ。いつ、どこで、誰の口から上層部に伝わるかわからないの。私だってあの子を可愛いと思っているんだから、その気持ちは胸に秘めておきなさいな」

バーバラさまは先ほどまで浮かべていた慈愛に満ちた表情ではなく、厳しい顔をオレに向けている。自分の言動がセオドア様の足を引っ張っていると言われてしまうと、どう返せば良いのかわからない。

「それで？　オーリャ？　……あぁ、思い出したわ。セオドアが最初に助けたあの子ね。諦めなさい、神殿のハルトが二位以上でない、それどころか、サリンジャの民ですらない人間との結婚なんて許されないわ」

「許されないからこそ、セオドア様は独身を貫かれるんだと思います。プラトニックなものなら良いんでしょう？」

「おい、やめろって！」

オーリャ姉ちゃんのことを言われると黙ってはいられない。セオドア様が助けてくれた人なら、オーリャ姉ちゃんはオレたちの世話をしてくれた人だ。正直に言って姉ちゃんは美人とは言えない。けれども面倒見が良くて心根の優しい女性だ。さっきバーバラさまが言っていたように、オレと同じハルペーの出身だが、だからと言って馬鹿にされる謂れはない。姉ちゃんもセオドア様に助けられた女性で、十年以上セオドア様のことを慕っている。女性には壁を作るセオドア様もオーリャ姉ちゃんには気安い。

セオドア様が結婚したり、子作りしたりしないのはオーリャ姉ちゃんのことを愛しているからだとオレは睨んでいる。できればセオドア様とオーリャ姉ちゃんが上手くいけば良いとオレは思っている。

だから、何も知らないバーバラさまに余計な口出しをされると気分が悪い。先程セオドア様の不利になるようなことを言ってはいけないと思ったばかりなのにどうしても黙っていられず、口を開こうとした。そんなオレをグエンが必死で止めようとしてきたが、どうしても自分を止められなかった。

「今だけ、あなたの無礼に目を瞑ってあげるわ。この間素敵な縁に恵まれたばかりだから、気分が良いの。言いたいことを言いなさいな。けれど、今だけよ。以降は絶対に礼儀を守りなさい。そうでないとあなた、破滅することになるわよ。下手をしたらセオドアも巻き込まれるかもしれないわ」

そんなグエンを制したのは意外なことにバーバラさまだった。驚いたけど、彼女の口から飛び出した言葉の意味を理解した途端、肝が冷えた。オレはすぐに頭に血が上る人間なのだから、今後はもっと気をつけようと心に決めた。けれど今だけなら何を言っても良いと言われたのだ。身持ちの悪いバーバラさまが今後、セオドア様に手を出さないよう、きちんと想い合っている相手がいることを伝えなければなるまい。

「セオドア様とオーリャ姉ちゃんは想い合っているとオレは思っています。だから、あなたは……」

「うっふふ、私はあの子のことは弟としか思えないわ、安心なさい。でもオーリャちゃんは残念だったわね。多分、あの子は見つけたわよ」

「見つけたって、……そんなわけないじゃないですか！　あなたはオーリャ姉ちゃんのことを知らないからそう言うんです。オーリャ姉ちゃんといるセオドア様を見たことがないから！」

「あらあら。じゃあ、あなたは最近のあの子を見てないから知らないのよ。本物を見つけた後のあの子は毎日嬉しそうに出かけて行っていたわ。しかもとっても献身的だったらしいわ。聞いた話によると、すごく微笑ましいそうよ」

「オーリャ姉ちゃんにだって！」

「それになにより略奪愛よ、略奪愛！　王太子の婚約者を掻っ攫ったのよ！　あのセオドアが！色恋沙汰に慣れています『女に不自由なんてしてないさ、いや、むしろ寄ってこられて迷惑しているんだ』みたいな強がりを言っていた、あのセオドアが！　遊び人みたいなフリをしているくせに、実は女嫌いで、純情の権化みたいなセオドアが！　もう祝杯あげなきゃ！」

「あの、それって今回大神殿にお連れするって言っていたご令嬢ですか？　なんか、ものすごく奇麗な方だって……。あ、いや、バーバラ様ほど奇麗な方はいないと思っていますけど！」

　オーリャ姉ちゃんの良さを力説しようとしたオレの声を遮ってバーバラさまは黄色い悲鳴をあげて嬉しそうに騒ぐ。発言内容がセオドア様を小馬鹿にしているようでムッとしたが、バーバラさまの話にグエンが乗ったせいで反論ができなかった。嬉しそうなグエンを恨めしげに睨むも奴はなんだかものすごく興奮している。そんなゴシップを好むなんて、お前は井戸端会議をするおばちゃんか。

「良いのよ、お世辞を言わなくっても。私はその子を紹介されたことないし、近くで見たことはないけれど、とても可愛いらしい子だそうよ。私の素敵なお友達の娘だから、きっと性格も良いに違いないわ」

「はぁ、そうなんですか。でもセオドア様のお相手になれるんですかね」

「さぁ、どうかしら……？　でも、せっかくあの子が見つけた子なんだもの。釣り合う魔力を持っていたら良いなとは思うけれど」

「魔力を持ってなくてもオーリャ姉ちゃんほどセオドア様に似合う人は絶対にいないってオレは思いますけど」

「そうねぇ。私はそのオーリャちゃんっていう子を見たことないけど、あなたもセオドアが大事にしている子を見たことないでしょう？　お互いあまりセオドアの気持ちを決めつけすぎないようにしないといけないわね」

「それは、そうですが……。けれどセオドア様とオーリャ姉ちゃんは十年以上のつきあいがあるんです。いつか姉ちゃんの気持ちが報われる日がきっと来ます。結婚ができる日だっていつか、必ず……」

「残念だけど、彼女のためを思うなら、オーリャちゃんはセオドアのことを諦めるべきね。あの子は力の強いハルトよ。魔力のないハルペーの子とでは子供ができないわ。それにその子と結婚したら、神殿に背くことになるから、その子……殺されるわよ。ハルトの子は光属性を持つことがあるけど、全員が光属性を持って生まれるわけじゃないわ。はっきり言うと光属性を持って生まれる子の方が少ないの。そんな低い可能性をゼロにするその子を神殿が放っておくと思うの？　お互いのためにやめておきなさい」

「セオドア様は好きな人と添い遂げることもできないってことですか？」

「そうね、私たちはある意味神殿のものだもの。ねぇ、イアン君、あなたはどうして私がふしだらと思うのかしら？　結婚ってそんなに大事なことかしら？」

「そりゃあ、そうでしょう！　子供の父親が誰かわからないなんてどうやって育てるつもりですか？」

「私はハルトだもの。お金に困ることなんてないわ。それに子育てには神殿の援助もある。きちんとこの子を育てることができるわ」

　バーバラさまはまたもや優しく自らの腹を撫で、愛おしそうな目を向ける。

「けれど、不特定多数が相手なんて、おかしいです。それに子供も父親が分からないなんて不安に決まっています！」

「あら、どうかしら？　神殿の子供たちの多くは自分の父親がわからないわよ。そしてあなたの故郷と同じく、ずーっとずーっと長く続いている風習よ。それで誰も困ってないわ。なにより、父親のいない人なんて珍しくないわ。死別する人もいれば、夫から逃げる人もいる。そんな人もあなたは軽蔑するの？　……それにね、夫と子供の父親が違うことって、実は結構よくあることよ」

　噛んで含めるようなバーバラさまの言葉にオレは何も返せなくなった。そう言われてみると、何も返せない。ただ、自分の中の常識ではおかしい、と思うだけだったから。

「価値観や常識なんて人それぞれだもの。何をどう思うかなんて、本来は止めることじゃないわ。

けれど、入殿しちゃった以上、口には気をつけなさいな。困ったことになるわよ」

聞き分けのない子を見るような目つきで俺を見た後に、そう言ってバーバラさまは笑った。大嫌いな女だったのに初めて美しいと思えた。バーバラさまは周りの人間に微笑みながら宣言した。

「今の話はここだけの話よ。内密にしてね、ばらしたら怒るわよ。でも黙っていてくれるなら、口止め料として私のとっておきのワインを夕食につけてあげるわ」

周りの騎士たちは、「お任せください！」と笑って答えていた。騎士の中にはバーバラさまの笑顔に見惚れるものも多くいた。彼女に対して悪感情を持っていたオレだって美しいと思ったんだから、周りの人間がそう思うのは不思議なことじゃないだろう。

神殿の一位様を相手にここまで暴言を吐いたのに許してくれるバーバラさまは心の広い方だったなと、この後しばらく経ってから、思った。

王太子は苦悩する

目の前の書類に手が震えた。書きたくない、これを書いてしまうとイヴを手放さないといけなくなる。どうしたら回避できるのか、いつもなら回る頭も、今は全く働かない。インク瓶を倒して書類を台無しにしたらこの場は逃れられるだろうか？　いや、すぐに新しい書類が用意されるだろう。

父の隣で母が嬉しそうにほくそ笑んでいるのが見える。きっと母の予定通りなのだろう。

どうしたらいいのだろう。もう無理なのだろうか？　もう二度とイヴを手放したくないのに……。胸が痛い。イヴが婚約解消を願うなんて。嫌われてしまったのだろうか？　彼女が辛い時にいつも寄り添えない僕を嫌うのは仕方が無いことかもしれない。でも、イヴがいない人生なんて、僕にはもう考えられない。

それなのにこの書類を書いてしまえばそんな未来が待っているのだ。書きたくない……。書きたくないが、もう僕に選択肢はない。僕はまだ王太子でしかない。だから、父の命令には逆らえない。今この時に天変地異が起きないだろうか？　何か急使が来ないだろうか？　そう思いながら震える手で時間を稼ぐようにゆっくりと書類を記入する。残念なことに救いの手が差し伸べられることはなかった。

イヴは僕の手に視線をずっと向けており、目も合わせてくれない。僕が渋々と書いた書類が文官の手によってイヴの前に差し出される。イヴは書類を一瞥すると、素早く書類に署名した。その右手の薬指には僕の色ではない――あの夜も、そして今日も、当然のようにイヴに寄り添う男、セオドア・ハルトの瞳の色の――石がはまった指輪をしていた。

なぜ、そんな指輪をしているのだろうか、今すぐその指輪を抜き取って踏み潰してやりたい。彼女の手の指輪は、あの男が与えたに違いない。あの男にイヴを取られる。そう思うとこのまま、全てを滅茶苦茶にしてやりたい衝動に駆られる、

なぜこうなったのか、悪夢を見ているとしか考えられない。デビュタントでイヴをエスコートしたのはつい先日だ。彼女の柔らかな肢体の感触はまだ手に残っているというのに……。

彼女が署名した書類を文官が父に渡した。父もイヴと同様になんの躊躇もなく署名をし、書類を掲げると高らかに宣言した。

「これで王太子とエヴァンジェリン・クラン・デリア・ノースウェル・リザム嬢の婚約を解消したものとする」

イヴが僕の運命の相手だとわかっているはずなのに、父は一切僕に配慮しないのかと思うと悔しくて、力のない自分が憎らしくてどうしようもなかった。母がわからないのは仕方がないが、父はこの餓えるような感情をわかっているはずなのに……。

父の宣言にイヴはほっとしたように笑う。その笑顔に更に胸が痛んだ。間違えた、失敗した。それはなにより自分がわかっている。どこで間違えたのだろうか？　どこまで遡れば今の状況を覆せるのだろうか？

先程イリアに失言をした時か？　サトゥナーを私情で殺そうとした時か？　そのせいで傷ついたイヴに寄り添えなかった時か？　サトゥナーとイリアのことを捕まえようとした時か？　サラと何曲も踊った時か？　イヴを一人にしてしまった時か？　……それとも幼い時に婚約者筆頭候補で満足したことか？　ルアードやグラムハルトにイヴを紹介してしまった時か？

きっと全てが間違いだったのだろう……。

こんなことを考えても時間は巻き戻せないのだから、考えたって仕方がないのに、それでも考えずにはいられなかった。頭の中はぐちゃぐちゃだった。そしてここまで考えてはっと気づいた。

あの時――サラや騎士たちと共に部屋に踏み込んだ時、被害者がイヴだと僕は気づいていなかった。

……けれど、サラは気づいていたのではないだろうか？

「来ないで！」と声がした時、愚かにも僕はイヴに気づかなかった。

被害者はトゥーリー子爵令嬢だと思い込んでいたからということもあるが、僕は焦っていた。ともかく急いで夜会に戻ることしか考えてなかった。サトゥナーを捕まえたら騎士に任せて、すぐに夜会に戻るつもりだった。早くイヴに謝りたかったし、なによりラストダンスをイヴと踊りたかった。思ったよりも奴らが動くのが遅くて、ラストダンスの時間が迫っていたから、尚更だ。

あの切羽詰まった声がした時、僕は何かトラブルが起こったのだろうか？　とイラッとしたのだ。トゥーリー子爵令嬢の腕っ節についてはサラが太鼓判を推していたが、やはり女性だ。何か事故があったのだろう。心配しなければならないのに、イヴのところに戻るのが遅れると、正直、頭に来ていた。あの時、僕は冷静ではなかった。

けれど、サラは冷静だったのではないだろうか？　サラはトゥーリー子爵令嬢本人を知っているから、声も気配も知っているはずだ。それにイヴの魔力量の多さだって知っている――僕とイヴの魔力量の多さは尋常ではないと言っていた――のだから、サラはあの時、襲われたのがイヴだと気づいていたのではないだろうか？

いや、そんなことはないだろう。だって僕ですら、イヴに気づけなかったのだ。

確かに今思えば、部屋に入った時に甘い香りがした。けれど床にワインが溢れてその匂いが充満していたから、その匂いだろうと判断してしまったのだ。その甘い匂いがイヴのものだと思わなかった。あの叫んだ声に関しても気づかなかった。何が『どんな時でも君を守る』だ、自分の愚かさに腹が立って仕方がない。あの時イヴはどんな気持ちだったのだろうか？

けれど一度サラの行動を疑ってかかれば違和感がつきまとう。あの野生の申し子みたいなサラが暗がりとはいえ、なぜ割れたワイングラスを踏んで怪我をしたのだろうか？

それに僕の計画ミスでイヴが酷い目に遭ったのなら、サラの性格上、僕に憎まれ口を叩くはずだろう？　それなのにあの事件の後、彼女は真っ青でずっと黙って僕のそばにいた……。あり得ないと思いつつも、じわりと背中に冷たい汗が滲む。

色々と思い悩む僕にイヴが視線を向ける。こんなことを考えている場合ではない。「僕は君以外と結婚する気はないから、考え直してほしい」、「婚約解消したくない」と伝えたい。それなのに言葉が喉に引っかかったように出てこない。

今日会ってから初めて、イヴは真っ直ぐ僕を見た。正直情けない顔をしているだろう。見ないでほしい、けれど視線を逸らさないでほしい。そんな矛盾した思いを抱えながらも、僕はイヴの前で立ち尽くすことしかできなかった。

他の男の下へ行かないでくれ、僕のそばにいてくれ、と言いたかったのにまだ言葉が出て来ない。イヴは僕を見てくれているのに、僕は目すら合わせられない。イヴ、頼むから別れを口に出さないでくれ、さよならなんて聞きたくない。耳を塞ぎたいと思うが、彼女の声を一言も聞き漏らしたくない。先ほどからずっと僕は自分が何をしたいのか、どうすれば良いのかが全くわからない。

ずっと僕は優れた人間だと、思っていた。間違いなど犯さず、望むことは全て叶える、そうできる実力があるとずっと思っていた。

だからイヴが逃げたらどこまでも追いかけるし、一緒に逃げた男がいるなら相手を殺してやると本気で思っていた。だって僕は誰よりイヴを愛しているし、誰よりイヴにふさわしい人間だと思っていたから。誰よりもイヴを幸せにできると本気で思っていたし、その自信もあった。

けれど、今の僕に本当にその権利があるのだろうか？ イヴを傷つけるだけ傷つけて、そばにもいなかった。今、目すら合わせられない僕が、本当に彼女を誰よりも幸せにできるのだろうか？

わからない……。けれど、それでも、どうしてもイヴを諦められない。諦めたくない、それだけは確かだった。イヴにお願いしなければならないのに、何を言えば良いのだろうか？ 必死で考えるも、考えた端から霧散していく。

そんな僕にイヴは深くカーテシーをすると、一言も口にすることなく踵を返した。そして一度も僕を振り返ることなく、真っ直ぐと出口へ向かった。その先にはあの男が立っている。気が狂いそうだった。あの男にイヴを渡したくない。いや、あの男だけでなく、他の誰にも渡したくないのに、僕は動くことができなかった。よほど酷い顔色をしていたのか、サラが僕に駆け寄ってくるなり、僕の背中をさすってくれた。

「ジェイド、大丈夫？ ごめん、こんなことになるなんて……。ごめんなさい、本当にごめんなさい」

サラには珍しくその声は震えていた。あの負けず嫌いなサラが人前で泣いている。それに気づいた時に、僕は自分が罪から逃げるために、サラを責めようとしていたことに気づいた。自分が恥ずかしくて仕方がなかった。サラが僕に謝る必要なんて何もない。

そうだ、もしあの時襲われたのがイヴだと気づいていたとしても、僕にそれを告げないでいるメリットがサラにはない。それに、例え万一サラがあの時、イヴに気づいていたとしても僕に告げる必要性なんてないのだ。あの時、もう少し僕が色々と考えて、その上で気付けばよかったのだ。

イレギュラーが起きて、奴らに酷い目に遭わされただろう、被害者に寄り添っていれば、最悪の事態は免れたのかもしれない。そうしたら、被害者がイヴだとすぐに気づけて、これほど、ことが大きくならなかったかもしれない。イヴに寄り添えたのだって、あの男でなく、僕だったかもしれない。

それに「急いで戻らなければ」と思いながらもサラを神殿に運ぶと決めたのは、他の誰でもない僕だ。誰も責められない。サラの怪我を放置なんてできなかった。僕と一緒に行動した時にサラに傷跡が残ってしまったら、これ幸いと母が責任を取るように迫ってくることは目に見えている。それにサラは僕にとってイヴとは違った意味で特別な存在なのだ。だって僕のそばに最後まで残ってくれるのはいつだってサラだけだった。今回もきっとそうなるだろう。

あの夜サラの治療を担当してくれたのはバーバラ・ハルト殿だった。揶揄われながら施術したせいか、もしくは彼女の力量のせいか、思ったよりも時間がかかった。

サラの治療後に急いで夜会に戻ってイヴを探したが、彼女は所用があって帰ったと告げられた。やはり今回サラと何回も踊ったことで怒っているのだろうか？　明日には謝りに行こう、とか軽く思っていた、当時の自分をぶん殴りたい。

けれど実はその時は『サラと踊ることでイヴが少しヤキモチを焼いてくれたのではないか』と思

って少し嬉しかったのだ。今考えるとどうしようもない愚か者だ。

ようやく取り戻したイヴをまた手放さなくてはならなくなったが、それは僕が愚かだったせいだ。目の前が真っ暗になる。どこへ気持ちを持っていけばいいのだろうか、わからない。気持ち悪い、ここから逃げたい、吐きたい、……けれど僕の居場所は王宮にしかない。


疲れた、休みたい。今の状況はその一言に尽きた。子爵夫妻と辺境伯、ハルト殿との会談の後、僕は部屋に向かって歩いていた。母について父に伝えたいことがあったが「今は時間が取れない」と断られたからだ。まぁ仕方があるまい、父は早急に母を責める貴族たちの対応にあたらなければならないのだから。

内密に子爵夫妻と話していたのに母が騎士を部屋に呼んだせいで他の貴族たちに知られることになってしまった。物見高い貴族たちがそんな絶好の機会を逃すはずもなく、僕たちの愚かな発言をばっちり聞いていたのだ。スライナト辺境伯の活躍を知らない貴族は——母以外は——いない。王家を攻撃する良い材料になるだろう。中立派のテンペス家だって、直系に近いスライナト辺境伯を馬鹿にされたのだ。黙っていない可能性も高い。

貴族達が聞き耳を立てていたことに僕は部屋を出るまで気づいていなかった。気づいた時は失敗したな、と思ったが一度口に出した言葉は取り消せない。どうするべきかとため息をつく。僕がイヴに執着していることに気づかれただろうし、母の密輪についても口に出してしまった。

最近の僕は失策ばかりしている。再度重くため息をつくが「元気を出せよ、王太子が暗い顔してんなよ」と慰めてくれる幼馴染の護衛騎士（アスラン）はもう隣にいない。彼がそばにいたのはそんなに長い期間ではなかったのに、どうしようもなく寂しい。確かにクラン家の当主という地位を手に入れたアスランは以前のようにいつもそばにいることはないだろう、それは覚悟していた。けれど、今のような冷えた関係になることは想像していなかった。今回の事件のせいで、彼と僕の関係は以前のものと全く違うものになるだろう。

関係が悪化したといえば、子爵夫妻もそうだ。彼らは僕のことを警戒はしていたが、それでも何処か許容してくれていた。けれど今日の彼らからは――仕方がないことはわかっているが――軽蔑の眼差しを向けられていた。スライナト辺境伯は冷たい目こそしていなかったが、聞き分けのない子供を見るような目をしていた。

愚かだと思っていた母は王妃としてあり得ない振る舞いに暴言の嵐で、いくら父が庇っても幽閉は免れないだろう。元より僕の計画でも母を離宮に押し込めるつもりだったが、それ以上のことまで考えてなかった。

けれどよりにもよってスライナト辺境伯と、神官に喧嘩を売った状態の今、僕が竜木の密輸や、毒のことを告発すると下手したら断頭台に送られてしまうかもしれない。そうなったら父と僕の間にも溝ができるだろう。

告発は控えるべきだろうか？　幽閉されるのならばそれ以上はもう何も言わなくて良いのではないだろうか……。波風を立てることになっても、ルーク家を潰すつもりだったのは、母の力を削ぐためだったのだ。イヴとの婚約が解消されてしまった今、ルーク家は放置していても良い気がしてきていた。僕はルーク家を重用するつもりはないが、今更彼らに大きなダメージを与えて何になるのだろうか。

ルーク家は二代にわたって——祖母と母は叔母と姪の関係だ——王妃を輩出したからこそ、今興盛を誇っている。僕が手を出さなくても、祖母が表舞台から去った今、母が幽閉されたら、ルーク家はゆるゆると衰退していくだろう。

部屋に向かう途中で王族専用の庭の前を通りかかった。ここでイヴと初めてキスをしたことを思い出す。もう彼女に触れることはできなくなってしまった……。そう思うとどうしようもない激情が身を焼いた。僕がついうっかり口にしてしまったあの言葉を聞いた瞬間、イヴの顔が強張った。きっと酷く傷つけた。

『彼女がそなたの兄の子を孕んだ場合、王家を乗っ取ることになるな。王家簒奪の罪を犯しかけた言い訳がそれか？』

馬鹿だ。僕は本当に馬鹿だった。僕のせいでイヴもまた去っていった。アスランは僕のそばにいるだろうが、それは僕に情があるからじゃない。クラン家を立て直すために、貴族として生きていくためにそばにいるのだ。アスランの心はもう僕から離れている。以前のような親しい仲にはもう戻れないだろう。証拠に幽閉されていた間、アスランは一度も訪ねてこなかった。だからといって責めるつもりはないし、遠ざけるつもりもない。アスランはイヴの実兄だし、実力もある。それに、彼がどう思っていようと、僕にとっては大事な人間の一人だ。

もう一度ため息をついて、自室に入る。共に入ろうとしてきた護衛騎士――アスランの推薦の騎士だが、名前を覚えていない――に手をひと振りして外に出す。彼は気遣わしげにこちらを見てきたが見ないふりをした。どうしようもなく疲れていたので、一人になりたかった。もうこのまま寝てしまおうかとベッドに行こうとした時に、部屋の奥に影が射していることに気づいた。

王太子の前で影は歌う

「ごきげんよう、殿下。今日はお暇を告げに参りました」

そう言って恭しく頭を下げる彼は、クラン家直属の影の長だ。彼もファウストを認めていなかった人間の一人で、アスランを呼び戻すのにも、ファウストの弱みを探る時にも僕の下で動いてくれていた。

腕は立つし、気の利く男だが、黒い装束に、いつも仮面をしているので、彼の容姿はよくわからない。声から年配の男性だと想像がつくくらいだ。そういえば僕はずっと彼を「長」と呼んでいたので、名前も知らなかったな、ふとそう思う。

「君までいってしまうのか……」

ぽつりと出てしまった言葉は思ったより大きく、僕の情けない言葉が部屋に響いてしまい、ぎくりとする。

「ほっほ、この翁を惜しんでくださいますか、光栄なことですな」

「それは当然だろう、君達には色々と世話になった。なにより僕の部屋までこうやって来てくれた君の忠義心と能力を見るだに惜しいとしか思えないよ」

「惜しいとは勿体ないお言葉ですな。この部屋までならばルートは確立しておりますので、難しいことではありませんが、そう評価されては気恥ずかしいですな。殿下、今までたいへんお世話になりました。殿下にこの仮面を外す日が来るかもしれぬと考えたこともありました。けれども、正当なお血筋の若君がお戻りになられた今、これ以上殿下にお仕えはいたしかねますので、この度お暇を告げに参りました。……若君と殿下は同じ道を行くでしょうが、最後の一線で袂を分かつ可能性がありますからな」

「最後の一線かい？　僕とアスランが対立することなんてないと思うけどね」

「ほぅ、殿下は姫様のことを諦めておいでなんですかな？」

長の揶揄うような声音にカチンときて思わず声を荒げた。

「諦めたくないさ！　けれどもうどうしようもないだろう！　イヴは僕の手の届かないところに行ってしまったのに、今更どうすれば……！」

「ほっほ、殿下は随分とお行儀よく育てられてしまったようですなぁ。私の知る王族の人間とは思えぬほどの常識家であられる」

「どういう意味だ……？　何か手があるというのか⁉」

長はふむ、と手を顎に当てて考えるような仕草をした。そして暫くしてからふふふ、と笑い出した。その笑い声はなんとも言えない響きを纏っており、目の前にいるものが本当に今まで接してきた人間なのか、疑問に思った。それほどその時の長は不気味だった。

「ふむ、本来ならばこれは若君のためには、言ってはならぬことでしょうが……良いでしょう。しばしの間、主君であった殿下に最後のお仕えをいたしましょう」

長は何かを決めたようにそう言うと僕の方を向いた。彼の顔は仮面で隠されているが、恐らく、その仮面の下はきっと笑顔が隠れているに違いない。

「まず、殿下。なぜそんなに自信を失っておいでなのですかな？　私が今までお仕えしていた殿下は自信に満ち溢れておいででしたが……」

「僕に何ができると言うんだい？　誰よりも守らなきゃならない大事な女性を守れなかった愚かな男だというのに」

「なるほど、落ち込まれているようですな。けれど一度や二度の失敗がなんです、貴方は王太子――つまり次の国王でいらっしゃる」

「その一度の失敗が致命傷だったんだ」

「何をおかしなことを。殿下も姫様も生きておいでではありませぬか」

長が何を言ったのか一瞬わからなかった。しばらくして長の言葉を理解したら、少しだけだが、身体に力が入った。そうだ、僕もイヴも生きている。暗闇の中に少しだけ光が差した気がした。

「よいですか、殿下。失敗したならばその理由を突き詰めて考え、次は失敗せぬようにすれば良いのです。殿下は何が悪かったとお思いですかな？」

「イヴを守りきれなかったことだ」

「それは違います。姫様を守りきれなかった、それは結果に過ぎませぬぞ。貴方様の失敗は自分を過信しすぎ、自分の戦力を顧みず、手広く対応しようとしたことです。結果、姫様を守りきれなかったのです」

長の言葉に僕は口を挟めず、黙って耳を傾ける。なるほど、どうやら僕の思考は停止しているようだ。

「良いですかな、殿下。貴方は確かに王都の裏社会を掌握しているかもしれませぬ。それは大きな力ですし、何かとお役に立つでしょう。けれど、彼らは王宮の中では役に立ちませぬ。貴族には貴族のルールやものの見方があるのです。今回のことでよくお分かりでしょう？　貴方は王宮の中でも動ける人間——貴族に対しての力がありませぬ。今の状態ならば、姫様の側から離れずに、サトゥナーやイリアに襲われるものなど放っておかねばならなかったのです」

淡々と話す長の言葉に不快感を覚える。襲われる令嬢がいるのに見捨てるという考えは僕には無いし、看過もできない。

「いや、けれど……傷つく人間が出るというのに、見て見ぬふりはできない。王族として国民を守るのは義務だ。何も手を打たなければ、父と同じになってしまう」

「殿下、王とは神ではありませぬ。全ての人間を救うことなんて人の身ではできませぬぞ。何を救い、何を捨てるか、取捨選択せねばならぬでしょう。現に全てを救おうとして、今回、殿下は失敗しているではありませぬか。確かに国王はできるだけ多くの民を救う必要があるでしょう。けれど何が一番大切かを見誤ると今回のような事態に陥ります。貴方が玉座に座るのであれば、なおのこと覚えておいてください……陛下へのくだらない敵愾心などで動くのは愚かの極みです」

長の言葉に背中に汗が滲む。先ほどから言われることは全て心当たりがあった。確かに言われる通りだった。なにより、父に対する敵愾心があったことを長に指摘されて初めて気づいた。母の顔色ばかり見てちっとも僕に気遣ってくれない父に苛々していた。だから、父を見返してやりたかった。僕の方が優れているのだと父にも周りにも知らしめたいと思っていたのだ。

「若君のクラン家の実権奪取にしても、今回でなくてもよかったのです。あの愚か者どもならば、次の夜会でも懲りずに馬鹿な真似をしでかしたでしょう。貴方が目につく全ての人間を救いたいと、下手な正義感を振り翳したから、今の状況があるのです」

あぁ、と僕はうめくように答えた。僕は驕っていたのだろう。

「時間があまりありませぬので、言葉を飾ることはできかねますが、まだ続けてよろしいですかな？」

長はこちらを気遣うように声をかけてくれたが、やはりその仮面の下は笑っているのだろう。長の言葉は耳に痛い。もう聞きたくない気もしたが、長はイヴを取り戻す算段があると言っていた。それならばどれだけ耳が痛くても続きを聞きたい。何よりも、イヴを取り戻した暁には、もう二度と失敗しないように僕は手を尽くさねばならないのだから。

長の言葉に胸が痛んだが、それは全て僕の罪だ。僕は自分が、いつ、何を間違えたのかすら理解していなかったのだ。だから、僕の間違いを丁寧に指摘してくれる長の言葉は僕に必要なものだ。

僕が頷くと長は楽しそうに話し出した。

「さて、それでは殿下。今から貴方がなすべきことはお分かりですかな？」

「信頼できる人間をそばに置いて、貴族間での立ち位置を確立すべきだろう」

「ふむ、そうですな。しかし姫様を取り戻すおつもりならば、そばに置く人間は厳選なさる必要がありますぞ。姫様は人を狂わせる魅力がございますからな。そうでないとまた、同じことの繰り返しになるでしょう」

「簡単に言うが、どんな人間なら良いって言うんだ⁉　アスランはもちろん、ルアードもグラムハルトだって僕は信用していたんだ！　……けれど皆、僕から離れていった」

長の言葉に僕はかっとしてついつい声を荒げてしまった。三人は僕の大切な幼なじみだった。最初にアスランが留学で去っていき、イヴが離れていき、ルアードを追放した。最後に残ったグラムハルトまで僕を裏切ったのだ。

「そもそもイヴだって本当に取り戻せるのか？　確かにイヴは生きているし、純潔だって守られたことは証明されたさ。けれど皆が皆、それを信じてくれるわけじゃない。例え生命はあったとしても貴族社会ではイヴは死んだも同然だ。万が一、イヴに何かあったとしても僕は手放す気はなかったけれど、貴族の間ではそうはいかない。婚約関係を続けていたらそれでもなんとかなったかもしれない。けれども婚約解消された今、イヴが僕の婚約者に選ばれる可能性はもうないことぐらい、分かるだろう？」

　そう言った後に、ひとつだけ可能性があることを思いついたが、父がどう思うかは分からない。イヴとの婚約解消は父が決めたことなので、僕が何を主張しても難しいかもしれない。

「ほぅ、先ほども申し上げましたが、本当に殿下はお行儀よく育てられましたなぁ。まぁ、ルーク家の人間に教育されたのなら仕方がありませぬが……。しかし、それにしてもクライオス王家の人間とは思えぬほどの良い子ですな」

話を聞こうと思って我慢していたが、先ほどから長は僕を嬲る言葉を選んで使っているようだった。恐らく僕の顔は怒りで真っ赤になっていると思うが、それでも長の態度は変わらなかった。彼はゆったりと僕に掌を向けて宥めようとしている。

「ふむ、まず殿下が一番気になっていることをお伝えしましょう。姫様のことですが、まずは殿下がお考えになったことが一番真っ当な方法ですな」

「僕の考えていたこと？」

「えぇ、そうですな。現在の高位貴族の中で唯一殿下に嫁ぐほどの魔力を持っているリーリア・フォン・ダフナ・ディラード侯爵令嬢がひと月後に結婚します。その後に、他に殿下の魔力に釣り合う令嬢がいないことを理由に姫様を婚約者に戻す、というものですな」

「気づいたのか」

ふぅと僕はため息をついた。確かについ先ほど、その考えが頭によぎった。

そう、最近では、高位貴族でも魔力が高い者は少ない。僕やイヴは例外で、本来なら魔力が高いはずの侯爵家以上でも、その数は減っていっている。僕は『初代クライオス国王と同じくらい』と言われるほど高い魔力を有しており、イヴに至ってはサラ曰く『僕以上の化け物』と言われる程の魔力を持っている。けれど僕たち以外は正直に言って、僕と子が成せるほどの魔力を有している人間はいないと言っても過言ではない。高い魔力を有しているというイヴの兄のアスランですら、魔力はほどほどなのだ。本来魔力は遺伝するものだとされている。けれどその説に反比例するように最近の高位貴族には魔力が高い者が生まれない。父もはっきり言って魔力は高くない。まあ、僕とイヴが例外的に強すぎるということもあるだろうが……。

神殿から『ハルトの子はハルトになる確率が高い』と発表されている。けれど、最近のハルトは子爵家以下の貴族や庶民の方が多いとも聞く。もしかしたら血が濃くなればなるほど、魔力とはなくなるものなのか？　と思ったこともあるが、その立証はできていない。なぜならそんな中でも強い魔力を持つ人間が少数ながらも出てきているからだ。

僕とイヴ以外で魔力が高いと言われているのがリーリア・フォン・ダフナ・ディラード嬢だった。サラ曰く、彼女ならぎりぎりで僕との間に子供が生せるかもしれないくらい魔力が高いらしい。彼女はひと月後にグリシャ・フォン・ルークと結婚する予定なので、彼女がグリシャと結婚した後に『僕と釣り合う侯爵家以上の令嬢がいない』と言えば僕とイヴの再婚約が成るかもしれないとは、頭によぎった。けれど、その案が本当に受け入れられるのだろうか……？

「ふふふふ、殿下。悩んでおいでのようですな。それではひとつ問いましょう。貴方は姫様の心と身体、どちらがほしいのですかな？」

ごくりと咽喉がなる。両方ほしい、それが僕の偽らざる本音だ。そう告げようとしたら、それを遮るように長が続けた。

「両方、というのは現段階では望めませぬ。姫様の心を願うのならばこのまま手を離して差し上げるのが良いでしょう。けれど……」

「まず、身体が、ほしい」

絞り出すようにして声を発する。手が汗でびっしょりしていて、喉がひどく乾いた。イヴの幸せを願うなら手を離してやれ、と長は言っていた。けれど何か方法があるのだとしたら、僕はイヴを手に入れたい。彼女の気持ちよりも僕の想いを優先したい。僕の幸せはイヴの下にしかないのだから。まず身体を手に入れればその後に心もついてくる可能性がある。けれど心を優先させたら、永遠にイヴを失ってしまうだろう。それならば、どれだけ憎まれたとしても身体がほしい。

僕の言葉に、長――いや、それはもう闇そのものかもしれない――は実に愉快そうに嘲笑(わら)った。

「そうでしょう、そうでしょう。それでこそクライオス王家のお血筋。王族は番を手放すことができぬ一族ですからな。殿下はご存じですか、四大公爵家には其々役割がありましてな。調整のクラン家、教育のルーク家、記録のテンペス家、監視のダフナ家と言いましてね。今無事に機能しているのはテンペス家だけでしょう。クラン家は調整をするだけの力を失い、王族が暴走しないように教育するためのルーク家が王家乗っ取りを考え、神殿を監視するはずだったダフナ家は神殿に擦寄っておりますからな。……話がそれましたが、できればテンペス公爵家に近しい人間をそばに置き、記録書をお読みになると良い。歴代の国王の面白い話を知ることができましょう」

段々と目の前の闇が深くなっていく。足元から闇が僕を侵食していく。闇はその手を更にこちらに向けた。

「そうそう、それでですな。殿下のその策には穴がありますぞ。リーリア嬢が結婚したら、確かに純潔を一番に考える王家には嫁げないでしょう。けれどよく考えてご覧なさい。若君と姫様の父親はサイテル伯爵家の人間だったでしょう？　サリナ様はどちらかと言うと魔力が高い方でした。ファウストは自分の能力が買われたと思っていたが、買われたのは魔力だったのです。王族や高位貴族と言われる人間に相応しい伴侶がおらぬ時に、その相手を輩出する予備とも言うべき伯爵家がそれぞれの一族に一家、あります」

僕ですら知らない情報を長は楽しそうに告げる。こんな情報を長はどこから得ているのだろう？

「その中で、クラン一族のサイテル伯爵家には十四歳の娘が、テンペス一族のラストール伯爵家には十三歳の娘がおります。もちろん、彼女たちはリーリア嬢と同程度の魔力を持っております。もし、殿下がクラフト伯爵令嬢と魔力差があるから婚約できぬと言ったら、姫様を婚約者に戻すよりも、この二人の娘のどちらかを殿下の婚約者とするでしょうな。実は伯爵家の中から王族に嫁いだ人間も少なくありませぬぞ……もちろん、王族に番と見染められて」

「それじゃあ、その策は取れないと言うことか」

「そうですな。その二人は未成年ですが、婚約者はおります。けれど今の状況でしたらその婚約は遠からず解消されるでしょう。なので、結婚を待つことは出来ませぬな。けれど手は有りますぞ。良いですかな、殿下、王家は純潔を尊ぶのです」

ひゅっと僕は息を呑んだ後に、叫ぶように答えた。

「それではサトゥナーとイリアと同じじゃないか！」

「殿下、貴方は姫様の心よりもまず身体がほしいのでしょう？　姫様を力で手に入れようとしている貴方の行動と何が違うのです？　手段を選べる状況ですかな？」

　青い顔で震える僕に闇は段々とその濃さを増していく。

「さすが、王家の教育を専門とするルーク家の血筋が濃い方ですな。それともこれほど強い魔力を持つ方だからこそ、体のいい正義感を叩き込まれたのですかな？　私が今申し上げたことくらいクライオス王家にとっては珍しいことではありませぬぞ」

「殿下が先ほどの策を取れないのであれば次の策はシンプルですな。魔力云々の話はせずに、姫様によく似た背格好と色合いの娘と結婚するのです」

「イヴのそっくりさんが欲しいわけじゃない。僕はイヴが欲しいんだ」

「ほっほ、何を仰るのやら……。まぁ、姫様ほど美しい娘はおりませぬから、あくまで金髪で背格好が似ている娘で良いのです。その後に、姫様がその娘の位置に立てばよいのです」

　長の言葉に頭に来て言い返したが、長は僕の言葉を受け止めて柔らかく打ち返した。けれど、発言が今ひとつ理解できない。何を言っているのだろうか？

「姫様はあまり外に出られない方でした。ですから、デビュタントと裁判の二回しか公的な場には出ておりません。……つまり、その娘と姫様を入れ替えるのです。その後は一貫して誰がなんと言おうと、姫様をその娘だと言い張れば良いのです」

「そんな……それじゃ、イヴと入れ替わったその子はどうなるんだ」

　ぽつりと呟いた僕に闇は笑う。その闇には底がないように思えて仕方がなかった
「余計なことを喋る口は少ない方が良いでしょう」

思わず震える僕に構わず闇は歌うように続ける。もう聞きたくないと思いながらも、僕の中の何かが闇の声に賛同していることがわかる。じわりじわりと僕の中の何かが目覚めていく。

「誰も犠牲にしない方法などはありませぬが、他にもうひとつ、この翁が知る方法をお教えしましょう。国王の部屋には『たった一羽だけ入れる秘密の鳥籠』があるのです。歴代国王の何人も使っている鳥籠でしてね、国王のためだけに囀る鳥だけが入れます。卵を産むこともありますな。他の誰にも小鳥を見せたくない時だけに使う籠でしてね、食事も水浴びも全て王が手ずから行えるのです。いや、王しか行えませんので、不慮の事故で王が死んだらその鳥も共に死ぬのです。……実は殿下、貴方のお祖父様が使われておりました」

「祖父が……？」

「ええ、そうです。王家の力が弱まってからは、番と結婚できぬ王も珍しくなかったのです。そもそも王族と結婚ができるのは侯爵家以上の人間というのは、王の権威が弱まった時に貴族たちが定めた法律です。お祖父様の小鳥は既婚者でした。『解放してほしい』と泣きながら縋った小鳥をお祖父様は最後までそばに置きました。鳥籠に入れたまま、生涯を共にしたのです。逃げられないように風切羽を切ってまで」

「まさか……だって祖母はルーク家の人間で……」

「小鳥はルーク家の予備のエンガレ伯爵家の娘でした。ルーク家には十分な魔力を持ったリーゼ様がいらしたし、小鳥はお祖父様より五歳年上でした。そのため、お祖父様に会うことなく、すでにドーレ辺境伯家に嫁いでおりました。番に会ったことのなかったお祖父様は、番の話を信用せず、リーゼ様と婚約なさいました。当時は隣国のエルダード王国と戦争しておりましたので、辺境伯夫妻はほとんど社交界に出ることがなかったのです。けれど、とうとう隣国に勝ち、併呑することに成功し、二人は揃って王都に出て……悲劇が起こりました」

なんの話をしているのだろう……まさか、父は今まで僕が祖母と信じていた人との間の子供ではないと言うのだろうか？　だって、番を見つけたのならば、運命の番以外と子供が儲けられるはずなどない。

「小鳥を見た瞬間にお祖父様は執着しましてな、どうにかして手に入れようとなさいました。お祖父様は辺境伯に小鳥を請われましたが断られました。まぁいきなり妻を寄越せと言われて差し出す人間の方が少数でしょうからな、当然のことです。小鳥は王家が尊ぶ純潔を失っていたので、結婚をすることが叶わなかったのですが、焦れたお祖父様は彼女を攫って鳥籠に入れました。ドーレ辺境伯爵家はルーク家を通じて抗議しましたが、穏やかで優しかったお祖父様は豹変しており、どうしても小鳥を手放さないと言い張ったのです。……結局、王家の秘密の鳥籠は誰にも見つけられませんでした。だから、ルーク家は仕方なく、リーゼ様を妻に迎えることを条件に小鳥をお祖父様に差し出したのでです」

「待ってくれ。まさか、父は……」

「えぇ、お察しの通りです。陛下はリーゼ様の子供ではありませぬ……籠の中の小鳥、アンジュ様の子供です。お祖父様は息子といえども、アンジュ様を取られることを嫌い、生まれたばかりの陛下をリーゼ様に預けられました。陛下も随分と闇が深い方ですよ。父親には疎まれ、実母には会えず、義母には憎悪の篭った目で見られながら、育ったのですから」

「リーゼ様と、祖父の間には、何もなかったんだな」

「えぇ、そうです。番を見つけた王族は他の女性とは、契りませぬからな。その気になれば殿下もクラフト伯爵令嬢とでも結婚なさって姫様を鳥籠に入れるということもできるでしょう。鳥籠は国王の部屋にあり、王位に就いた人間であれば簡単に見つけることができるそうですぞ。まぁ、歴代国王の番に対しての執着は凄まじいものがありますからな。……本来ならば王族の番に手を出すような愚かな真似はしないものなんですがね」

なんだか信じていたものが根底から覆されるような話に目眩がしたが、それでもあり得ない話ではないと思った。もし、イヴが既婚者だったとしたら、僕も同じ行動に出ただろう。

「ことほど斯様に姫様を手に入れる術はいくつもあるのです。心でなく身体がほしいのであれば、殿下が王になられれば簡単に手に入れることができるでしょう」

「そうか……、じゃあ僕もできるだけ早く玉座についてイヴを迎えにいかなきゃいけないんだね」

「えぇ、しかしそう簡単に玉座にはつけぬでしょうな。殿下は『王妃が離宮に籠ったら陛下もついて行く』と思ってらっしゃるようですが、まずそれはないでしょう。その証拠に殿下、貴方も姫様と婚約解消した後に地位を投げ打ってでも姫様と共に行かれはしなかったでしょう?」

「僕には約束が……」

「そう、殿下の拘る約束と同じほどの何かが陛下にはお有りなのでしょう。それに、先ほど申し上げましたが陛下は歪んだところがお有りの方。殿下に対して愛情もお持ちでしょうが……同じほど憎悪もお持ちでしょう」

「憎悪……？　父が僕に？」

「さようです。番との子ですから可愛いということは間違い無いでしょう。けれど、陛下は親に愛された記憶もなく『正当な血筋ではない』と言われて育たれた方。きちんとした陛下と妃殿下の子供であり、更に初代に比肩すると言われるほどの優れた資質を持つ殿下に対して劣等感もお持ちなんでしょうな」

「そんな！　僕と父は血の繋がった親子だ！」

「ほっほ、血というのは絆でありますが、時には鎖となります。愛憎とは紙一重のもの。血が繋がっているからこそ、憎しみが増すことは珍しくないのです。殿下、これは秘密にしておいてほしいのですがね、私めの曽祖母はどこか遠いところから来た人間でした。曽祖母は私が幼い頃に亡くなりましたが、私は彼女に育てられたようなものでした。曽祖母はなんというか……不思議な人でしてね、なんと言いましたかな。ク、ク、ク……そう、クラリスちゃんと言いましたかな。……曾祖母の一族は代々クラリスちゃんを信仰していたそうです。時には隠れて信仰していたという筋金入りの信者だったと言っておりました」

父の話ですでにキャパ超えしている僕に、愉快そうに長は彼の曽祖母の話を切り出す。いったい何に繋がるのだろうかと、不思議に思った。けれど彼の話は僕の世界を一変するような話ばかりだったから聞きたい。それに、長は僕の知らないことをいくつも知っていたのだから、ついていけない僕がおかしいのかもしれない。

「曽祖母の信仰している経典によると人類最初の殺人は兄弟間のものだったとされているそうですよ」

「さて、どうでしょうな。私はあくまで裏に生きる者ですので、一国の王の考えはよくわかりかねますからなぁ……けれど同じく子を持つ父としては我が子を殺したくないとは思いますがね。しかし、殺さざるを得ない状況というのはどんな立場でもあるでしょうよ。まぁ、親子間のことは当事者が一番分かるとは思っておりますが……殿下があまりにも盲目的に信じているものですから、少し忠告を」

確かに今の僕は父に対して強い不満を抱いていることに気づいた。けれども幼い僕に楽しそうに番のことを話してくれたことや、イヴのことを話した時に見せてくれた優しい瞳まで嘘だとは思いたくなかった。父に憎まれているなんて信じたくなかった。

それに先ほどの子爵夫妻との話し合いの時にも『エヴァンジェリン嬢のことは考え直して貰えないだろうか。彼女はジェイドの運命だ』と言ってくれていた。

けれども……確かに、時折父が冷たい目を僕に向けていることがあったような気がしないでもない。いや、疑えばキリがない。キリがないのだが、どうなのだろうか……。

「さて、殿下。姫様については手に入れる方法は先ほどいくつかお教えしましたが、もっと良い方法があるやもしれませぬ。文書などもご覧になって色々お考えになると良い」

混乱する僕を前にして、長はまだ話し続ける。自分の考えと違うはずの長の教えは、何故か、心地良くなってきていた。

「さて、殿下の側近について、私の経験則ですが良いことをお教えしましょう。先ほども申し上げた通り、姫様をお迎えになるおつもりならば、姫様の美しさに惑わされぬものを選ばなければなりませぬ」

「どうやってそれを見極めろと……？」

「クラリスちゃんの教えにこのようなものがあったそうです。『百匹の羊の群れを率いている時に、一匹の羊が迷子になったならば、その一匹を探しに行きなさい』と。一番助けを求めているのは、その迷ってしまった羊だからそうです」

「残された九十九の羊はどうなったんだい？　一のために九十九を危険に晒すのはどうかと思うが……」

「それは王の理論ですね。これは神の理論です。曽祖母から聞いた時は私も幼かったので、曽祖母の伝えたかったことを正確に理解しているかはわかりませぬ。曽祖母の他にクラリスちゃんを信仰している者はおりませんでしたから。……今お伝えしているのは私なりの解釈です。当初はとてもではありませぬが、曽祖母の教えについていけないと私も思いました。けれどこの教えは正しかったのです！　確かに迷っている者と迷っておらぬ者、接触した時に相手の対応はまるで違っておりました。困窮している者の方が、手を差しのべた時にこちらの手を握ることが多く、また裏切りもしませんでした。なるほど、こうして神とは信者を増やして行くものなのでしょうなぁ。……闇においては光をかざす者は神と等しいのでしょう」

「僕に打算で人助けをしろと言うのか？」

「ほっほ、これは異なことを仰る。王は算段なしに人助けをしてはならぬものでしょう。安易に人助けなどをしては公平性を欠くことになりますぞ。目の前の人物を助けた結果、何を得られて何を失うか考えた上で行動せねばなりませぬ」

長の言葉に反論ができない。けれど納得もしたくなかった。『公平性を欠くな』これは幼い頃、傷を負ったイヴのために治癒術師を呼びたいと言った時に母から言われた言葉だった。僕は反発したが、ルーク家を始め、他の貴族達も同じ意見だった。そうして結局あの時もイヴの手を離さなければならなかったのだ。

「他から弾き出されて困窮している人間を助けることで恩を売り、忠誠を誓わせろということか」

闇は僕の言葉に満足そうに頷く。優しさを切り売りしろなどと言うとんでもない言葉に僕は苛立つ。親切とはそんなものではない。感情面ではそう思うが、理性では彼の言うことは間違っていないとも思ってしまう。だって何も考えずに全てを助けることは不可能だ。クラン家を助けることでルーク家に損害が及ぶ、そんなことは沢山ある。どちらも助けるなどと、どっちつかずの考え方をしていてはいずれ、どちらからも不信感を抱かれるだろう。

頭の中ではわかっているのに、はっきりと言葉にされると、とんでもない不快感が付き纏う。どうしようもなく気持ちが悪い……。

なんだか僕の知っている常識は先ほどから覆ってばかりだ。側近はそれにふさわしい家柄と能力を持った者を選ぶ必要があるとずっと思っていた。だから、アスラン、グラムハルト、ルアードを選んだのだ。けれどグラムハルトとルアードはもう僕の側近たり得ない。

闇の深さに動悸がして、目の前がだんだん暗くなる。側近を増やさねばならないと思いながらも、まだどこへ、どのように繋ぎをとればいいのか、考えあぐねていた僕にとってこの考え方は一筋の光明ですらあると言うのに……。

イヴのような優しい人になりたかった。彼女に相応しい人間になりたかった。穏やかな、人を自然に安らがせるような人間でいたかった。けれどそれは僕に最初から許されることではなかったのだと今更気づく。そしてその境遇をイヴにも押し付けることになるのだ。

「そうです、迷える子羊はたくさんいるでしょう。その中で殿下が、家柄、能力、人柄、境遇、全てを考慮した上で、他の九十九を犠牲にしてでも救いたいと思う人間をおそばにお置きなさい。そして助けた子羊にとって神となるべく振る舞うのです。自分の欲よりも、主人の命をなにより大切にする忠実な僕をお作りなさい」

「九十九を犠牲にしても助けたいひとつ……」

「ええ、そうです。今後、殿下が迷われても私はもうお助けできないでしょうから、今のうちにお伝えしておきましょう。先ほど殿下が気にしていらした残りの九十九ですが、三十三は遁走し、三十三は盗まれ、残り三十三は狼に襲われ——最終的に『迷える子羊一匹』しか救えなかったそうです」

「それは……それは破綻している！　小を救うために大を損なっては国として成り立たない！」

「そうですね、殿下が国王になった暁には、この理論を用いてはならぬでしょう。けれど、側近の前でだけは王としてではなく、神として振る舞っても良いのではないでしょうかな？」

なんと返せば良いかわからなかった。「それは」と言いたかったが、言葉になっておらず、あ、とか、う、とかしか言えていなかったと思う。それなのに闇の言葉は止まらない。

「九十九を犠牲にしてでも助けたい一人を側近としてそばに置いたら……」

闇は一拍を置くと続けた。

「その後に、順番をつけなさい。自分、姫様、若君、両親、側近たち、クラフト伯爵令嬢……」

「順番なんて……」

「必要でしょう？　今回の失敗をきちんと踏まえていらっしゃいますかな？　手が足りないのにあれもこれも救おうとしたことです。傍から見ると、殿下は姫様よりもクラフト伯爵令嬢を優先したようにしか見えておりませぬぞ。……何が一番大事ですかな？　まずは何を置いてもご自身でしょう。その後は？　貴方から逃げてしまった姫様ですかな？　心が離れてしまった若君ですか？　それとも何か秘密を隠していそうなクラフト伯爵令嬢ですかな？　それともクラフト伯爵令嬢と若君と共に約束した特区の創立ですかな？　国民というのも忘れてはなりませぬな？　愛してくれているか否かも不明な父親ですか？　愚かな母親ですかな？　父母よりも先に側近たちですかな？　そもそも、ご自身を蔑ろにする両親は必要ですかな？　よくよくお考えなさい」

順番を決める……？　それならば、まず、僕だ。イヴの幸せを願ってあげられない僕が偽善ぶってこの世の何よりもイヴが大事だとは絶対に言えないし、言わない。

次はイヴ。これだけは変わらない。彼女がいないと僕に朝はやって来ない。

その次は……サラとアスラン。そして魔族の特区の設立だろうか――いや、三人で約束したからこそ、魔族の特区の設立を大切に感じているだけなのかもしれない――。神殿の権力を削ぐことも大切だ。

長と話してみて自分の中の何かが、ぷつりと切れたような気がする。なんだか何かつっかえていたものが吐き出せたような、目の前がクリアになったような気分だった。あぁ、息ってこうやって吸うものなんだ。ようやく今後どう動くべきか、自分が何をしたいか思い出してきた。

「そうか、僕は男として『イヴ』が、人として『友人たち』が、王として『賢王という評価』が、欲しかったんだ」

ついつい口からぽろりとその言葉が漏れた。僕の言葉に長は何も言わなかった。けれど、どこか楽しそうに見えた。

賢王となる方法として神殿の力を弱め、国の力を強くするつもりだった。さらに魔族と人との共生を成功させたら、それこそ後世に名前が残ると思った。そんな僕の思惑のせいでイヴが傷ついた。引き金になったこの政策を辞めようかと一度は考えたけれど、イヴが傷ついたからこそ、中止したくなかった。イヴが傷つき損になるのだけは嫌だった。

もう一度大きく息を吸ったら、何かが僕の身体を満たしていく気がした。先ほどまで『どうしようもない、イヴを諦めなきゃいけない』と思っていた自分が馬鹿みたいだ。

そして、もう一度自分の中で、長の言葉を繰り返した。『心と身体のどちらかしか手に入れられない』と長は言ったが、本当にそうだろうか？　本当にどちらかなら、身体の方がほしいと思った。けれど『彼女の全ては手に入れられない』との長の言葉を鵜呑みにしたくない。絶対にどちらも手に入れる。そう決めた。先に身体を手に入れることになるだろう。けれどそれだけで終わらせず、彼女の全てを手に入れるために努力しよう。それでもダメなら僕の愛しい小鳥として鳥籠に入れよう。

それらを踏まえて考える。その次に何を大切にするべきか……。側近たちに関してはまだ見出してもいないからわからない。見つけてから考えるべきだろう。

けれど父母に関してだけは認識が変わった。両親に関しても長の言葉を全て鵜呑みにするのは間違っている。けれど、確かに以前から僕とイヴの結婚を反対する両親は邪魔だと思っていた。ならば排除して何が問題なんだろうか。愚かな母にはうんざりしていたし、母のイエスマンの父は碌でもないと思っていた。僕のしたいことがはっきりした今、両親を大事にする必要はないだろう。母を幽閉以上にするつもりはなかったが、甘かった。

父母が僕の邪魔になるなら排除すべきだ。それも中途半端にしてはいけない。徹底的にするべきだ。そもそも母が死んで、何か問題があるだろうか？　王家の秘宝である竜木を私欲で密輸する人間だ。

竜木は黄金のきらきら光るだけの木ではない。表皮をすり潰し、粉にしてそれを紅茶に溶かして飲むと高揚感と酩酊感を得られる。そしてそれは強い依存性を人に与える。末期になると、たった一グラムを手に入れるために、なんでも言うことを聞く操り人形になる。そんな竜木を巡って殺し合いが起きたことだってあるのだ。

神殿と王家で所有権を争い、二百四十二代目のクライオス国王である、チャールズ・クライオスが神殿を出し抜いて権利を手に入れた。

竜木が危険な理由を下手に知らせると愚かな人間が続出するため、竜木の詳細は公開していない。けれど王家の人間はきちんと竜木について教育される。竜木は危険だからこそ王家が厳しく管理をしているのだ。元々王家の人間でなくとも、いくら出来が悪いと馬鹿にされていたとしても、教わっていないはずがない。

それなのに、母は竜木を簡単に外に出した。おかしな使い方をしていないか、一応跡を追わせたが、購入したものはきらきら光る木ということをありがたがって飾っているだけだった——だからと言って放置はできないので、王都の商人達を動員して買い取ったが。下手をしたら悲劇を繰り返したかもしれないのだ。しかも、理由は自分が美しくいたいためだ。情状酌量の余地はない。殺すべきだ。

けれど母を死なせることによって父が敵に回ることは避けねばならない。ならば時期を見計らって父母は一緒に排除すべきだろう。父が僕のことを憎んでもいるというならば、父も油断していないはずだ。出来るだけ多くの味方を手に入れてその上で一気に片をつけよう。父の粗も探す必要がある。引っ張れる足は多ければ多いほど良い。

そして、竜木で思い出した。竜木の粉を飲んだ後に性交をしたらとんでもない快楽を得られるという。もし、イヴがどうしても僕から逃げるというならば、使ってみるのもいいかもしれない。そうしたら、イヴは絶対に僕から離れられなくなる。

「そうそう、良い顔になって参りましたな。ならば、殿下。もう私からの授業は終わりで良いでしょう」

「最後に聞きたい、なぜ今後敵対関係になるであろう僕にこんな話をしてくれたんだ？」

「ふふふふ、そうですなぁ……。それこそ迷える子羊を助けたくなったのかもしれませぬ。それと、万が一、若君と殿下が決裂し、若君を殺さなければならぬという事態に陥った時、若君の命乞いをするためかもしれませんなぁ」

「長の教え通りの道を進む僕がその願いを聞き届けると思うのかい？」

僕がせめてもの意趣返しでそう返すと長は、実に楽しそうに笑った。

「いやはや、参りましたな。さすが元来の資質もお有りの方です。たった数分の授業でここまで開眼なさるとは……。良いのです、その時はさっさと殺しておしまいなさい。情をかけてはなりませぬ」

「多分あなたなら、そう言うと思ったよ。その時はあなたも共に殺すことになるかもしれないのに。できれば僕についてほしいけれど、それは望めないようだからね」

「ほっほ、クラン家には並々ならぬ恩がありますので、残念ながら殿下の提案には乗れませぬ。けれどもこの翁はそう簡単に殺されはしませぬし、若君とてお守りいたしますぞ。……けれどクライオスの王族は獅子です。しかも番を失った者は狂える獅子となります。そのような方にはもしかしたら負けることもあるやもしれませぬなぁ」

そうしみじみと呟いた長は先ほどの深い闇を纏った人物とは別の人間のようだった。僕が今まで付き合ってきた長よりも更に小さく見えた。おかしなことに、それがなんとなく寂しい気がした。

「さて、殿下。そろそろお暇をせねばなりませぬが、最後にひとつ提案をしてもよろしいですかな？」

長には救われたから、彼の言うことはできるだけ聞こうと思い、頷く。恐らく、その提案は僕にとって悪いものではないだろう。なぜなら長は僕が今まで習ってきたどの家庭教師よりも尊敬できたし、僕のことを理解してくれているように思えたからだ。

「実は、私の孫にフォックスという者がおりましてな。こやつは我々とは違う意見を持っております。『蟻の一穴』と言いましてな、どんなに堅固な堤でも蟻のような小さな生き物が開けた穴が原因で壊れてしまうかもしれないという意味です。このフォックスは我々にとっては、その穴になりかねる者ですが……殿下のお役には立つかもしれませぬ。なんせ、殿下と目指すところが同じですからな」

「どういう意味だい？」

「ほっほ、簡単です。フォックスは『姫様は殿下に嫁ぐべきだ』と主張しておるのです」

「イヴが僕に？　……確かに同じ方向を向いているかもしれないけど、それは何故？　僕にとって都合のいいことを急に言い出す人間がいるなんて、にわかには信じられないな」

「さて、それは本人から聞いてはいかがですかな？　とりあえず私達の下でその意見を主張し続けたら、我々は遠からずフォックスを粛清しなければなりませぬ……フォックス、ここへ」

長の言葉に天井から男が一人降りてきた。ひょろりと背の高いその男は顔に、不思議な面をつけている。なんだか長細く、白い面に猫のような耳がついている。ちょっと吊り目気味の目の周りには柔らかいタッチの模様が描かれている。フォックスということはこの面は狐なのかもしれない。

「やあ、よろしく」

僕がその男に声をかけると男は黙って頭を下げた。なんとなく不愛想な感じがする、男を観察する。黒い髪を持つその男は、長の孫というだけあってなんとなく得体が知れないような雰囲気がした。長は何も言わずに顎に手をやってこちらを見ている。恐らく笑っているのだろうと思ったが、先ほどまで浮かべていた醜悪な笑みではなく、子供を見守る親の笑顔ではないかと思った。

「フォックスはテンペス家の記録書の内容をざっとですが、覚えておりますし、影としてもなかなかの実力者です。情報収集も分析も他のものより頭ひとつ抜けております。……だからこそフォックスを殿下にお預けするにあたって取り決めがあります」

そう言いながら、長は僕の前に手を突き出し、指を立てた。

「まず、ひとつ目。公爵家の内情を探らせてはなりませぬ。次に、姫様のことについても探らせてはなりませぬ。この二つを知りたいならフォックス以外の人間をお雇いください。もし、探らせようものなら……お分かりになりますね？」

「わかった。彼に他の人間を紹介してもらうことは問題ないかな？」

「いいえ、姫様を含めた公爵家の内情に関しては絶対に関わらせないでください。何が原因で主家の情報が漏れてしまうかわかりませぬからな。そしてもうひとつ、我が一族の成り立ちも聞いてはなりませぬ。けれど、テンペス家の記録書の内容を聞くことは許可いたしましょう、きっと興味深い話が聞けますぞ」

「それはなかなか魅力的な話だね」

「えぇ、それともうひとつ。利害が一致しているものに関しては若君了承の下、情報提供いたしましょう」

「なぜ、僕に色々と教えてくれた上、手練れの影までつけてくれるんだ？」

「ほっほ、そうですなぁ我々が負けた時、殿下はきっと我々一族を皆殺しになさるでしょう。けれど、殿下のそばにフォックスがいれば、万一の時にでも我が家の血は残るでしょう？　それに先ほども申し上げましたが、このままだとフォックスの面をもらうほど卓越した影を我らの手で処分しなければならなかったでしょう。さすがにこんな糞爺でも孫を殺したいとは思えませんからな」

「わかった。ではこの者は僕が預かろう。良いかな、フォックス」

フォックスという男に話しかけたら男は黙って頷いた。

「あぁ、そうそう。フォックスから我々に情報をどこまで漏らすかは殿下がきちんとお取り決めをお願いします。我々からはフォックスに対して情報を求めることはしませんので」

「なんだかどこまでも僕に対して破格の条件な気がするんだけど、本当に問題ないのかな？」

「えぇ、殿下に対しての配慮もありますが、フォックスに対しての気遣いもありますからな。そやつは確かに優れた影ではありますが、まだまだ未熟なところがございます。ちょっとした口ぶりや所作から情報を読み取られることがあるかもしれませぬ。……あぁ、いやいやご心配召されるな。確かに若輩者ではありますが、我々一族から見たら読み取れると言う程度のものです。他の家の影に読まれることなどは、ほぼないでしょう」

「ほぼ、かい？」

「えぇ、覚えておいてください。世の中には絶対などありませぬ」

厄介者を押し付けられたのかもしれないと思っていたせいで、ついぽろりと言葉が口から溢れた。長が僕の言葉を肯定してからようやく、はっとした。

「そうそう、よくご自身で気づかれましたな。殿下は最近よく失言をされておられます。毒蛇の巣で生き抜きたいならその悪癖をお治しください。その癖はお生命を脅かす危険なものです」

その言葉は僕の胸にひどく響いた。そうだ、最終的にイヴを失ったのは僕のあの一言のせいなのに、僕はまたもや同じことを繰り返そうとしていた。気をつけねばなるまい。下手なことを口にするくらいなら、なにも言葉にしない方が良いだろう。そんな僕の態度を見て満足そうに頷くと長は口を開いた。

「では、殿下。私はこれにて失礼します。なかなか楽しい時間でした。けれど、恐らくもう二度と直接お会いすることはないでしょう」

そう言うと長の身体は輪郭を失うようにゆらりと揺れた。そしてそのまま影が薄くなり、僕の束の間の先生はいなくなった。

【間章】とある影は疑問に思う

「おじじ様、なぜフォックスを殿下につけたのですか？　そりゃあ、あいつは問題のある奴ですが、実力はあります。敵に回ったら厄介ですよ。なにより、あいつはおじじ様から教わって、王家の闇に精通しているではないですか」

「あぁ、モンキー。だからこそじゃよ、王家の闇を知ってあの王太子がどこまで変貌するか、知りたくてのぅ。実に興味深いと思わんかね？」

祖父はひひっ、と笑った。いつも穏やかな祖父は、どこか歪なところがある。尊敬はしているが、……親類でなければ、正直付き合いたくないと思う。

「若君のためにならないのではないでしょうか？　それともクラン家を見限るおつもりですか？」

「愚かなことを。五代前のクラン家の御当主には、愛子さんを教会とテンペス家から守ってもらった御恩がある。この御恩はそう簡単に返せるものではない。わしの目の黒いうちは絶対に裏切るつもりはない」

我々一族は元々テンペス家に仕えていたらしい。しかも、記録編纂の情報収集をすることが主な役割の影で、予備知識として王家の記録書を閲覧できる権限を持つ立場だったそうだ。けれども祖父の曽祖父——俺にとってなんと表現すればいいのか無学な俺は知らない——が、どこから来たかわからない黒髪黒眼の少女を見つけたせいで一族の運命は一変したらしい。

愛子と名乗るその少女は森に落ちていた。愛子さんに祖父の曽祖父——いちいちこう呼ぶのは大変なので、エドガという名前で呼ぶ——はひと目で恋に落ちた。愛子さんもエドガを憎からず思ってくれ、求婚に頷いてくれた。けれど愛子さんは本来ならば、この世界にいてはいけない人だったそうだ。

愛子さんを神殿から引き渡すように命令されたエドガはそれを拒否して主家であるテンペス家に

保護を依頼した。けれどテンペス家は『記録する』という役割を担っているからか、他の家との衝突を避ける傾向がある。そのために、傍から見ると日和見に見える。それでも手下の者くらい守ってくれるだろうと思っていたのだが、争いごとを避けるテンペス家は愛子さんを神殿に差し出すように命令した。

ここからが不思議なのだが、愛子さんはたいへん魅力的な人だったのだろう。エドガの一族は愛子さんを守ることを選び、主家から離れたらしい。

子供だった祖父も曾祖母である愛子さんをものすごく慕っている。祖父の中で、至上の存在のようで、それこそ、愛子さんこそがクラリスちゃんであるかのように、崇拝しているように見える。祖父は彼女のことを、ひい婆様でなく、親しみを込めて愛子さんと呼んでいる。

エドガの一族には追ってくる主家の者や神殿の刺客と闘って命を落とした者もいたが、それでも愛子さんを差し出す人間はいなかったという。そしてとうとう、どうしようもなくなったエドガの一族に手を差し伸べてくれたのが当時のクラン家の御当主だった。テンペス家の記録書の中身を知りたいという打算があったのか、それともただ同情したのかはわからない。ただひとつ確かなのは、クラン家は全力を以て一族と愛子さんを守ってくれたということだった。

だからこそ、俺たち一族はクラン家に感謝して忠誠を誓っている。俺たちの一族は主人以外の前で面を取ることはなく——潜入先で変装している時は別だ——基本秘密主義だが、クラン家の当主には愛子さんのこと以外は秘密を持たない。

そんな我々だからファウストのクラン家乗っ取りに我慢ができず、若君を擁立しようとしてくれる殿下にお味方したのだ。あくまで若君を助けてくれる殿下に手を貸すことは問題ない。けれど、いつか若君に害をなすかもしれない相手に対してあそこまで指南し、しかもフォックスをつけるのは行き過ぎではないだろうか？

我々は主君以外には素顔を見せない。大多数のものは白い仮面に目のところに穴が空いているだけの仮面をつける。けれど、ある一定のスキルを身につけたらそれに応じた特別な仮面を貰える。

俺は暗殺スキルと潜入スキルが磨かれているので『猿』という動物の面を、我々一族が管理している記録を覚えており、戦闘能力の高い弟は『狐』の面を与えられている。猿や狐の面の造形は俺たちには考えつかないものだった。なんとなくユニークな愛らしさを持つ、この面も愛子さんから教えてもらったものらしい。

「そこまで心配することはなかろう。フォックスは若君の『姫様を殿下に嫁がせるつもりはない』という意志に反対しておった。『獅子身中の虫』と言ってな、身のうちに余計なものを飼っておくと面倒なことになるからの。下手をしたらこの手で殺さねばならなくなるじゃろう。そのくらいなら一度手を離そうかと思ぉてのぅ。なぁに、姫様を欲しがるうちは若君に手を出すことはなかろうて。そんなことをしたら姫様に嫌われることになるからの」

「はぁ、そうですか。けれどあの殿下に王家の闇が耐えられますかね？　捨てられた子犬のようだったじゃないですか」

「ほっほ、あれはルーク家に洗脳されておっただけじゃよ。フォックスを預けたのは獅子が目覚めたからじゃ。まず間違いなく、あの獅子はとんでもない化け物になるじゃろう。あぁ、楽しみ、楽しみ」

「おじじ様、楽しみとは……少し不謹慎ではないでしょうか。先ほど殿下も言っていましたけど、もしあちらがフォックスを得てこちらに牙を向いてきたらどうするんです？」

俺の言葉に祖父は実に楽しそうに笑った。俺はいつまで経ってもこの祖父を理解することはできないだろう。

「問題ない。フォックスではわしには勝てんよ。それになにより、教え子の成長は年寄りの楽しみのひとつじゃて」

「教え子って……。何十年ぶりの教え子じゃったが、今までのどの教え子よりも将来性があると見たぞ」

「おじじ様は壊す専門だったじゃないですか。おじじ様の教え子で未だ生きているのは、スライナト辺境伯とダフナ家の当主と国王だけではありませんか。それ以外は自死をしたり、戦死したりしたんじゃ……」

俺の言葉に祖父は、ほくそ笑んだ。祖父は若い頃、情報を得るためにあちらこちらに家庭教師として潜入していた時期があった。祖父の教え子達は様々な分野で突出した能力を見せた。そのため、色々な貴族たちから家庭教師の要請があったらしい。祖父の高名は留まることを知らず、高位貴族ひいては国王陛下の家庭教師まで頼まれた。情報収集のために潜入した人間が目立つのはご法度なのだが、祖父はこそこそした方が目立つと言って請われるまま、堂々と色々な場所へ出入りした。

確かに祖父の教え方は上手いが、何よりも人の弱みを握ってそれを肯定することが上手い。本人がこれはいけないことだと思っていることを肯定してやる。その上でとんでもない方法を教える——先ほど殿下にしていたことだ——しかもそれは下衆の極みと言われる方法だ。

それなのに、なぜか祖父の教え子は『自分はいける』と思い込むらしい。何某かの魔法でも使っているんじゃないかと思うほどだ。そして狂気に陥った人間は強く、ものすごい実力を発揮した。だからこそ祖父は家庭教師として持て囃され、引く手数多だった。祖父はそれを良いことに色々な家に出入りして秘密を握って帰ってきた。

狂気に陥っている人間は強い。しかも祖父直伝の外道な方法を取るのであれば、敵なしだっただろう。

反面、自信に満ち溢れた教え子たちは、無理なことでも強行し、命を落とすことも多かった。その上、おじじ様の方法は常人がいつまでも実行できるものではないらしい。ふと正気に戻ることがあった。正気に戻った人間は揺り戻しが大きく、自分の行いを恥じて自死をする人間も少なくなかった。

教え子のほぼ全員が死んだ頃には、祖父は姿を消していた。胡乱（うろん）な家庭教師は今でも指名手配をされているが、誰にも見つけることはできないだろう。

情報を得るだけなら、時間がかかる家庭教師なんてするのは非効率だ、祖父が何をしたかったのか分からないという一族の人間もいたが、俺はなんとなく分かる気がする。多分、あれは趣味だ。恐らくだが、祖父は色々な人間の闇を覗き、その闇を解放するのが楽しいんじゃないかと俺は思っている。

「そういえば、おじじ様。国王は本当に殿下を憎んでいるのですか」

「うん？　あぁ、殿下にも申し上げたが愛してもおるが憎んでもおるじゃろうな。陛下が王太子であらせられる頃に何年かお教えしたものじゃが……。あの方も殿下と同じく愛情に飢えておった。自分を厭うた父親を憎み、愛してくれない母親に絶望しておった。そして自分の実母がアンジュ様だと聞いた後はもう手がつけられないほど荒んだものじゃった」

祖父は愉快そうに笑う。『実母がアンジュ様だと聞いた』と祖父は言ったが、その話は誰から聞いたのか。人の口に戸は立てられないものだ。周りがひそひそと噂をしていたことを聞いていたのかもしれない。けれど、それはあくまで噂なのだ。そもそも王家の闇には触れないことが貴族の暗黙のルールである。

それにも関わらず、陛下にそれを真実だと納得させられる人間なんて目の前の人以外、考えられない。

「……王とは同じことを考えるものなのかのう。陛下も殿下と同じく『賢王という評価がほしい』と言っておったよ。『せめて父王を超える評価がほしい』とな。けれども、先代の御代にエルダード王国に勝ち、併呑したからのぅ。なかなかに難しい。先代は戦争の采配をしたこともなく、実際に出陣したこともないが、国土を増やした王ということで後世の歴史では高い評価を得ることができるじゃろう。けれど現在の陛下では、ハルペー帝国を制することはできん。そもそもエルダードとハルペーでは国力の差もある上、ルーク家が権力を握ったせいで良い側近もおらん。しかも、自分の魔力もそこまで高くないから出陣してもなんの役にも立たん。ひひっ、ないない尽くしじゃな。……しかし殿下は違う。今までの殿下は人を殺したことがなかったから、戦場に行っても敵を殺すことなどできなかったじゃろう。けれども一線を越えた今ならば、戦場に行って手段を選ばず、容赦なく動けばハルペーなど簡単に殲滅できるじゃろう。そんな出来の良い息子は誇らしい反面、劣等感が刺激されるのじゃろうて。先ほども言ったが陛下にとって出自は最大のコンプレックスじゃからな」

「馬鹿なことを考えるものですね。結局現在の国王は何をして名を残したいのでしょう？」

「ほっほ、わしらはそう思うが、わしらにはわしらの、王には王の理屈があるのじゃろうて。陛下は後世に名を残す策などは何も考えておらんじゃろうよ。あの方はただ、座して待つだけじゃ。だから、良いことが起きるまで王位を離れたくない。愚かなものじゃな。王には向いておらん。……そう言えば愛子さんが言っておった。『虎は死して皮を留め、人は死して名を残す』とな。人は自分が生きてきた何かを残したいのかもしれんなぁ」

「それはクラリスちゃんの教えですか？」

「さぁて、愛子さんの言葉じゃがどうなんじゃろうなぁ。ただクラリスちゃんの言葉は慈愛に溢れた言葉が多かったから違うかもしれんな。……いつかクラリスちゃんの教えの全てを知りたいものじゃなぁ。今なら幼い頃と違ってしっかりと理解できるやもしれん」

そう言うと祖父は切なげにため息をついた。本当に愛子さんはどこからきた人間だったのだろうか。今まで祖父の指揮の下、必死に探したが、『クラリスちゃん』の教えを信じている人間にはあったことがない。だから、祖父の願いは叶わないだろう。

「けれどおじじ様、殿下は本当に王家の闇を受け止められるのでしょうか？　初代国王の血を濃く引いているなどと言われても辛いだけでは……？」

「いんや、問題ない。今の殿下にとっては先祖が非道であれば非道であるほど救われるじゃろうて」

俺の危惧に祖父は醜悪な笑みを顔に浮かべた。祖父亡き後、長の座は俺の父が、その次は俺が継ぐことになる。けれども俺はいくつ年を重ねても祖父のようになれる気はしない。父も祖父ほど恐ろしい人間ではない。人としての格が違うのだ。

「おじじ様は本当に恐ろしい人です。俺はいつまで経ってもあなたに追いつける気がしません。おじじ様はこの世界を、どうなさりたいのですか？　混沌がお望みなんですか？」

ついついぽろりと言葉が漏れてしまった。ずっとずっと思っていたことだった。いつもなら「さてのぅ」とはぐらかす祖父は少しだけ空を見ると自重気味に笑って、珍しく口を開いた。

「そうさなぁ……。わしは鬱屈された人間を見たくないのやもしれん。愛子さんはずっと故郷に帰りたがっておってな。いつか帰してやりたかったのじゃが、叶えてやれぬまま亡くなってしもうた。わしはただただ、愛子さんと同じように何かを我慢したまま亡くなる人間を少しでも減らしたいのかもしれんな」

おじじ様がぽつりと呟いたその言葉は何故か俺の心にずっと残った。

王太子は影と話す

先生が帰った後、そこには僕とフォックスだけが残った。さて、どう話を運ぶべきだろうか？　彼が何を思い、どうしてイヴと僕の後押しをしようとしているのかを知りたい。それに、長が言っていた王家の記録とやらにも興味がある。

どう切り出すべきか考えながら彼を見ると、フォックスは不思議な面を外して僕に向かって投げてきた。いきなりのことに驚いたものの、とりあえず飛んできた面をキャッチした。

ひゅーと口笛を吹くとフォックスはぱちぱちと手を叩きながら「ナイス」と口にした。どんな顔をしてこんなことをしたのかと彼を見て、驚いた。面を放ってきたのに、その顔にはまだ面があった。その面は僕の手にある、どことなくユーモアな面ではなく、どこにでもある一般的な目と口に穴が開いているものだった。

「すげぇ反射神経。けど減点な、その面に毒でも塗ってあったらどうする？」

「毒にはある程度耐性がある。もし万にひとつがあっても王宮神殿にはハルトが待機しているから問題ない」

「ふぅん……。けど気をつけたほうが良いぜ。今の王宮神殿はバーバラ・ハルトしかいないぜ？　毒抜きができるのはセオドア・ハルトの方だ。バーバラ・ハルトは美容に特化していて、治癒はほどほどの腕だ。毒抜きもできない。まぁ、それでもそこらの人間よりは魔力は高いんだけどな。けれどハルトの中では格段に弱い。あんたの立場なら、周りの状況の把握は必要だぜ?」

ぞんざいな口調で僕に忠告をしてくる男をしげしげと見詰める。面を被っているため、その表情は読めない。飄々としている態度は長と一脈通じるものがあるが、フォックスの方がより近くに立ってくれていているような気がした。そのせいか——もしかしたら僕がイヴを手に入れるために協力してくれる気があるからかもしれないが——彼の口調や態度は不快ではなく、むしろ好ましく思えた。だからこそ『減点』という言葉が気になった。

「肝に銘じるよ。それで、この面はどういう意味かな?」

僕はそう言って今受け取った面を彼に見せつけるように持ち上げた。

「どういう意味も何もオレはあのジジィの身内で、違う派閥にいた人間だ。あんたを裏切らない証として預けとく。それはオレにとって三番目に大切なものだ。その面はオレの立場を証明してくれるものだからな」

「必要ないよ、君のことも長のことも信用している。君の大切なものなら、君が持っておくべきだろう」

「それが王家の人間としての発言なら満点だが、あのジジィの弟子としてなら落第だな。良いから預かっておけよ。オレがあんたに不都合なことしたら好きにしてもらって構わない」

そう言った後に少し間を置いて、吐き捨てるように続けた。フォックスは長を嫌っているのではないかとなんとなく思った。それほど、長を評する言葉は冷たい。

「あのジジィを信用しすぎるなよ、あれは地獄みたいなもんだ」

フォックスは乾いた声で笑った後にとんでもないことを続けた。長は束の間ではあったけれど僕の先生だと思っている。長のおかげで僕はイヴを諦めずに済んだのだ。感謝してもしきれない程の恩がある。フォックスが言うことには、賛同したくない。

「たったあれだけの時間で丸め込まれるのか……。迷える羊が弱いのか、ジジィがすごいのか。ただひとつだけ教えておいてやる。ジジィは自分の興味で、兄弟で殺し合いをさせるような男だ。気をつけろよ、地獄を覗き込みすぎると引き摺られて帰ってこられなくなるぜ？」

フォックスの口から飛び出た言葉に少し驚いたが、長ほどの人間が無意味にそんなことをするとは僕には思えない。

「なぜ、長はそんなことをしたと君は思っているんだ？」

「さてな、自分で考えてみろよ。あとで答え合わせしてやるさ。最初から答えを教えてもらったら、自分で考えなくなるだろう？　頭は使わないとどんどん悪くなるもんだ。それよりも他に聞きたいことはないのか？」

なんだかはぐらされたような気がしたが、あまりしつこく言いすぎて更に減点されることは避けたい。先ほどから僕は彼にダメ出しをされ続けている。それに、確かに他にも聞きたいことがある。長の行動原理は後で教えてくれると言っているのだから、僕なりの答えを用意した上で、後から答え合わせしてもらえば良い。なにより、長の行動原理なんて、今の僕にとって重要なことではない。

「じゃあ、今一番気になっていることを聞こう。なぜ、君は僕に味方してくれるんだい？」

「簡単なことだろ、クラン家の繁栄だよ。若様が幸せに生きること、それがオレの望みだ」

「へぇ？」

「意外か？　主家が栄えることを望まない臣下がいるはずないだろ」

「なんとなく意外な気がしただけさ。でもアスランが手下の者に慕われているのは良いことだとは思うよ。けれど、クラン家の繁栄なら僕に付く必要はどこにあるのかな？」

「そりゃあ、クラン家が持ち直すにはあんたの支援が必要だからに決まっているだろう。なんで姫さまだけ逃げるつもりなのかわかんねぇ。貴族の娘は恵まれて育った分、好きな相手に嫁げねぇのは当然だ。あんたに嫁いでクラン公爵家に便宜を計ってもらわないといけないだろう。若様お一人で苦労しろってぇのは薄情すぎだ」

彼の言い分は僕にとって都合の良いものであったが、イヴを悪く言う彼に少しイラッとした。彼の口調や態度よりもイヴへの悪口が許せない。

「あんた、よくもまぁ今まで大きな失敗をしなかったもんだな。ルークの庇護があったからか？　口もだが、顔にも色々と出るもんだ。今俺のこと頭にきているだろ？」

図星をつかれて息を呑む。僕は今まで、優秀な王子だと持て囃されていた。けれど、それは僕の成果ではなく、母の――ひいてはルーク家の成果だったと言われて頭が真っ白になった。人は一人では生きていけない、それはよく聞く話だ。けれどもこれほどその言葉を感じた時は今までなかった。なんだか自分が情けなくて、悔しくて無性に泣きたくて仕方がなかった。そんな僕の心情に気づいたのか否かわからないが、飄々とフォックスは続ける。

「それにしても、オレの態度や言葉遣いに対してじゃなく、姫さまに対しての不満を不快に思うのか。あんた、本当に好きなんだな。いくら奇麗でもあんな薄情な女がそれほど良いものか？　こんなに想っているあんたや、あんなに心配している若様を置いて自分だけ逃げるような女だぜ？」

「当然の帰結だよ。僕が全て悪い、彼女が、イヴが僕の下から逃げたくなるのは当然だ。公爵家に帰らなかったのは、僕から逃げるためで、彼女の責任じゃない」

「だから、なんであんたから逃げるんだ？　もし、あの時、万一のことがあってもあんたなら姫さまを糾弾したり婚約を解消したりしなかっただろう？　なのに、なんで勝手に婚約解消して、公爵家にも帰らないとか言うんだ？　若様がどれだけ姫さまのことを思っていたか、分かるか？　あの方は愚鈍な当主のせいで隣国に留学という名目で家を追われたんだ。使用人の一人もつけられず、仕送りもなかった。姫さまと違って庇護者もいなかった。若様はまだ十一歳だったんだ。それでもご自分が捨てられたことは理解していた。だからもうこの国に帰ってこなくてもよかったのに、姫さまが心配でいつか迎えに行くつもりで、必死に努力したんだ。金がないから庶民に混じって働いて、食うものも切り詰めて、それでも必死に勉強して、キファク王国で男爵位すら授爵された。それだけ辛い思いをして、努力したのに、姫さまは逃げていったんだ。自分は子爵家の庇護の下、食うに困る生活をしていたわけでもなくぬくぬくと生きてきたんだぜ？　なんで今更逃げるんだよ」

先ほどまでの余裕な態度はどこへ行ったのやら、ちっと舌打ちをすると、いらいらしながらフォックスは続けた。彼はアスランに心酔していて、その思いは本物のようだった。彼なら、イヴの魅力に惑わされない人間として側に置いて問題ないだろう。

イヴを責めるフォックスの言葉にはイラっとしたが、反面彼の言葉に安堵もしていた。何も不都合なことなどない。僕と彼の利害は一致している。

僕はイヴが欲しくて、アスランを取り立てるつもりがある。そしてフォックスはアスランがきちんと評価されて取り立てられれば満足なのだ。

「では、僕たちは手を組めそうだね、よろしく、フォックス」

僕が差し出した手の掌をフォックスは軽くぱちんと叩いた。握手をするつもりはないが、拒絶するつもりもないようだ。

「若様のためなら、あんたにいくらでも協力してやる。けれど、ジジィの言った条件は守ってくれ。オレじゃとうていジジィには敵わねぇ。目的が達成できたら、オレは若様のところに戻るつもりでいる。オレの主人は若様だけだ。だからあんたの前では面は取るつもりはない」

「面を取る……？」

「あぁ、オレたちの一族は秘密を隠し持つ一族だ。影に生きる人間は多かれ少なかれ皆そうだが、うちの一族は更に闇深い。どういう意味なのかは勘弁してくれ。オレたちは身元をばらしたくない。だから、面をつけて生きる。一族以外に素顔を晒すのは唯一、主人だけだ。そうそう、フォックスという名は一族における役職みたいなもんだ。一族から離れた今、その名は名乗れない。だから、オレのことはエンデとでも呼んでくれ」

「それが君の本名か？」

僕の言葉にエンデは肩をすくめるそぶりをするだけだった。恐らく違うのだろう。

「さて、オレはあんたの部屋の屋根裏にでも隠れておくことにする。こういう職業だからな、隠れることには慣れちゃあいるが、俺はジジィが言っていたように半人前だ。出来るだけ、達人と呼ばれる人間を部屋に呼ぶのはやめてくれ。事前に言ってくれれば、どこかへ行っておく。けれどもし、どうしても急に部屋に入れることがあるなら、部屋に入る前に踵を二回床に打ちつけてくれ」

そう言うなり、エンデはこちらに背を向けた。ひょろりと背が高く目立つはずの彼の姿はすぐにかき消えた。まだまだ聞きたいことが多くあるので、僕は焦った。

「待ってくれ。もう話を切り上げるつもりか？　まだ聞きたいことがある。長が言っていたように、王家の闇についても、長の真意についても」

「あぁ？　王家の闇についてはあんたはあまり聞かないほうがいい。引き摺られるぞ」

「それでも知りたい。先祖たちが何をして、どこまで許されるのか、僕は知っておきたい」

「何をどこまで許されるか？　それなら歴史を紐解かなくても構わないだろう、オレが教えてやる。あんたが力のある王である限り、許されないことはないさ」

その回答は僕のほしいものではない。僕が知りたいのはより良くイヴを僕のものにする方法だ。長から鳥籠の存在やそれを使った祖父の話を聞いた。けれども、もっと良い方法があるかもしれない。少ない選択肢よりも、全てを知った上で、最良のものを選びたい。

「ははは、気にいらねぇって顔だな。けれど事実だ。あんたはその気になればこの国を滅ぼすことだってできるんだ。できないことはない。よく言うだろ『一人殺せば殺人者、百人殺せば英雄、世界中の全ての人間を殺せれば神になれる』ってな。あんたはその気になれば、一人でこの世界の人間全てを殺せるだろ。だから、できないことなんて何もない。そうだろ？　誰があんたを止められる？　あんたはその力を振るいさえすればどんな願いでも叶えられるさ。まぁ、それによって失うものもたくさんあるだろうけどな」

「それでも僕は知りたい。僕の先祖が何をしたかを」

「あんたは贖罪のために先祖が犯した罪を知りたいわけじゃない。どこまでが許されるものか、知りたいだけだろう？　やめておけ」

「長は、君から聞けと言っていた。聞いても問題はないと思うんだが？」

「それこそ、ジジィのしたいことだとオレは思っている……だからこそ忠告しておいてやる。やめておけ、ってな」

「答え合わせの時間かい？」

　エンデの姿は消えたままで、声だけが上から降ってくる。仕方なく、僕は顔を天井に向けたまま、エンデに話しかけ続けた。まだ聞きたいこともたくさんあるし、彼との会話を終わらせたくなかったのだ。けれども周りから見たらきっとおかしな風景だろう。気が狂ったと思われるかもしれない。まあ、今更だろう、イヴを失ったのだから、正気でいられるはずがない。

「あぁ、ちょうど良いだろう。教えてやる。あくまでオレの考えだけどな。……多分、ジジィは神を召喚したいんだ」

「ハーヴェーかい？」

「いや、ハーヴェーなんて神は存在するはずはない。そんな都合のいいものなんかいるはずがない。

そんなものがいるなら世の中、こんなに生き辛いはずないだろ。あんただって思わないか？　神がいるならこの世がこんなに無慈悲なはずがないって」

「確かにね、彼らの言う神の力である光属性の魔法は個人の資質に過ぎないとするなら、確かにハーヴェーはいないかもしれないね。ハーヴェーの功績は、人を助けるためにわが国の初代国王、オーガスト・クライオスとして生まれたことくらいかな？　彼のおかげで僕らは魔法を得たわけだしね」

「ははは、一つだけ教えてやろう。オーガストは義憤に駆られたわけでも、人類を救済したかったわけでもない。あいつは、自分の欲を満たすためだけにこの国を建立したんだ」

「へぇ、彼の目的はなんだったんだ？」

「さてな。これ以上は知らない方がいい。今のあんたが知ったらきっと帰ってこられなくなる」

「君はずっとそればかりだね」

　僕は大きくため息をついた。なんだかのらりくらりとかわされている。簡単にあしらわれているような気がして、面白くない。声からして、エンデは恐らく同年代の人間だ。それなのに彼は僕よりも博識で、自信に満ちていた。さすが、あの長の孫だ。

「ジジィが呼び寄せたいのはきっと異郷の神だ。さっきジジィが言っていただろう？　恐らくジジィはクラリスちゃんという名の神を呼びたいんだ。あの教義をもっと知りたいとつねづね言っているからな」

「なんでそう思ったんだい？」

「さっき、言っただろう？　ジジィは兄弟同士で殺し合わせようとしたって。クラリスちゃんの経典の一番最初の殺人はなんだと言っていた？」

「兄弟間の、諍い……」

「わかったか？　クラリスちゃんの経典にある神に罰されたこととか、祝福を受けたこととかをその手で再現しているんじゃねぇのか？」

「それは大丈夫なのか？　長を身近に置いているアスランに危険が及んだりは……」

「まぁ、問題ないだろ。しっかし、お前もジジィもなんでハーヴェーがいないのに、他の神は存在すると思うんだか……。神なんて都合の良いものはいやしねぇ。人間が作った都合のいい金集めの方法が神なんじゃねぇかとオレは思っているけどな。若様に関しても問題ないだろ、ジジィはこれでもかってくらいクラン家に恩義を感じていやがる。だから、自分のライフワークにクラン公爵家の一族を巻き込むことはないだろう。どちらかってぇとあんたの方が危ないとオレは思うけどな。オレを含めた一族を敵に回したくなければ、若様をぞんざいに扱うな」

　急にこちらに威圧をかけてくる男が急に年相応に思えて僕はおかしくなる。あぁ、バカだな、そんなに必死になって牙を剥いてはいけないのに。言葉だけでも充分わかっているのだから、雛を守る親鳥のように必死になってはいけない。自分の弱点を晒すだけだ。君たちに一矢報いるためには、差し違えるつもりでアスランを害すればいいことがわかってしまう。

　ここまで考えて、唐突に理解した。なぜエンデが先程、質として面を預けたか。そしてここまでアスランを心酔しているエンデがなぜ、僕の下へやって来たのかを。彼は僕を見張るつもりなんだろう。万一僕がアスランを害することがないように。

今の僕にアスランを害するつもりはないが、イヴを手に入れる邪魔をするなら、残念だが、彼にも消えてもらわなければならないだろう。あぁ、だからエンデもまた、僕の真の味方にはなり得ないのだ。

「落ち着いてくれ、このまま威圧を続ければ、僕の護衛が入ってくるよ」

僕が声をかけても、エンデはしばらく威圧をかけていたが、段々と抑え始めた。エンデの弱点がわかった今、先程までの不快な気持ちは少なくなって来ている。どうやってエンデを操れば良いか分かってきたからだ。

さて、エンデは僕にこう思わせるためにここまで感情を発露させたのだろうか？　それならば、この行為は正解だ。面を預けるよりも、より僕に安心を与えてくれたのだから。まぁ、面の重要さを僕が知らないだけかもしれないが。

「しかし、それにしてもそこまでクラン家が大切な君たちがよくサイテル家の暴挙を許したもんだな」

「そう見えたか。クラン家は緩やかに傾いていなかったか？　そしてあんたも割とすぐに若様を見つけられなかったか？」

「けれど、そうは言ってもファウストは公爵家の当主のままだったし、アスランだって困窮していたと君も言っていただろう？」

「ファウストは傲慢で、サトゥナーは色欲、イリアは嫉妬」

彼が何を言い出したかわからずに僕は首を傾げる。

「クラリスちゃんの経典では人間が犯す大罪らしい。他にもいくつかあったらしいが、よく覚えてねぇや。神に罰してもらうために罪人を作ろうと、実験してたんじゃねぇの？　あいつらがどうなっても痛くも痒くもないからな」

「へぇ？」

その言葉が引っかかる。つまり、イヴが襲われたのは間接的にこいつらのせいということか。彼らに対してあった好意がすぅと冷えるように引いていくのがわかった。変な実験をしなければ、あの愚かな一族を唆(そそのか)さなければ……イヴはまだ僕のそばで笑っていただろう。

僕がイヴを失う一因を作ったのは彼らなんだと思うと急に彼らが憎く思えて仕方がなくなった。こいつらも殺してしまって構わないだろう。僕の役に立ってもらった後、処分してしまおう。

「それに若様のことだって遅れはしたけれど、保護に行ったんだからな」

アスランのことを出せば出すほど、エンデが焦るのがおかしくて仕方がない。笑い出してしまいそうになるのを必死で抑える。あぁ、どれだけ惨たらしく殺してやろうか。クラン家を潰してしまうことが一番の復讐になるだろうが、彼らへの報復のためにアスランやイヴを失うことは僕の本意ではない。

長に対しては、彼の夢が実現すると思った一歩手前で殺してやるのがいいかもしれない。けれど、エンデはどうだろうか。彼への報復のためにアスランを使うことはできない。まぁ側に置くのだ。他にも弱点を見つけることができる可能性が高いだろう。

新たな敵を見つけた。実行犯はこの手で殺せなかった。だけど、教唆をした人間を見つけられた。

こいつらが、憎い。にくいにくいにくい。けれど見つけられた。嬉しい、嬉しい。あぁどうやって殺してやろうか。想像すると楽しい。楽しくて仕方がない。今度こそ、この手で、殺してやるのだ。

エンデは愚かだ。僕に対して優越感を感じていたのだろう。けれど口を滑らせたな。その事実だけは僕に伝えてはいけなかったのだ。顔が緩みそうになる。ようやく僕の手で殺せる敵を見つけられたのだ。けれど、警戒されては敵わない。顔に出してはならない。顔に表情を乗せないようにするために僕はもっともっと鍛錬しなければならない。

それにイヴを手に入れたとしてもことと次第によっては微笑まないようにしなければならないかもしれないのだ。毎日鏡を見ながら無表情を作ってそれを定着させるようにしよう。

さて、王家の闇よりももっと聞いておかなければならないことができた。これ以上イヴに害が及ばないように敵の動きを知る必要があるだろう。

「他に長が具体的にどう動くかわかるかい？」

「さて、クラリスちゃんの教えについてはジジィが詳しい。正直聞いてもクラリスちゃんの考えはぶっ飛びすぎていてオレには理解が難しい。だけどそばで見ていたらなんとなく感じるものがないか？　だから、何となくなんだが、オレはジジィの目的は神の召喚なんだと思っている。まぁ、実際は違うかもしれないけどな」

「ふぅん。それならそれでいいさ。けれど僕が王家の闇を含めて色々と知らない方がいい理由はなんだい？」

「あんたもジジィの実験の一部になる可能性が高いからだ。気をつけろよ、お前が闇に染まれば染まるほど、ジジィの思惑通りになるぜ？」

あぁ、なんて好都合なんだ。

辺境伯は頭を抱える

『やばい、手遅れだ』

昨日と打って変わって冷たく儂を見下ろす王太子を見て背中に冷や汗が伝う。昨日まで雨に打たれ、行く宛のない子犬のような顔をしていたのに、今はその片鱗もない。

『今回のことは私の不徳の致すところです。お二人の仰ることはもっともですが、どうか、もう一度私にチャンスをいただけないでしょうか？　私には彼女が必要なんです』

この台詞を言われた時は、まだ間に合うはずだった。それなのに、一晩で何があった⁉　王太子はこちらを見下ろすだけで何も言わない。冷ややかな目でこちらを威圧してくる姿は、昨日会った殿下とは別人でないかと思うほどだ。

「僕に会いたいとアスランから聞きました。何か用事があるのでしょう？　どうぞ、遠慮なくお話しください」

そう言った後は黙ったまま、儂の出方を見ている。今日の謁見は失敗だった、下手に手を出してはいけなかったと後悔するが、後の祭りだ。若きクラン家の当主の家に泊めてもらい、王太子に会えたのは、あの頭の痛い謁見の翌日のことだった。それなのに殿下のこの変わりようは異常としか言いようがない。

本日会った時から今に至るまで、その瞳の奥は凍えきったままだ。その瞳の冷たさには見覚えがある。兄と、そして当時の儂と同じ瞳だ。まさか、あの男が殿下の側にいるのだろうか、そう思うと背筋が凍った。やはり、生きていたのか！

兄の家庭教師としてやってきた男はヨハネス・ルーク・ヴァイス・サウスウェル・フィールドと名乗った。名教師としてあちらこちらから引っ張りだこという噂の人物で、儂と兄は運良く――いや、運悪くかもしれない――その男の講義を受けることができた。

あの男は、最初は他家との契約があるので、王都から離れられないと言っていた。けれど、父はどうしても兄の指南をしてほしかったらしい。何度も何度も頼み込み、ようやく一年だけという約束で辺境に招くことができた。辺境にやって来た男は兄だけでなく、儂の面倒まで見てくれた。

ある日、儂の授業の時間にふらりとやってきた父は、儂を蔑みながら言った。

「兄だけで良いのです、ヨハネス殿。それはただの出来損ないなので、構わなくて結構ですよ」

「おや、閣下は見る目がないようですな。弟君は素晴らしい素質をお持ちでいらっしゃいます。この素質を放置するのは勿体無いことです。……ふむ、わかりました。弟君の授業料はいただきません」

男は儂の肩を優しく抱いて、父にやんわりと告げた。そうして、恥ずかしくて俯いている儂に「背筋を正しなさい、自ら俯いてはなりません」と言った。

今でこそ『南の雄』と讃えられる儂だが、当時は出来の良い兄と比べられ、出来損ないと後ろ指を指され、捻くれていた。周りの人間は父母を始め、使用人すら儂を軽視していた。名目上つけられていた教師たちも俺にはおざなりな対応しかしなかった。そんな儂を受け入れてくれていたのは二番目の姉のグレースと幼馴染のエティエンヌだけだった。儂の世界にはこの二人しかいなかった。

二人のことはこの上なく大事だったし、感謝もしていた。けれど同時に同情されている、女性に守られていると思うと、なんと言って良いかわからない感情が渦巻いた。凄まじい劣等感のようなものも感じていた。父や兄を始めとした辺境の屈強な男性陣が一人も自分を評価してくれないことが、更にそれを後押ししていた。

エティエンヌ——エティーは儂の淡い初恋の相手だった。年は儂のひとつ上で、兄の二つ下の少女だった。目が覚めるような美人ではなかったが、おっとりとしているように見えて、芯がある女性で、本当に愛らしい人だった。

エティーは辺境では強い力を持つ土着の子爵家の娘で、我が家へ八歳の頃から行儀見習いに来ていた。建前は行儀見習いだったが、実際は次期当主の婚約者であった。つまり、兄の婚約者だった。けれど兄よりも儂の方がエティーとは仲が良かった。彼女の口癖は『大丈夫、ラディーのことは私が守ってあげるわ』だった。ひとつ上なだけなのに、お姉さんぶってそう言う彼女を愛しくも、憎らしくも思っていた。正直に言うと、悔しいと思うことがほとんどだった気がする。

ハルペーは歴史的敵国で儂の一族は長く王国の盾と呼ばれていた。だから一般の貴族たちと違い、長子相続ではなく、力が強い人間が継いでいた。だから、次期当主は兄で、エティーは兄嫁になるのだと思っていたのだ。叶わない想いを胸に抱いて生きる儂はどんどん捻くれていっていた。

そんな不満を抱えている時に、あの男がやってきた。儂を教え、導き、評価してくれた男はあいつだけだった。ひょろりと背が高い男は辺境のどの男よりも細く、吹けば飛ぶのではないかとすら思った。けれどその男は屈強な辺境の男たちよりも強く、全てにおいて上だった。講義はわかりやすく面白かった。剣技の腕も凄まじかった。そんな男は多岐にわたることを儂に教えてくれた。

魔法がうまく使えず、うんうん唸っている時には「実技は教えられませんが、理論をお教えしましょう」そう言って懇切丁寧に教えてくれた。

剣をうまく扱えず「それでも辺境伯の子か！」と親父に怒鳴られる儂に剣の手解きをしてくれたのも、あの男だった。男は剣技の腕も尋常ではなく、凄まじい実力の持ち主だった。

儂があの男に心酔するのに、そう時間は要らなかった。講義から剣技まで、なんでもこなす男は当時の儂にとっては憧れの人だった。あの男みたいになりたいと思った。

当時の儂は、男に認められたくて仕方がなかった。あの男に誉めて貰うためだけに、魔法も剣技も勉強も頑張った。ともかくそれだけしか頭になかったせいで、愚かな儂は気づかなかったのだ。

高い壁でしかなかった兄は、ただの人間でしかなかったということを。

急に実力をつけてきた儂はいつしか、出来が良いと言われた兄を追い抜いていたらしい。儂にはあの男の見立て通り、才能があったようだった。そして、追い抜かれた兄は儂に継承権を奪われるかもしれないと焦っていたというのに。

少しずつ歯車は狂っていっていたのに、儂だけは気づいていなかった。儂以外の家族も、エティーですら、気づいていたのに……。

この後起こったことは珍しいことではない。貴族の中ではよくあることだ。兄弟で後継と一人の女を巡って争った、ただ、それだけのことだ。あの地獄のような日々を儂は決して忘れない。

儂を後継にすると口にした、色のない父の瞳も、驚愕した母の顔も、凍てつくような長姉の目も、憎悪に歪む兄の表情も、全て覚えている。儂が下手を打ったことも、全て、全てだ。

だから、実は殿下には少し同情していた。殿下は儂と同じ過ちを犯している。けれど、エティーと違い、殿下の相手はまだ生きている。取り返しがつくのだ。お互い想い合っているのであれば、リエーヌの娘でなければ、殿下に肩入れをしてやったかもしれないと思うくらいには……。

もう、随分昔のことなのに、それでも忘れられない。グレース姉さんは今も変わらずにそばにいてくれるが、エティーは側にいない。あの人は、自分の言葉の通りに、儂を守って逝った。

力尽くでエティーを奪った兄を殺してやるつもりだった。儂がそう思うことをエティーは知っていたのだろう。油断していた兄を刺し殺して、彼女も塔の天辺から身を投げた。馬鹿だ、と今でも思う。エティーを守れなかった自分はどうしようもない馬鹿だ。

けれど、エティーも死ぬことはなかっただろう。生きていて、ほしかった。あんなことで嫌いになったりしない。隣で笑っていてほしかった。時が忘れさせてくれることもあっただろう。

いや、違う。やはり儂だけが悪いのだ。もし、エティーを取り戻しても兄が生きていたら、儂はこの手で兄を殺しただろう。兄も全力で向かってきただろう。そうなれば、スライナト辺境伯領は二つに割れただろうし、なにより、あの男の望み通りの展開になったに違いない。

儂と兄が殺し合うことで、あの男が何を得ようとしたのかはわからない。跡目争いが起きた時、あの男が影で糸を引いていたとはエティー以外、気づいていなかった。

この混乱の時に、父は病に倒れた。自分が長くないと知っていたから、溺愛していた兄よりも、強い儂に跡目を継がせた。もしまだ頑健であれば、掟を破り兄に後を継がせただろう。母は父の後を追うように死んだ。憤死、と言ってもよかっただろう。長姉のヒルダは儂を憎みながら辺境伯家を離れた。何故父母や姉が儂をあそこまで疎んだか今でも知らない。グレース姉さんなら知っているかもしれないが、聞くつもりはない。姉さんも何も言わない。ならば儂が聞かなくてもいいことなのだろう。

跡目争いなんてどこにでもあるものだ。そしてそのせいで家族が離散することも、下手したら誰も残らないことだって珍しくもない。だから、愚かにも裏なんて考えなかった。今考えると「あり得ない」のひと言に尽きる。きちんと周りを確認して、手を打っていかなければならないものを。ただ、言い訳をさせてもらえるなら、あの男は争いを起こしたものの、争い自体には関与しなかった。更に儂が爵位を継いでからも色々と力になってくれていたから、あの男が全ての元凶だなんて想像すらしなかった。

スライナト辺境伯家は儂とグレース姉さんしか残らなかった。だから家を建て直すのに必死で、他に気を回せなかったということもある。

あの争いの裏であの男が糸を引いていたと分かったのは、儂が跡目を継いで、十年以上経ってからだった。ハルペーを押し戻し、信頼できる人間で周りを固め、ようやくひと息をついた時に、妻がエティーの日記を出してきた。

妻はエティーの五つ下の従妹で、彼女亡き後、子爵家の養女になり、儂に嫁いできた。容姿はあまり、エティーに似ていない。ただ、明るい笑い声と優しい性格は彼女にとてもよく似ている。

日記を開く。懐かしいエティーの文字が目に飛び込んできて、涙が溢れそうになった。いや、実際泣いていたと思う。

幼馴染の日記から

六月十二日
私の未来の旦那さまだと、デュラン様を紹介された。なんだか私を値踏みするような目で見ていたのが印象的だった。なんだか怖い。
六月十五日
デュラン様のお姉様と妹君に会った。妹君のグレースは私と同じ年で、気が合って友達になった。なんだかこの家に来て始めて息が吐けた気がした。彼女がいてくれるなら、この家でも生きていけると思う。
六月十七日
弟君もいるらしいのに会わせてもらえない。私はデュラン様の婚約者として失格だから会わせてもらえないのかしら？　よくわからないわね。けれど、グレース以外のこの家の人は皆冷たい気がする。私がデュラン様にふさわしくないと判断されたなら、それはそれで構わない。お家に帰りたい。
六月二十日
デュラン様の弟君のクライド様とお会いした。紹介してもらえないのは私のせいかも？　と思っていたけど、なんだか違うみたい。クライド様はグレース以外のご家族から何故か嫌われているようだけど、何故かしら？　主家に当たる家のことだからあまり詮索できないし、よくわからないけど……。なんだか、クライド様は私と同じみたい。
七月一日
クライド様とお話しした。この間はずっと黙ったままだったから、よくわからなかったけど、話してみると素直な方だって分かった。グレースとも仲が良いみたい。それなら私も仲良くできるかも！
七月十五日
クライド様はすごく魅力的な方だった。他愛無い揶揄いですぐに怒るくせに、謝ったらあっさりと許してくれた。なんというか、可愛い方だと思う。
手を見たら、マメだらけだった。すごく努力される方なんだろう。それなのに結果に結びつかないなんて、きっとお辛いだろう。お可哀想にも思えた。
七月二十五日
大切な組皿を割ってしまった。デュラン様が急に私の腕を引っ張ったから起きた事故なのに、デュラン様は知らない顔をした。私はきちんと慎重に運んでいたのに……酷い。

奥様にすごく叱られて、罰にと夕食を抜かれた。夜にこっそりクライド様が来て私に小さな砂糖菓子をくださった。オレもよく食事を抜かれるから、非常食を持っているんだ、と笑った。デュラン様と違って爽やかな笑顔だった。

八月一日
砂糖菓子を下さった後からは、クライド様とお話ししたくて仕方がなくて、暇を見つけてはクライド様を探した。

今日は一段と仲良くなれた気がする！　彼は私にラディーと呼んでいいと言ってくれた！　彼も私をエティーと呼んでくれることになった。すごく嬉しい！

八月三十一日
ラディーと秘密の暗号を考えることになった。二人だけの秘密だと、ラディーは言った。グレースにも内緒だ。なんだか楽しい。

デュラン様はいつも私を蔑むように見るだけだ。気味が悪い。ラディーが婚約者だったら良かったのに……。


最初は幼さが目立つ拙い文字で、日を追うごとに流麗な筆記体で、日記は綴られていく。エティーの気持ちが儂に向いていたことがわかり、嬉しい反面守りきれなかった悔しさが胸に積もった。エティーも辛かったのに、儂を守ろうとしてくれていたのか。今思うとエティーは八歳だった。親元から離されて、主家に仕えろと言われ、不安で仕方がなかっただろう。本当に守れなくて申し訳ないと今更ながら思った。

エティーは毎日、日記をつけていた。あぁ、こんなこともあったなと日記を読んで思い出したこともたくさんあった。儂の目からはとめどなく涙が流れていた。妻がどんな想いでそんな儂を見ていたのだろうかと、今では、思う。けれどその時の儂は妻に気をつかう事はできなかった。昔も今も変わらず儂は愚かだ。

ここからは、あの男が来てからの日記だ。

五月二十日

王都で有名な家庭教師の先生がいらした。なんだか嫌な臭いを纏う人だ。ご当主様もデュラン様も大喜びしているが、なんだか胡散臭い。だって顔は笑っているのに目は笑ってないんだもの。グレースも変な顔をしている。あの男性からは目を離さない方が良い気がする。

六月一日

あの男性はラディーを認めてくれているらしい。「いつも、あの出来損ないに才能があるもんか！って、ラディーを馬鹿にする癖に、あの男の前では何も言えないのよ、あの人は。かっこ悪いったらないわ」ってグレースがご当主様を笑っていた。

ラディーを認めてくれるなら本当は良い人なのかしら？　わからない。

六月五日

最近ご当主様も奥様もデュラン様もなんだか様子がおかしい気がする。目がなんだかギラギラしている気がするわ。なぜかしら、とても嫌なことが起こりそうな気がする。
七月二十八日
最近ラディーがあまり構ってくれない。約束の場所に行ってもいつもいない。つまらない。ラディーはマメが潰れるまで剣を振るい、血を吐くまで魔法を練習している。夜も眠らず勉強しているみたい。活き活きしているのはいいことなんだけど、なんだか身体を壊しそうで心配。私に何かできることはないかしら？
九月六日
あの男性から目を離せなくて、いつもそばに居たら、変な独り言を聞いてしまったわ。
『思ったより弟の出来が良いな……。一方的な殺戮を見たいわけじゃないんだがな。……対等に殺し合わせるには弟の方を削らねばならんな』
なんのことだろう？　殺し合わせるって何かしら？　デュラン様とラディーを？　なんだかおかしい。どうしよう、ご当主様ですら下に置かない扱いをしているあの男性をどうやったら排除できるのかしら？
でもなんとかしなきゃいけないわ、私はラディーを守らなくちゃいけないんだもの。
九月七日
思い切ってラディーに話したのに信じてくれないどころか「先生に失礼なことを言うな」って叱られてしまった。ラディーが私の言うことを信じてくれないなんて……。グレースは私の言うことを信じてくれたのに。

九月十三日
あの日以来、ラディーは私と目すら合わせてくれない。話しかけようとしても素知らぬ顔で去っていく。辛い。

デュラン様は私がラディーに無視されるのを楽しそうに見ている、なんて嫌な人！

今思えば、あの隙のない男性が、私のことに気づかないはずはない。きっと私をラディーの側から離すためにわざと聞かせたんじゃないかしら？　あの男の術中に嵌まってしまったみたい。

どうしよう、今後どうやってラディーを守ればいいのかしら……。ラディーともう何日も話していない。お願いラディー、私を嫌いにならないで。

九月二十日
ラディーが五メートルもあるバジリスクに遭遇して、一人で討伐したらしい。その大きさなら、本来は屈強な辺境の騎士でも三十人以上、神殿の二位や王宮魔法使いが十人以上必要なのに。ラディーは満身創痍で帰って来て、熱を出して倒れた。

看病させてほしいとお願いしたけど、ご当主様から禁止された。グレースが看病してくれているけど、心配で仕方ない。どうか、ラディーが早く元気になりますように。

九月二十三日
グレースが自分の嫁入り費用を使って神殿のハルト様を呼んでくれた。グレースは「この子の命が助かるなら、私は嫁に行かなくてもいい」って。なんて感謝したらいいだろう、何度もありがとうって言ったら「私の弟のことよ」って笑った。

私がデュラン様に嫁いだら、なんとしてもグレースの嫁入り費用を捻出するわ！

九月三十日
ハルト様のおかげでラディーは五体満足の状態で元気になった。ラディーはよっぽどうまく闘ったらしい。もし体のどこか一部でも石化していたら、そこからひび割れて身体を損なうことになっていたそうだ。

いくらハルト様といえども、欠損した身体の部位は再生できないと聞いている。さすがはラディーだ。良かった、本当に良かった。ハーヴェーに感謝を。

十月七日
ラディーがバジリスクを倒したことで、彼の実力が私たち臣下の間でも評判になった。怪我の功名、というものかしら。いろんな人がラディーを誉めている。なんだかくすぐったくって笑い出しそう。嬉しい。

でもデュラン様の目にだんだん暗い光が灯っていくように見える。なんだか薄気味悪い。

十月二十一日
今日、急にご当主様がご家族と私、そしてあの男性を招集して、後継者をラディーにすると告げた。つまり、私はデュラン様でなくラディーの妻になれるのだ。嬉しくなってラディーに抱きつきたい衝動に駆られたけど、異様な雰囲気に思わず身体が止まった。

デュラン様や奥様がラディーを睨むのはまだ理解できるけれど、どうして決断したはずのご当主様まで蔑むような目でラディーを見ていたのかしら……。
十一月十五日
家族内での発表をして、そろそろひと月経つのに、まだ家臣たちに後継者についての発表がない。どうしてかしら？　早く次代の辺境伯が誰になるのかを伝えなきゃいけないと思うんだけど……。なんだかご当主様は最近小さくなった。デュラン様も、自信に満ち満ちていたのに、いまやめっきり影が薄い。それなのに目だけはギラギラしていて怖い。ラディーとはうまく話せないままだ。辛い。
十一月二十日
ラディーが陛下から叙爵してもらうために王都へ、よりにもよってあの男性と共に行くことになった。叙爵まで決まったのに臣下達にはまだ、次代の辺境伯が誰になるかを発表していない。なぜかしら？
けれどそんなことよりもラディーが心配で仕方がない。ここから王都まで馬を急がせても五日間以上かかるのだ。馬車だと二十日はかかる。その間、あの男性とずっと一緒なんて！
私も連れてって、ってお願いしたのに却下されてしまった。お願いラディー、絶対に足手纏いにはならないから。
十一月二十三日
ラディーはとうとうあの男と共に王都へ行ってしまった。
「エティーは心配性だな。大丈夫、すぐに帰ってくるさ」

ラディーはそう言って旅立ったけど、なぜかしら？　もう二度と会えない気がする。なんだか心まで遠い気がする……。いいえ、きっと私が心配しすぎているだけよ。ラディーと一緒に王都へ行く兄に、ラディーから目を離してくれるなと頼んでおいたもの。だから、ラディーは大丈夫！

だけどなんだか不安で仕方がない。もしかしたら、ラディーでなく、私に何かあるのかもしれない。それならばあの男の危険性を誰かに伝えておかなきゃいけないわ。この日記を従妹のアズリアに託そう。もし何かあったらこの日記をラディーに渡してもらうように伝えておこう。


ここで、エティーの日記は終わっていた。安心したような、残念なような気持ちに襲われた。いや、これで良かったのだ。この後彼女が実際に何をされ、どう思ったのかなど正気で読める気がしない。

この後すぐに父は倒れ、エティーは兄に力尽くで……。兄もエティーを愛していたのか、それともエティーを娶った人間が当主になると思って動いたのかは今となってはもうわからない。ただひとつわかるのは、エティーはもう二度と帰ってこないということだ。

エティーは儂を守るために――スライナト辺境伯領を二つに割らないために、事後で油断している兄を殺して、自分も塔から身を投げた。儂はエティーの死に顔すら拝めなかった。王都から帰ってきた儂を待っていたのは冷たい墓石だけだった。

辺境伯は意を決する

当時の儂は脱力した。憎む相手はもういない。愛した女性ももういない。今更、何をしたらいいのか、わからなかった。辺境伯の座がほしかったのは何故だったのか……。そうか、儂はこの領を守りたかったのではない。家族に、周りの人間たちに、認めてほしくて……そしてエティーと共に生きていきたかっただけだったのだ。

もう、儂は何もしたくなかった。このまま死んでしまいたかった。そんな脱力した儂の尻を叩いたのはグレース姉さんで、慰めてくれたのは、エティーの従妹アズリアだった。

そして、すぐに攻めて来たハルペー帝国の兵達も、儂を立ち直らせる一因となった。

ハルペーの侵略を食い止め始めてひと月もしないうちに、父が死に、後を追うように母も死んだ。二人の葬儀が終わったら、長姉のヒルダが出て行った。どこへ行ったかは知らない。いくばくかの金だけを渡した。

そして、ようやく落ち着いた頃にこんな日記を見せられて儂は戸惑った。急いで先生とコンタクトを取ろうとして、いつの間にか、彼の姿が社交界のどこにもないことにようやく気づいた。王太子殿下――現在の陛下だ――の家庭教師を半年前までしていたのにも関わらず、まるで幻のように奴の姿は掻き消えていた。調べてみたら奴が教えた人間のほとんどはこの世から去っていた。何もかもが手遅れで、奴が何をしに我が家へ来たのか、何を企んでいたのか、今でも一切わからないままだ。

リエーヌは儂とアズリアの間に生まれた末娘だ。不思議なことに、アズリアよりもエティーに面立ちがよく似ている。だから、ついついあの子には他の子達より甘くなってしまう。

殿下はあの頃の儂にとてもよく似ている。だから、肩を持ってやりたいと、少しだけ思った。けれどもリエーヌが望まず、孫娘もそれを望まないなら、絶対に逃してやる。殿下よりもリエーヌの気持ちが大切だ。リエーヌの意志を尊重するために力を尽くしてやるつもりだった。つい先ほどまでは。

しかし、今の殿下はまずい。このままでは孫娘はまず間違いなく、捕まる。そして歴代の小鳥たちのように人としての尊厳も、幸福に生きる未来も、何もかもを奪われた状態で死んだように生きるしか選択肢がなくなってしまう。

儂のこの推察はまず間違っていないだろう。今の殿下の目は、狂気に身を任せた人間の目と一緒だ。継承権を奪われると儂を睨んでいた兄、そしてエティーを奪われて殺してやる、と叫んだ儂の目と同じだ。

殿下の気持ちはわかる、痛いほどに。だからこそ、自信がある。何があろうと、愛しい娘を嫌いにはなれないこと。そして何があってもそばにいてほしいと願っていることも。

儂は今日連れて来た三人に目をやる。儂の後継である長男のグランツ、グランツの片腕になるはずのアンディ、そしてハルペーを裏切って儂についてくれたエリヤ一族の次期当主のイゴール。この三人は儂が心から信頼でき、そして全てを教えようと思っている者たちだ。口が固く、腕も立つし、儂と違い、健常である。だからこそ儂が何を言い出そうと黙っているように目を向ける。儂の意が伝わったのだろう、少し訝しげな表情を浮かべた後、三人はそれぞれ頷いた。

「殿下、本日私は殿下のお味方になるべく伺いました」

儂の言葉に殿下は暗く笑った。

「どういう意味ですか？　昨日のあなたと全く違う反応のようですけれど」

なんの感情も乗せていないその瞳はどこまでも虚で、まるでガラス玉のようだ。

「えぇ、そうですね。逃げられるならば、逃がすつもりでおりました。けれど、今日お会いして、無理だと悟りました。それならば狭い籠の中で窮屈に生きるよりもきちんと貴方様の妃となり、愛される方が幸せでしょう」

儂の言葉にも殿下は反応しない。うっすらと浮かべた笑顔をそのままに儂の反応を面白そうに見ている。先ほどからかけられている威圧は、少しは減った。けれど、儂の言葉が嘘かどうかすら、考えていないだろう。その気になれば儂などこの場で簡単に殺せるのだから。元々その力はあった。けれどそれをするまでの心の強さがなかったのだ、昨日までは。

けれど、今は、もうなんでもするという雰囲気を醸し出している。間違いない、これは絶対にあの男が関わっている。

「へぇ……？」

「その上でひとつ申し上げたい。エヴァンジェリンは神殿入りをすると言って出て行きました。

元々あの娘は魔力の高さゆえ貴方様の筆頭婚約候補だった娘です。神殿に入ると間違いなく二位になるでしょう」

さて、この言葉でどう動くか、と殿下の顔色を窺う。殿下の顔色も瞳も全く変わらない。緩やかに両手を組むと肘置きに肘を置き、自らの顎を組んだ両手の上に置いた。

自ら咄嗟の時に動きにくい体勢を取ったことに少なからず驚く。儂たちを試しているのだろうか？　それともこの膨大な魔力量を持ってさえすれば気にかかることはないのだろうか？

「問題ありません。王家だけが使える手が有ります。連れ戻しますよ」

「神殿と揉めるよりも、すぐに止めに行ったほうが良いのではありませんか？」

「いえ、揉めることはありませんよ。スライナト伯、貴方ならご存じでしょう？　そもそも王家は光属性を生む血筋です。将来王家に生まれた光属性持ちを一人差し出す代わりに、今の二位を還俗させてほしいと言えば円満にことは済みます」

殿下の言葉に、知っていたかと思う。そう、歴史的に王家は過去、数多の光属性持ちを輩出している。中でもオーガストの娘のヤヨイは光属性の持ち主の中でも一際強く、神にも等しい力を持っていたとされている。そんな血筋の人間を神殿は喉から手が出るほど欲しがっている。ここ最近の神殿のハルトは年々弱体化していると言っても差し支えない有様だ。将来的に化物の血筋の人間が手に入るなら目の前の二位くらいなら簡単に手を離すだろう。

「エヴァンジェリンが光属性を持っている可能性はありませんか？」

「ありませんね。エヴァンジェリン・フォン・クランは王族の一員でもありますが――ご存じでしょうが彼女の曽祖母が王妹でしたからね——最近、王家には光属性を持つ人間は生まれていません。王族が光属性を持っていたのは昔のことでしょう。なんせ、僕ですら持ち得ていません。ですから、イヴは二位止まりでしょうし、だからこそ簡単に連れ戻せます。それなら一度神殿に在籍させて悪い噂を消すほうが良いでしょう」

そう言って殿下は何か物言いたげに儂を見る。それで、どうするんだ？　とでも言いたいのだろう。しかし、本当にとんでもない魔力だ。儂も化物と言われたが、目の前の青年はそれ以上だ。いや、これは化物とか可愛いものではない。悪魔か……神だ。

「エヴァンジェリンが還俗して、クラン家に帰るならばそれでよし、もし帰らないと言うのであればこの私が彼女の後ろ盾となり、殿下のもとへお連れしましょう」

「なんで、あんな男に阿（おもね）ったんですか？　閣下なら王家に逆らうこともできたはずでは？」

「そうか、イゴール。お前たちハルペーの民は魔法を使えないから、あの殿下の恐ろしさは分からないのか……」

儂はため息をつく。そうすると驚いたことにアンディも同じように不満そうな顔をしている。アンディはグレース姉さんの息子だ。性格は勝気な姉ではなく、穏やかな父に似たのだろう、礼儀正しい青年だ。けれど、腕っぷしは母譲りで下手をしたらグランツよりも魔力は強いかもしれない。

「イゴールの言う通りです。どうして、殿下に力添えする気になったのですか？」

「アンディ、お前までか……。魔法の使える人間ですら、殿下の恐ろしさがわからんか……グランツ、お前はどうだ？」

儂の言葉にグランツは力なく頭を左右に振った。素直で良いことだとは思うが、危うかった。最初は余計な藪をつついたかと思ったが、会ってよかった。今の殿下のことを知らないまま、敵対していたら、スライナト辺境伯家は滅びていただろう。

「『魔法とは想像力である』これは知っているさ。けど人間の想像力には限度があるだろう？　魔力量が高いからと言ってなんでもできるということじゃないって俺は習ったけど」

グランツの言葉に儂は頷いた。間違いではない。けれどそうではないのだ。巨大な質量の前ではどうしようもないことは多々あるのだ。どう言えばいいか、考えながら儂は口を開く。

「魔法とは想像したものを現実に投影することだ。けれども想像に足る魔法を顕現するためには魔力が必要になる。魔力が釣り合っていない想像は実現されない」

三人は首をかしげる。そして、何かを考えるようにしてアンディが口を開く。

「僕は自分の属性を確認してもらった後に魔法の使い方を教えてもらって使っています。習えば誰でも使えるものじゃないんですか？」

「そうだな……お前たちは魔法を習う時に目の前でその魔法を使ってもらわなかったか？」

そう聞くとアンディとグランツは頷く。それが一般的な教え方だ。けれど、今の教育方法では理論まで教えてくれないようだ。いや、あの男が異常だったのだろう。

「魔法を見せてもらったことで、お前たちはどのような魔法を使うのか、想像ができた。そしてお前たちの魔力が足りているから発現できたのだ」

アンディもグランツも儂の言葉に首を傾げる。本当はあの男に習った言葉など使いたくないが、説明するのには適した言葉だろう。あの男のせいでエティーを失ったが、それでもあの男の教えは今でも自分の役に立っているのだと思うと、少し気分が悪いが仕方がない。

「そうだな、魔法というのは料理を作るようなものだと考えれば良い。料理を作るときはどんな料理を作るのか、想像しながら作るだろう？　料理を作るにはレシピと食材が必要になる。簡単に言うとレシピとは想像力で、食材が魔力だ」

なるほど、とアンディとグランツは頷くが、イゴールは首を傾げたままである。確かに魔法を使えないハルペーの民にはピンと来ないのかもしれない。けれど、二人は理解しているようなので、この際だ、教えておこう。

「魔力に関してはもっと詳細に教えておこう。騎士レベルであれば五十メートル四方の倉庫が必要になると思え。倉庫の中になにが詰まっているかで作れるものが違う。例えば、ポテトサラダを作ろうとしても倉庫にじゃがいもがないと作れないだろう。倉庫の中身が属性と思うとわかりやすいのではないか？　どれだけレシピを知っていても、食材が揃ってないと作れないものだ」

つまり、炎属性を持っていない人間の目の前で毎日、火魔法を使っても、簡単な着火魔法ですら使えないということだ。

「レシピには失伝したものもあるし、新しいものが開発されることもあるだろう。魔導師たちのほとんどは、このレシピを発見するために研究に励んでいる」

「待ってください、じゃあ魔力さえ足りていれば簡単に誰でも魔法を思いつけるんじゃないんですか？　料理なんて簡単に新レシピを思いつけるものですし」

「いや、そうでもない。新しい料理を作ったつもりでも、使う調味料や食材はあまり変わらないだろう。新しいレシピと思っていても、食べてみたらすでにあるものと、同じもののことはないか？　魔法だとてそうだ。大きな炎の球を相手に投げつけるのも、複数の小さな炎の球を打ち出すのも結局は同じ魔法だと思わないか？」

「なるほどな。確かに親父の言う通りだ。新しい魔法を思いつけと言われても難しいだろうな」

　グランツの言葉に儂は頷いてまた口を開く。

「そして倉庫には入り口が必要になるだろう？　倉庫によって入り口の大きさは異なる。どのくらい広さがあったとしても、倉庫に小さい入り口しかなかったら、小さい魔法しか使えない。逆に大きな入り口があったとしても、倉庫の容量は決まっているから、考えもなしに使ってしまえば、すぐに食材はなくなるだろう。倉庫の中に色々な食材があればあるほど、多彩な料理ができる。けれど、同じ食材で料理を作り続ければ続けるほど、料理の腕は上がるとも言われている。下拵えや下処理などのやり方がわかってくるからな」

「つまり、多彩な料理を作れる人は器用ですが、決まった食材を使って料理を作り続けた人の方がその料理を極めることができる可能性が高いということですか？」

　アンディが儂の説明を纏めて聞いて来た。理解が早くて良いことだ。儂は頷き、話を続けた。

「現在の魔導師の中では豪炎のエルザと呼ばれる神殿の二位がその筆頭だろうな。まぁ、料理は天性の才能もあるから、複数属性を持っている人間の方が料理下手というわけではないだろうが」

「豪炎のエルザ、ですか？　スライナト辺境伯領に来たことはないと思いますが、そんなにすごいんですか？　魔法を使えない我々にとっては、使える人間はどなたも凄いとしか思えないのですが……」

イゴールが問うてくる。彼らにとって魔道士は皆一様に人間以上の生き物なのかもしれない。

「豪炎のエルザは息を吸うように炎の魔法を操る。一人で百人単位の野盗を瞬く間に倒してしまったのを目の前で見たことがある。騎士であれば百人単位必要な竜の討伐だとてエルザの手にかかれば、赤子の手をひねるようなものだろう。彼女の魔法は広範囲で高火力だ。儂が今まで見てきた中でも、彼女が操るもの以上に強い魔法は見たことがない」

「とんでもない使い手なんですね。次元が違うとしか言いようがありません。僕も結構魔力が高いとは言われますが、一気に巻き込める人間は五人くらいですよ。しかし、クライド様の仰る理論は初耳です、そんなことを聞いたことありません」

「うむ、まぁそれが一般的だろう。料理とは言っても、レシピ通りに作る人間もいれば、感覚で作る人間もいるだろう。お前が習った相手は感覚で魔法を使う人間だったのかもしれんな。いや、儂が教わった人間が規格外だったのかもしれん」

驚いた顔をしながらも「でも、わかりやすいです」と答えるアンディを見て苦く笑う。やはり分かりやすいのだろう。儂も分かりやすいと思ったし、未だに思い出せる。忽然と姿を消してしまったあの男の顔はよく思い出せないのに、奴の授業は忘れられない。

「うむ、それで王宮魔導師は二百メートル四方、神殿の二位であれば王城レベル、一位に至っては王城を含めた首都レベルの大きさと思え。とはいえ、倉庫も王城も街も大きさはピンからキリまであるから、あくまで目安だと思うとよい。恐らく先ほど言ったエルザは一位レベルの広さの倉庫を持っているだろう」

「想像もつきませんね。それでは殿下はどうなんですか？」

「お前は地平線の先がどこまで続いているか、想像できるか？」

「まさか……」

「そのレベルで広いと思われる。……計り知れない。そんな途轍もなく広い倉庫の入り口が狭いはずはないだろう。途方もない素質を持っている人間がおかしなレシピを思いついたらどうなる？とんでもない味の料理が大量にできる。国は焦土と化し、数多の人間が死ぬことになるだろう。けれど、昨日までの殿下ならば、そんなレシピを考えつきもしなかっただろう。もし、考えついたとしても実行できる精神的な強さもなかっただろう」

そう、昨日までは。今日見た殿下は常軌を逸した瞳をしていた。絶対にあの男が関わっている。生きていたのか、と思うとなんとも言えない感情が湧き出てきた。この手で殺してやりたいと思うが『南の雄』と呼ばれる今になってもあの男に敵う気がしない。

「クライド様、流石にそこまではないのではないでしょうか？　そんな恐ろしい人間なんて存在するのですか？」

恐る恐るイゴールが尋ねてくるから、答える。

「殿下は初代国王のオーガスト・クライオスと比べても遜色ない魔力の持ち主と言われている。知っているか？　始まりの魔法使いのオーガストは我が国を作る際、この辺りを平定したといわれている。その期間はなんと二日にも満たなかったという。オーガストがこの国を建設した頃には、ここは焼け野原で草一本生えてなかったそうだ。この国を再生させたのは、オーガストの娘の『ヤヨイ』だった。ヤヨイは焼け野原だったこの国を一週間で青々とした緑なす国に戻したという。さらに亡くなった人間を生き返したという話すらある。この辺りまで来ると神話レベルの話だな。失伝したレシピの代表的な例だろう」

「それはもう人間ではないじゃないか！　我が国の土地全てを焦土にするなんて！」

「まあ、オーガストは、表向きハーヴェーが人間を救うために生まれてきた存在だといわれておるからな、人ではなかろうさ」

辺境伯という地位に就く儂は、テンペス公爵家の編纂した記録を読ませてもらったことがある。記録を読めるのはテンペス家の直系たる人間だけで、現在ではハインデル侯爵家と我が辺境伯家の当主のみである。

この三人にはいつか教えなければならないとは思っている。王家の闇を。オーガストの嘘を。それは今なのだろうか。いや、まだ早いだろう。けれどこれだけは知っておいてもらわねばなるまい。

「覚えておけ、オーガストはハーヴェー教や王家がいうような英雄ではない。あれは醜悪な欲を秘めた、ただの邪神だ」

妖精界に繋がる村

セオの指示で馬車は大きな街道から枝分かれした、ギリギリ馬車がすれ違えるくらいの道に入った。それから馬車を走らせることしばし、大きな森に着いた。その時にはもう日暮れが近かったので、森の入り口で野宿をすることになった。王国を出てから何日かが過ぎている。最初は怖々だった野宿も、セオのおかげでようやく慣れてきた。

月の光と星の輝きが夜を彩ってくれるとはいえ、この世界の夜は本当に真っ暗だ。一人で放り出されるならば、未だ怖いだろうが、野宿の時はセオが隣にいつもいてくれる。

野宿の時、護衛さんたちは馬車の外だが、セオと私は馬車の中で休ませてもらっている。最初は私だけが馬車の中で眠る予定だったが、夜の闇が深すぎて、横になることすらできなかった。それが分かったのだろう、セオが様子を見に来てくれた。そして慰めてくれるセオについつい甘えて一緒に居てくれるようにお願いしてしまったのだ。セオは快諾してくれて、私が眠るまで起きていて、私が目覚めるときにはもう起きている。まるで昔流行った歌の奥様のようだ。いつ寝ているのか、心配になってしまう。

しかも、セオは朝食の準備や、野営の準備も手伝っているのだから、身体を壊さないか、本気で心配になる。私も手伝おうとしたのだが、不慣れな私ができることはほとんどなく――むしろ下手に手を出すと仕事を増やしてしまうのだ——結局セオに頼り切ってしまっている。

「俺はしたいことをしているだけだから、気にすることはないよ」

そう言ってセオはいつも笑ってくれるのだが、足手まといのうえ、魔法の訓練もうまくできない自分が嫌になってしまう。

今朝も今朝とてセオと護衛さんたちが朝の支度と撤収作業を済ませると、すぐに出発することになった。目的地はこの森の中心なので、結構な時間がかかるらしい。

鬱蒼とした森の中を馬車は進む。日の光がほとんど射さない森の中は薄暗く、時間が分かりにくい。結構な距離を走ったのだろう、途中から水音が聞こえてきた。どうやら近くに川が流れているようだ。

どこに行くのか、セオに聞いても「着いてからのお楽しみ」と笑うだけで何も教えてくれない。セオだからこそ安心していられるが、これがジェイドだったら、とうとう埋められるのか？　と戦々慄々とするところだ。

ようやく馬車が止まったのは、更に時間が経ってからだった。外からは、鳥の鳴き声や風が木々を揺らす音、そして大きな水音がする。

「さあ、着いたよ」

馬車から降りた私の目に飛び込んできたのは、滝が流れ込む大きな湖だった。

大きな湖の周りの木々は赤く色づいていて、その赤くした葉を湖に落としている。湖の青と落葉の赤の対比が、まるで絵画のように美しい。湖は大きく、奥の方には滝が流れ落ちている。滝は大きく荘厳なのに、人を拒むような雰囲気は全くない。

　どこまでも奇麗な景色に、言葉を忘れて見入ってしまう。エヴァンジェリンはもちろんだが、前世の私も、こんな美しくて……美しすぎて泣きたくなるような景色は初めてだ。

　目の前の景色に見惚れている私の肩にふわりと温かいものがかけられた。振り返るとセオが自分の上着(ローブ)を私にかけてくれていた。どれだけこの景色に魅入られていたのか――我に帰れば確かに肌寒い気がした。

「ありがとう、セオ。私、随分とぼうっとしていたのかしら？」

「まあね。でも、この景色を初めて見る人間は誰でもそうなるさ。俺も初めてのときは結構な時間、見惚れたよ。でも、今は季節が悪いから、身体が冷え切ってしまったみたいだね。宿に行こうか」

　セオは私の手を握ると温めるように手をさすってくれた。セオの手はいつも温かくて、ホッとする。

　湖の畔にはこじんまりした、どこかおとぎ話に出てきそうな民家が立ち並んでいた。家と家の間には小川が流れ、川のせせらぎが聞こえる。どこか幻想的な雰囲気の村は、なんだか郷愁を誘う。

　セオはその中でもひと際大きな家に足を向けながら、説明を始めた。

「ここは、四大聖地のひとつ、『授かりの森』というんだ」

「四大聖地？」

「ハーヴェー教には聖地と呼ばれる場所が四つあってね、ここはそのひとつだよ」

「ここと大神殿と、後二つは？」

「残念ながら大神殿は聖地として数えない。まあ、とはいっても大神殿の徒歩圏内に二つ聖地があるんだけどね。『目覚めの泉』と『試しの原』。この二つは有名だ。そして、ここ『授かりの森』。この村、プリフェヴィーラはこの世界で唯一妖精界に繋がっていると言われていてね。妖精に気に入られたら魔法を教えてもらえるという言い伝えが残っているんだ」

「妖精？」

妖精という言葉につい食いついてしまう。ティンカーベルのように羽の生えた、小さくて奇麗な妖精とか、見たい！　けれど、ハーヴェー教に妖精なんて登場しただろうか……？　私はハーヴェー教徒ではあるが、敬虔な教徒というわけではない。それでも、一般常識程度の知識は持っている。だが、教典に妖精が出てきた覚えはないのだが……。思わず首をひねる私にセオが補足してくれる。

「ああ。妖精に関しては教典には記載されてないよ。妖精については神官以上の人間に口承で伝えることになっているからね。だから君が知らないのは当然のことだよ」

「そうなのね。……でもどうして？　妖精のことは秘密にすべきことなの？　妖精に会うのはいけないこと？」

思わず私が問いを重ねると後ろから、ふふふっと笑い声が聞こえた。その声に驚いて振り返ると、そこには透き通るほどの青い髪をした二十代半ばごろの美女が微笑みを湛えて立っていた。

「お久しぶりね、小さなハルト様。何年ぶりかしら？　訪れてくれなくて寂しく思っていたけれど……可愛いお客様を連れてきてくれたのね」

「お久しぶりです、レディー・ファータ。あの事件以来ですから……五年ぶりですね。それにしても、『小さなハルト』は勘弁してくださいますか？　私だって随分成長しましたよ。もう、一人前以上のつもりなんですけれどね」

　セオと同じ年頃だというのに、どこか泰然とした様子の女性は、苦笑するセオに向かってゆったりとした微笑みを向ける。

「あら、仕方が無いわ。私が最初にあなたをお見掛けした時はとっても小さかったのだもの。少しばかり背が伸びても私の中ではあなたはいつまでも小さくて可愛いままなのよ。……ところで、お隣の可愛いお嬢さんはどなたなのかしら？　私には紹介してくれないつもり？」

　セオはため息を一つつくと苦笑いしながら口を開いた。

「レディー・ファータ、彼女はエヴァンジェリン・クラン・デリア・ノースウェル・リザム嬢。私の弟子にする予定の子です。シェリーちゃん、この女性はレディー・ファータ。特別神官で、プリフェヴィーラの管理者だよ」

「まあまあ！　小さなハルト様も弟子を取る年齢になったのね。あの子が知ったらきっと喜んだでしょうに……」

　女性は少しだけ寂しそうな顔をした後に、満面の笑顔を作った。感情豊かな方のようで、なんだか可愛らしい女性だ。

「はじめまして、リザム嬢。私はファータというの。小さなハルト様みたいに他人行儀ではなく、ファータと呼んでくれると嬉しいわ」

「はじめまして、ファータ様。どうぞ、私のこともシェリーと……」

「エヴァちゃん？」

私がファータ様に話しかけると、珍しくセオが私の言葉を遮った。あまりない事態に驚いてセオを見上げたら、セオが難しい顔をして私を見ていた。何か失敗しただろうかと首を傾げる私にファータ様がまたもや楽しそうに笑う。

「まあまあ、知らなかったけれど、小さなハルト様はどうにも狭量ね。わかったわ。私はあなたのことをエヴァと呼ばせてもらっていいかしら？　可愛いお嬢さん」

「ええ、もちろんです」

ファータ様はなんだか面白いものを見たと言わんばかりにセオの顔を眺めている。クスクスと笑われて居心地が悪いのか、セオはそっぽを向いている。今まで隙のなかったセオの子供っぽい仕草がなんだか可愛い。プレイボーイのセオが敵わない女性がいることが意外で、ファータ様を観察するが、どう見ても可愛くて、奇麗な女性にしか見えない。

「ねえ、エヴァちゃん？　私はあなたと仲良くなりたいわ。ファータ様ではなく、ファータと呼んでくれないかしら？　敬称をつけられるのは寂しいわ」

「えぇ……でも、神官様ということはハルト様でいらっしゃるんですよね？　そんな方を呼び捨てなんて……」

「あらあら、違うわ。私はハルトじゃないわ。ね？　だから、敬称はいらないわ」

「え？　でも……神官様でいらっしゃるんですよね？」

「うふふ、ハルトでなくても神官にはなれるのだけれど……でも、そうね。私はちょっと特別なの。色々とお話ししたいけれど、こんなところで長々と立ち話は良くないわね。寒いのかしら、顔色が悪いわ。風邪をひくとよくないもの。温かいものでも飲みながらお話をしましょう？」

ファータ様の提案に頷いたセオは当初の予定通り、ここから見た限りでは一番大きな建物に向かった。オレンジの屋根に淡いクリーム色のその家は村長の家兼宿屋とのことで、ファータ様の自宅でもあるらしい。つまり、ファータ様は村長だそうだ。村長といったら年配の方だという先入観があったので、ちょっと驚いてしまう。

建物の中は広く、部屋数は数十部屋あるようだった。古びてはいるが、よく手入れされた宿屋はどこかアットホームな雰囲気を漂わせている。

「昔は観光客がたくさん来てくれていたから、人の手もたくさんあったのだけれど……。今となっては神殿関係者の方が気まぐれに訪れるだけになってしまったから、手が届いていない所があるかもしれないわ。何か困ったことがあったら教えてね？」

ファータ様は温かい紅茶をいれると、そう言いながらセオと私の前に置いてくれた。温かいお茶に思わず安堵の息が漏れる。

「観光客が少ないのは……、妖精になにか関係があるのでしょうか？」

私が質問するとファータ様は何か微笑ましいものを見るような目で私を見ると、クスクスと笑った。私の質問に答えてくれたのは、ファータ様でなく、セオだった。

「いや、立地の問題だね。ここは、本来はクライオス王国のダフナ領だったんだけど、五代前のダフナ家の当主が聖地だからと言って神殿に寄進したんだ。その時はプリフェヴィーラだけがサリンジャ法国の土地だったんだけれどね……色々とあってここに来るまでの道が、今は飛び地になっているんだ。だから、一般の人間がここを訪れるのは難しくなっているってわけさ」

「ということは、ここはピスバーグ地方なのね？」

私の言葉にセオは頷く。それならば、貴族院で何度も議題に上がる地域で、面倒な場所だったはずだ。王妃教育で習った知識を頭の奥から引っ張り出す。何が役に立つか分からないものだ。

サリンジャ法国はクライオスの隣国で、西部地域に隣接する。そして、西部地域はダフナ公爵家が治めており、ピスバーグ地方はダフナ公爵家の最西部に位置し、サリンジャと接している。

その土地柄故か、この地に住まう人々は信心深い人が多いとは聞くが、少し度を越していることが問題になった。ピスバーグ地方の領主たちの一部は、自らの領土を、国の許可なくサリンジャに寄進しているからだ。もちろん、このことは貴族院でも紛糾の種だ。

「寄進は個人の自由で、一門の長といえども止められるものではない」

貴族院からの追求に、ダフナ家の当主は、そう釈明している。確かに寄進した家は当主の目が届きにくい辺境の地の領主ばかりで、寄進した家の人間は皆、入殿している。

しかし、ここ何代かのダフナ家の当主が神殿と懇意にしていることは有名な話だ。領主たちが一門の長に——それどころかその地を治める辺境伯にすらも黙って——領土を寄進するなんてことが続くのは誰がどう考えてもおかしい。特に入殿後は俗世とは縁が切れるため、入殿した人間から外部にコンタクトを取らない限り、入殿した人間がどうなったかも分からないと聞く。

何が起こっているのか、しっかり調査すべきだとは思うが、ダフナ家の言葉を受けてか、陛下はこの問題に——国としてあってはいけないことだというのに——なぜか言及していない。国土が削られていくことは国力を低下させるたいへん危険な行為だ。それこそ、サリンジャ以外の国家であれば、即戦争に繋がるような……。それなのに、罰を与えることも、禁止するようなこともしていない。貴族院もこれ以上の寄進を食い止める法案すら可決していない。

そのため、現在も勝手に寄進されている可能性が高く、ピスバーグ地方の国境は年々変化するため、地図の作成が追い付いていないらしい。そのせいで国境に向かう大街道を外れて、脇道に入ると、知らず知らずのうちに国境を越えてしまう。けれど、関所もなければ、立て札すらないため、大抵の人間は国境を越えたことが分からない。いざ町に入ろうとした時に、無断で国境越えをしたことが判明し、罰される人間も少なくないそうだ。

気になった私は図書室でピスバーグ地方のことを調べて、奇妙なことに気づいた。領地が年々減少しているというのに、ダフナ家が治める税金は二十年以上、変わらない額が納められていたのだ。今までピンハネしていたのか、それとも無理をしているのか。

そこまで調べて、余計なことに気が付いてしまった。それに伴い、年々税金額が減っている公爵家があったのだ。その公爵家はルーク家だ。それに気づいた時、私は興味本位でこの件を調べることを止めた。

確かに当代と先代の王妃はルーク家の一門から出ている。王妃を輩出した一門の税金は三十パーセント減額されるが、毎年減っていくのはおかしい。つまり、ダフナ家の税金をルーク家が肩代わりしているのか、それとも、ダフナ家がルーク家の納めた税金を、ダフナ家が納めたものだと帳簿を書き換えているのか……。

どちらにせよ、面倒なことに巻き込まれかねない。ルーク家もダフナ家も、四大公爵家の一家だ。どちらも、敵に回していいことはない。

「多分、シェリーちゃんはこの辺りの事情は知っているだろうから、説明は割愛するけれど、ここに来るためにはクライオスからサリンジャに入ってまたクライオスに戻るというように国境を四回越える必要があるんだ」

「それなのに、私たちは随分と簡単にここに来た気がするのだけれど……見つかったら問題になるんじゃないの？」

「いや、それは問題ないよ。神官以上の人間なら、ダフナ公爵家の名のもとに、ダフナ領内であれば自由に行き来して良い許可が出されているからね。それに、俺はクライオスの王宮神殿に派遣されたハルトだからクライオスの国境を越えることに文句は言われない」

「つまり、セオだからここまで簡単に来られたけれど、一般の人はそう簡単に来られないのね？」

「そういうこと。だから、妖精は関係ない。それに残念ながら、妖精たちはそう簡単に人前には現れてくれないらしくってね。誰でも簡単にここを訪れることができた時でも妖精に会えた人間はほとんどいないらしいよ」

「じゃあ、妖精云々はただのおとぎ話なの？」

がっかりした私の問いに答えてくれたのはセオでなく、ファータ様だった。

「ふふふ、そうとも言えないの。私の曾おじい様たちの代には、いたずら妖精たちがたくさんいたらしいわ。とっておきの葡萄酒をこっそりと飲んだり、犬や猫をからかったりね。中でも一番困ったのは、夜に子供たちを連れだして夜更けまで一緒にダンスを踊ることだったそうよ。曾おじい様も彼らと夜が明けるまで随分と踊ったって笑っていたわ。でも、本当に困った時は、助けてくれる頼もしい隣人でもあったって」

「そうなんですか。じゃあ、妖精たちと遊べたのは七、八十年くらい前ですか？」

「そうねぇ……ざっと三百年前くらいかしら？」

ファータ様は、こてりと首を傾げた。なんだかおかしな年数が出てきたが、からかっている様子はない。

「けれど今二十代くらいのファータ様の曽おじい様と仰るなら……」

「うっふふ。エヴァちゃんは本当に可愛いわね。実際にここが妖精界に繋がっていると言われているのも、教典から妖精が削除されたのも、理由があるのよ。エヴァちゃんが疑問に思っていることも、それに繋がるわ。知りたい？」

その理由を私が知っても良いのか、ちらりとセオを見ると彼は苦笑した後に少し、頷いた。

「是非、ご教授くださいませ」

「それじゃあ、条件がひとつ。私のことはファータと呼んでちょうだい。私、女の子のお友達がほしいの。もちろん、敬語もなしよ。良いかしら？」

セオがレディーと呼ぶ女性を呼び捨てにしても良いものか、セオの様子を窺うと、やはり困ったように笑って、頷いた。

「あらあら。まるで雛鳥のようね。小さなハルト様ったら、こんな初心な子を連れてきて……本当に悪い人ねぇ。番う前に飛び方を教えてあげなくちゃだめよ」

『番う』なんて、とんでもない言葉が出てきて思わず反論しそうになった私の言葉を遮るようにセオが口を開く。私の言葉をセオが遮るのは本当に珍しいことなのに、ここにきてもう二度目だ。私がなにか失言しているのかもしれない。セオの意向を汲めるように彼の言動をしっかり見ておく必要がありそうだ。

「言われずとも、彼女に嫌われないようにきちんと時期は見極めるつもりでいますよ」

「約束よ。可愛いお嬢さんがきちんと自分の翼で飛べるようになるまで、庇護してあげてね。もちろん、その間は悪戯をしてはダメよ？　言の葉にしたのだから、守ってね」

ファータはうっふふふと楽しそうに笑った後、人さし指を唇の前に持って行って首を傾げる。ちょっとした仕草ですら可愛いなんて羨ましい。

「『約束を違えるな』ですか。それではもちろんレディーもお約束を守っていただけるんですよね？　是非私が番を迎える頃までには妖精たちから魔法を習っておくという約束はどうなりましたか？　是非お教えいただきたい魔法があったのですが……。『魔力を調整する魔法』とかね」

「そうね、小さなハルト様はもう番を迎える年齢になったのね。もうあと三十年は猶予があると思っていたのだけれど……。困ったことに、未だに妖精たちは私たち、プリフェヴィーラの民の前にも現れてくれないの」

『番う』とか、『時期を見計らう』とか、子供扱いされていることとか、色々と突っ込みたいと思いながらも、セオの動向を見守っていたが、ようやくセオの狙いが分かって来た。どうやら、セオは妖精が教えてくれる魔法とやらを知りたいようだ。しかも、習いたい魔法は、魔力を調整する方法だというのだから——もしかしなくとも私のためなのだろう。最初こそ警戒をしていたが、セオは本当に面倒見のいい人だ。彼と知り合えたことは私にとっては幸運だったと今では思う。

しかし、妖精の魔法ってなんだか強そうな気がする。本当にそんなものが存在するのか、疑わしいところだが、せっかくの魔法世界、もし妖精の魔法があって教えてもらえるならば是非習得したい。とはいえ、私が魔法を使えるようになるまで道のりは長そうだが……。

けれどとりあえず、私はこのまま黙っている方が良さそうだ。

「三十年も経ったら、私はもうおじさんですよ。……何か復調の兆しはないんですか？」

「残念ながら、何もないわ。それどころか悪化しているかもしれない……。最近では、月光花も見ないもの。もしかしたら、ここはもう聖域ではなくなったのかもしれないと思っているの」

「どうでしょう？　ここにはレディーを始めとしたプリフェヴィーラの人々が未だいらっしゃるではありませんか」

「それもどこまでかは……。私の父母の世代は極端に短くて二百年にも満たない人間がほとんどだわ。祖父母の代も残念ながら……。もうここには私の世代の人間が殆どよ」

黙って二人の話を聞いていた私に気づいてファータは困ったように微笑んだ。

「こちらの話に夢中になってしまって、ごめんなさい。初めてここに来たのだもの。私たちの言葉は分からないことばかりでしょう？　先ほどの質問に答えなくてはね。ここが世界で唯一妖精界と繋がっているといわれるのも、教典に妖精が載っていないのも、理由は同じ。私たち、プリフェヴィーラの民がいるからなのよ。……あのね、エヴァちゃん。私は今年で七十五才になるのよ」

驚いてファータを見つめるが、どう見ても彼女は二十代くらいにしか見えない。年齢詐欺と言われるお義母様よりも、若く見える。そんな私に微笑みかけるとファータは続ける。

「プリフェヴィーラの人間は普通の人に比べると、妖精たちと交流できるからとも、とても長命なの。本来なら三百歳から四百歳くらいは生きると言われているの。それは、妖精たちと交流できるからとも、この地を守るためともいわれていたわ。魔力が高いのも、この地の人間しか使えない魔法を使えることも相まって私たちは『妖精界の護り手』なんて呼ばれることもあったわ。……けれど、それも過去の栄光になりつつあるの。私たちの前に妖精は現れず、魔法を使える人間も年々減って、今やこの地では、私がほんの少しの生活魔法を使えるくらいよ」

「最盛期は魔力を調整するとか、湖を作るとか、森を割るとか、言われていたのだけれどね」

「それもどこまで本当だったのか……曾おじい様の代でも、そこまでとんでもない人はいなかったわ。けれど、確かなのは、私たちは老いにくく、寿命が長いということね。私たちみたいな人間はこの村を除いて、この世界のどこにもいないわ。だから、妖精の存在も実在すると考えられていたの。まあ、私たちはこの世界の全てを知っているわけではないけれど、少なくともこの大陸には私たち以外いないわね。だからこそ、おかしな考えに憑りつかれた人たちに狙われた——神殿の関係者を始めとした、ね」

ファータが吐き捨てるように口にした言葉に苦笑しながら、セオが続ける。

「つまり、プリフェヴィーラの人たちのことを隠すためにわざと妖精たちの文言を削除した、ということだね。口伝にはこうある『人を救うためにこの地に降り立ったハーヴェーの現身であるオーガストは、目覚めの泉で自らの使命を思い出し、試しの原で魔力を増幅させ、授けの森で魔法を教わり、鎮めの大木で疲れを癒した』ってね。さて、どこまで信じられたものか……」

「とりあえず、私たちは神殿の傘下に下ることによって、仮初（かりそめ）の平穏を取り戻したのだけれど……。この地の人間たちが力を失くし始めたことを、彼らがどう思うことか……」

そう呟いたファータの目はどこまでも暗かった。

妖精界からの救援

あれからほどなくして、ファータとの話はお開きになった。少し早い夕食をいただいた後、お風呂にまで入らせてもらった私は、久しぶりのベッドが嬉しくてだいぶ早めにベッドに入ったのだが、そのせいだろうか？　夜中にふと目が覚めた。何かに呼ばれたような気がして、窓を見ると森の方が光っている。ぼんやりと光るそれは、遠くにあるというのにまるで近くにあるような不思議な光りかたをしている。窓の方に近づいて光を見て、驚く。光っているのは木で——その木はまるで前世でよく見た桜のようだった。

エヴァンジェリンとして生を受けて初めて見た桜に、興奮して、思わず近くで見たいという衝動に駆られる。夜桜の美しさを私は知っている。近くで見てみたい、そう思って部屋の外に出ようとして、ふと我に返った。今は秋で、桜の咲く時期ではない。何よりもこんな真っ暗闇の中に一人で部屋から出たくない。

今はあの光を見に行くべきではない。明日、セオに相談して行ってみるべきだろう。そう思った私は木の位置を確認すべく、もう一度窓を見た。そうしたら、桜が手招きをするようにゆらゆらと揺れていた。そこまで揺れると、本来なら花が散ってしまうはずなのに、花は満開のままで花びら一枚散っていない。

桜から目が離せず、窓を開けようと手を伸ばした瞬間――ぐにゃりと世界が歪んだ。立ち眩みを起こしたような、船に酔ったような、不快感がする。倒れそう、と思った私は手近なものに掴まって、その場で蹲る。倒れそうなときは姿勢を低くして、万一倒れた時の衝撃を減らすべきだ。そう思ってとった行動だったが、蹲るころには不快感は去っていた。ふうっと息を吐いて、気づく。私が掴んだ手近なものはまるで樹木のような手触りだ、ということを。いやな予感がする。

目を開けて立ち上がると、案の定、目の前には先ほど、私に向かって手招きをした桜があった。目の前の木は代表的な桜である、染井吉野のようで、どこまでも美しい。けれどもゆらゆらと枝を揺らす様は前世の桜とは違っている。桜のゆらゆら揺れる枝は私の方へ伸ばされているようで、呼ばれた、直感的にそう思った。

桜の存在も、ゾッとするほどの美しさも恐ろしくて、宿に戻ろうとしたけれど、辺りは一面の闇で、先ほどまで私がいたはずの宿がどこにあるかわからない。今日は朔(さく)の日ではないはずなのに、月も見えない。このまま下手に進むとさらに森の奥へ進んでしまう可能性が高い。何よりも暗闇の中、一人で歩く勇気なんか、ない。

　朝日が昇るまでここで待っていた方が良いだろう。それで宿の方角を確かめて帰れば良い。万一、帰り道が分からなくても、朝になればセオが、私がいないことに気づいて探しに来てくれるかもしれない。どうにも、他人任せで申し訳ないけれど、自分でなんとかできる範囲を超えている気がする。

　ここで夜を明かそうと思ったが、森の中だからか、それとも湖が近いせいか、どうにも寒い。考えてみれば私は寝間着でここに立っているのだから、寒いはずだ。このまま何もせず、ここにいたら、低体温症になってしまいそうだ。対処方法は身体を温めることだが、ここにいるのは私一人で、何も持っていなければ、魔法も使えない。自らの使えなさに、思わず、ため息が零れる。

　さてどうしたものかと考えて、思い出す。確か、乾いた落ち葉を集め布団のように身体にかけて体温を維持し、助かった人がいると、聞いたことがあるような気がする。正しいかどうかは分からないが他に方法もない。せっかくお風呂に入ったのに、とは思うけれど、背に腹は代えられない。

幸い、紅葉の時期なので、落ち葉はたくさんあるし、どうやら濡れてもいないようだ。

「何をしているの？」

　必死で落ち葉をかき集めていると背中に誰かが声をかける。誰かいるのかと振り向いたが、誰もいない。幼い子供の声だったような気がしたけれど、空耳だろうか？　――いや、空耳に違いない。絶対空耳だ！

怖い、なんだろう。怪談の世界だ。そもそも、ここに来た方法だってわかっていないのだ。

「ねぇ、何をしているの？」

再度背中に声がかけられる。空耳！　空耳なのだ！　セオ、助けて！　思わず心の中でセオを呼ぶ。だってこんな時にこそ、セオにいてほしい。神官って、きっとゴーストを退治とかできるよね？　たいていのRPGではアンデッド系は神官が退治していたもの。

「待っていたよ。ねぇ、こっちへ来て……助けて」

その声と同時に方に何かがポンと触れた。思わず尻餅をついて、悲鳴を上げたのは仕方が無いことだと思う。もう十分にキャパオーバーだというのに、私の悲鳴のせいか、遠くからゆらりと灯りが二つ近づいて来るのが見えた。

いや、いやいやいやいやいや、もうお腹いっぱいです。これ以上の怖い体験はいりません。お願いだからこっちに来ないでください。もう、本当に勘弁して！

前世では怪談とか怖い話とか楽しんでいたけど、それは安全圏で聞いていられたからで、自分が怖い話の主人公になっても平気というわけではない。

「いやーっ！　もうやだ！　セオ、セオ！」

もうこれ以上、変なものに見つからないように黙った方が良いと思うのに、私の口から悲鳴は止まらないし、涙まで出てきた。ペタンと座り込んだまま、情けなく悲鳴を上げ続ける私の耳に声が聞こえる。先ほどの子供の声でなく、私が今一番会いたかった人の声だ。

「シェリーちゃん！」

その声に涙でぐずぐずになった顔を上げたら、こちらへ走って来るセオの姿があった。どうやらこちらに近づいてきていた灯りの一つはセオだったようだ。迎えに来てくれるのは早くとも日が昇った後だと思っていたのに、思ったよりも随分早い。立ち上がろうとしたけれど、腰が抜けたようで全く動けない。情けなく座り込んだ私を見つけたセオは駆け寄ってきて私を抱きしめてくれた。彼の腕の中はいつも、温かくてホッとする。そういえばデビュタントの夜も、抱きしめてくれたのは、ジェイドではなく、セオだった。いつも私を助けてくれて、そして、抱きしめてくれるのは目の前の彼だ。

思わず、セオにしがみつくと、セオの私を抱きしめる手にも力が込められたが、決して苦しくなく、それどころか、守られていると感じられて有難かった。いつまでそうしていたのか、ファータの声がした。どうやら、あの二つの灯りはセオとファータだったようだ。

「ハルト様、これをエヴァちゃんに」

セオが頷く気配がして、抱きしめてくれていた手が離れた。セオの温もりが離れていくことを残念に思いつつ、私も渋々とセオにしがみつく手を離した。ファータから受け取ったショールを肩にかけてくれると、セオはもう一度抱きしめてくれた。

「シェリーちゃん、大丈夫かい？　怪我はない？　なにがあった？」

セオがここにいてくれることに安堵して、ようやく落ち着いて、初めて気づいた。急いできてくれたのだろう、セオのローブの下は寝間着だった。寝間着が薄手のせいか、セオの体温が伝わってきてドキドキする。セオの心配そうな眼差しを受けて、自分が馬鹿なことを考えていることに恥ずかしくなる。

「うん、怪我はないわ。来てくれてありがとう。あのね、窓の外に桜が見えたの。近くで見たかったけど、明日セオに一緒に行ってもらうまで我慢しようと思ったの。でも、場所だけは確認しようと思って窓を開けようとしたら、なぜかここにいたの」

起こったことを一生懸命説明したが、セオとファータは首を傾げている。確かに自分でも『何を言っているんだろう、私』と思う。でも、他にどう言えば良いのか分からない。

「サクラ……？　それが何か知っていますか？　レディー」

「いいえ、申し訳ないけれど……」

「あ、あのこの後ろにある木のことで……」

この世界ではこの木のことを桜と呼ばないのかもしれない。そう思って振り向いて桜を指さそうとして思わず止まった。そこには、何の木もなかった。そう、先ほどまでぼんやりと光っていたはずの木は跡形もなく消えていたのだ。

「さっきまで、ここにあったのに……。ねえ、セオ。あなたも見たでしょう？　光る木を！　その光を目印にここまで来てくれたのよね？」

「いや、俺はこの指輪に込められている俺の魔力を辿って近くまで来て……後は君の悲鳴が聞こえたからここに来たけれど、光る木なんて見ていないな」

「ファータ！　ファータは？」

私の言葉にセオは顔を曇らせたままだし、ファータは首を小さく振った。あんなに大きくて光っていたものを私以外が見ていないことに、肝が冷える。多分私の顔色はものすごく悪いと思う。その私を慰めるようにファータが口を開く。

「あ、もしかしたら、妖精たちが呼びに来たのかもしれないわね？　妖精たちが子供たちを夜のダンスパーティーに誘う時は迷わないように、木々や花を光らせてくれたという話を聞いたことがあるもの。祖父達は月光花と呼んでいたわ」

　そう言ってウインクをしたファータの顔を見ようとして、彼女の背後にキラキラと光る花を見つけた。さっきまで桜の存在感が圧倒的過ぎて気づかなかったが、桜が無くなった今、キラキラと光る花はとても目立った。光る花は全て同じくらいの高さで、くるりと円を描いている。妖精の輪（フェアリーリング）だ。前世で読んだ本に載っていた気がする。同じ高さの花やキノコが円を描いた中で妖精たちは踊るらしい。また、妖精の輪は妖精界への入り口だという説もあった気がする。私は妖精の輪を指さした。

「あの妖精の輪みたいに、ですか？　確か、あの中で妖精たちが踊るんですよね？　妖精界の入り口なんて話もありましたけど……」

　ともかく、先ほどの声が幽霊でなく、妖精だったと私は思いこみたかった。だから、妖精の輪の話を続けた。二人にも、私の言葉に頷いてほしかったのだ。

　それなのに、私に指摘されて初めてセオとファータは気づいたのか、妖精の輪を驚いた顔で見つめた。よかった、妖精の輪は二人にも見えているようだ。

「妖精の輪なんて初めて聞いたけれど……レディー、そうなんですか？」

「ごめんなさいね。私は妖精に会ったことがないから、詳しいことは知らないの。でも、あんな光る花なんて先ほどまであったかしら？　それに光る花なんて初めて見たわ」

そう言ってファータは妖精の輪に近づくと花に触れようとした。その瞬間、花はまるで霧散するかのように消えた。

「妖精の灯り……？　本物なの？」

「レディー？」

その場に立ち尽くすファータにセオが声をかけたが、ファータは呆然としたまま、全く反応しない。困惑した表情のセオは私を抱き上げると、ファータの隣に行き、再度声をかけた。

「レディー？　レディー・ファータ！」

「ああ、ごめんなさい。驚いてしまったの。……思い出したわ、曾おじい様から聞いたことを。光る花は目印だけれど、触れてはいけないって。そうしたら花は消えてしまうんだって」

「ともかく、ここは冷えます。一度宿へ戻りましょう」

地面を見つめたまま、呟くファータにセオは再度声をかけたが、ファータは心ここにあらずとでもいうように呆然と立ち尽くしていて全く動こうとしない。

「セオ、私を降ろして。私は歩けるから、ファータを……」

「ダメだよ。だって君、裸足じゃないか」

言われて初めて私は自分が裸足であることに気づいた。室内から、急にこの場に呼ばれたのだから、当然ではあるのだが。

「でも、ファータが……。とりあえず一度降ろして？　お願い。セオの側から離れないから」

そう言うと渋々セオは同意してくれた。そして、私の足が地面に着くか着かないかの時に、いきなり足元が光った。えっ？　と驚いて足元を見たら、先ほどファータの前から消えたはずの妖精の輪が私を囲むようにして咲いていた。

まばゆい光に思わず目をつぶろうとした私をセオが再度抱え上げようとしているところと、ファータが手を伸ばしているところが見えて……セオに掴まろうとしたことまで覚えている。それから後は、まるで闇に呑まれたかのように意識がなくなった。


ぽつり、ぽつりと頬に冷たいものが落ちるような感触がする。重い瞼をなんとか持ち上げて、瞳を開いた私の目に飛び込んできたのは、光る花を持つ緑の髪が眩しい、十五センチくらいの、羽の生えた小さな男の子だった。

「やあ、おはよう。僕たちの国を救いに来てくれたんだよね？　奇麗なお嬢さん。ずっと待っていたよ。来てくれてありがとう」

男の子は嬉しそうにまくしたてるが、彼の言うことには全く心当たりがない。私の知らない何らかのイベントが起きているのかもしれないが、私はヒロインでも何でもない。ちょっとポンコツ気味のただのモブだ。

「あの……？　申し訳ないけれど、人違いだと思うの。私はただの通りすがりの旅人だから。あなた達の助けにはとてもじゃないけれどなれないと思うわ」

「ううん、月光草が最後の力を振り絞って呼んだヒトだもの。間違いのはずがないよ。ねえ、お願いだよ、僕たちの国を助けて」

「そう言われても、私は何もできないわ。魔法だって使えないもの」

なぜかグイグイと迫って来る男の子に困ってしまう。なんとか逃げようと周りを見回したが、やはり辺りは真っ暗で、恐らく、森の中だろうということしか分からない。あれから時間は全く進んでいないのだろうか？　けれど、それにしてはすぐ近くにいたはずのセオとファータは私の手が届くところにはいないようだった。

「ねえ、私と一緒に居た男性を知らない？　私よりも彼の方が助けになると思うのだけど……」

「まさか！　面白いことを言うよね、人間に僕たちの国を救えるわけなんかないさ」

「私だって人間よ。しかも、何の力もない無力な人間。本当に何もできないの」

「君が無力な人間？　そんなはずないじゃん！　月光草が呼んだことを差し引いても、君が超越した存在だってことは僕にだって分かるよ」

男の子はそう言って私の鼻に小さな人さし指を突きつけた。

「本当に私は魔法が使えないの。魔力が感じられなくて……。本当に私の師匠なら何かを知っているかもしれないの。お願いだから、一度私を彼の下へ帰してくれないかしら？」

「君を帰す？　それは難しいよ。だってこの国に君を連れてきたのは月光草だもん。月光草にはもう力が残っていないし。帰るんなら自力でゲートを開くか、この国を救うしかないんじゃないかなぁ。残念だけど、僕は門番だから腕っぷしになら自信はあるけれど、送還の力は持っていないんだ」

「この国？　ここはサリンジャ法国のプリフェヴィーラじゃないの？」

「違うよ、ここは人の国じゃなくて、僕たちの国。君たちが『妖精界』と呼ぶ場所だよ」

男の子の口から飛び出した、とんでもない言葉に思わず絶句してしまう。月光草とはあの桜のことだろうか。ゆらゆらと手招きをするように揺れていた桜を思い出す。最後の力を使うなんて間違いが許されない状況で、どうしてあの桜は私を呼んだのだろう。呼ばれても私には何もできないというのに。呼ぶ相手はきちんと厳選してほしいものだ。

魔法に関して何の知識もない私がどう考えても役に立つはずがない。この国を救うこともゲートを開くこともできない私は、もう二度と元の世界へ戻れないということだろうか……？

確かにジェイドから逃げたいと思っていたけれど、いきなり妖精界に連れてこられ、帰れないなんてことになるとは想像もしていなかった。

この状況って、乙女ゲーム的には『入殿するために旅立った悪役令嬢は旅の途中で行方不明になった。彼女がどこへ行ったかは誰も知らない』というナレーションで終わるということだろうか？

断罪死亡エンドよりましかもしれないが、この国で私が生きていけるような気はしない。だって何かを期待されて連れてこられたのに、何もできない、役立たずがポツンといるのだ。無事で済むはずがない。

セオはどうしているだろうか？　あれだけ面倒見のいいセオのことだ、きっと私を心配しているに違いない。ここにセオが居てくれたらとは思うが、私の厄介ごとにセオを巻き込まなくて済んだのだから、安堵すべきだ。そう思うのに、心細くて仕方が無い。俯く私の顔を男の子が覗き込んできて、きゃらきゃらと笑った。

「君にとっては幸運、僕たちにとっては不運なことに、君がものすごーく頼りにしていることに気づいたんだろうね。月光草が一緒に連れてきてくれたみたいだよ、ほらほら」

男の子はそう言って少し離れたところへ飛んで行き、ある一点に花を翳した。花はそんなに大きくなかったのだけれど、辺りが真っ暗なせいか、十分以上に明るく感じる。男の子が翳した、その灯りの下に、セオが倒れていた。思わず駆け寄ってセオの名前を呼びながら、身体を軽く揺さぶると、彼の瞼がぴくりと動いた。

「シェリーちゃん……？」

私の名前を呼ぶと、頭を振りながらセオは起き上がった。そうして目の前に座る私を引き寄せるようにして抱きしめた。

「よかった。今度はきちんとそばにいてくれた……」

セオが安心したように呟いた言葉に胸が痛む。こんなに私の心配をしてくれる人を巻き込んでしまった。

「ごめんなさい、セオ。どうやら私があなたを巻き込んじゃったみたいなの」

「巻き込む……？　君の問題なら、それは俺の問題だろう？　気にすることはないよ。とりあえず、状況を整理したいのだけれど、ここはどこで、一体何が起こっているか、君が知っている範囲で教えてくれるかな？」

セオはまるで某ガキ大将のような有難い言葉を口にする。セオの気持ちが嬉しくて涙が出そうだ。彼らが私に何を望んでいるか分からないし、私に何ができるかも分からないけれど、彼だけは絶対に元の世界へ帰そうと心に決める。

　私が男の子に聞いた話をすると、セオは何か考えるような素振りを見せる。そんなセオを見ながら、ようやく、この場に私とセオしかいないことに気づいた。

「ねえ、もう一人そばにいなかった？　青い髪の女性なんだけれど……」

「ああ！　僕たちの親愛なるお隣さんだね。彼女は呼ばれていないよ。だって本来ならこの地は、いくらお隣さんとはいえ、ただの人間が足を踏み入れて良い場所じゃあないからね。だから、その男はほーんとうに特例！」

　そう言って男の子はセオを軽く睨む。その態度に首を傾げる。だってセオやファータがダメなら私だってダメなはずなのだ。そのことを指摘しようとした時、セオが「しっ！」と言った。まっすぐ私を見つめる目に頷くと、セオも頷き返した後に、私を抱く手を緩めて、男の子に向き直った。

「はじめまして。私はセオドア・ハルトという。名前を伺っても？」

「ようこそ、招かれざるお客さん。僕はデール。本来ならお断りだけれど、そこの奇麗なお嬢さんに免じて、特別に僕の名前を呼ぶことを許してあげてもいいよ。ねえ、奇麗なお嬢さん。君の名前も教えてくれる？」

　デールはそう言って、手に持っている光る花を私に差し出した。受け取ったら消えてしまいそうで、手を伸ばすのを躊躇ってしまう。そんな私にデールは首を傾げると、押し付けるようにして花を渡してきた。恐る恐る受け取ったその花は釣鐘のような形をしていて、花の中から光っていたが、私が手にとっても消えてしまうことはなかった。

「奇麗……。ありがとう」

お礼を言うとデールはにこりと微笑んだ。

「お礼なら、名前。名前を教えて」

「私はエヴァンジェリン・クラン・デリア・ノースウェル・リザムというの」

「エヴァ、ジェ……？」

私の名前が長すぎるせいか、デールは首を傾げる。その様が可愛くて思わず笑ってしまう。

「シェリー、と……」

「エヴァちゃん？」

愛称で呼んでもらおうと思って口を開いたら、急にセオが私の言葉を遮った。不思議に思ってセオの顔を見上げたら、ものすごく不愉快そうな顔をしている。

「あのさ………『シェリーって俺だけの呼び方だから、他の人間にはさせないように』って言っておいたよね？　それなのに、どうして君は他の人にも呼ばせようとするんだい？」

いきなりそう言われて一瞬、セオが何を言っているか分からなかった。しばらく考えて、ようやく、神殿に向かった初日に馬車の中でした会話を思い出した。

「あれって本気だったの？」

「当たり前だろう。どうして本気じゃないと思ったのか、聞いてもいいかな？」

「てっきり、私をからかっているのかとばかり……」

「そんなわけないでしょう。俺は本気だった……いや、今でも本気だよ。俺以外にはシェリーと呼ばせないでほしいんだけれど？　そもそもリザム子爵夫妻は君のことを今後もエヴァって呼ぶだろうし、他の人にもそれで通していいんじゃないかな？」

ちょっと不服そうに苦情を言うセオがなんだか可愛くって、セオがそう言うならそれでいいか、と思った。確かにお義父様とお義母様に今更、違う名前で呼ぶようには言えない。私が頷くのを見たセオは実に嬉しそうに微笑んだ。なんだか、頭を撫でたくなる。

「デール、私のことはエヴァと呼んでくれる？」

私がそう言うと、今度はデールが少し不服そうだ。デールは唇を小さく尖らせた。

「こんな狭量な男を選んだら、将来苦労すると思うけど。エヴァは男を見る目がないの？」

「そうかしら？　セオは本当に優しくって良い人よ。それに、彼は私の師匠で恋人ってわけじゃないわよ？」

「エヴァってほーんとうに鈍感だね！　なんとも思ってない人の呼び方に拘るはずないじゃん」

「全くだね、シェリーちゃんはどうやったら俺の気持ちを理解してくれるのかな？」

なぜかタッグを組んで私を揶揄うセオとデールを思わずまじまじと見つめると、我に返ったのか、デールが「ま、そんなことどうでもいっか」と視線を逸らした。二人して私を揶揄うのはやめてほしいものだ。

「それで？　君たちは私たちに何を望んでいるの？」

「セオドアには何も望んでないよ。君はエヴァの邪魔にならないようにしていればいいよ。ねえ、エヴァ。太陽草の再生をしてよ、お願い」

「太陽草……？　よく分からないけれど、植物なの？」

「そう、妖精界を照らす太陽なんだ！　太陽草が枯れてしまったから、この国は真っ暗なんだ」

デールはそう言って私の前に飛んでくると私の前で手を合わせた。そんなデールを見たセオは難しい顔をする。

「本当に、私は魔法を使えないの。魔力を感じることすらできないんだもの。ねえ、セオ。あなたならできる？」

「君に頼られるのは嬉しいけれど、それはちょっと無理かな。そもそもハルトが癒せるのは基本的に人間だけなんだ。植物を再生する魔法なんて神話の世界にしか存在しないよ。もしあったとしても、とうの昔に失伝している。まあ、当然だよね。もし、本当にそんな魔法を使える魔導師が居たら、世界の均衡が崩れかねないからね。……神殿で一番力を持っているハルトですら、動物を癒すのがせいぜいだよ」

「普通の人間ならね。でも、どうして隠しているか知らないけれどさ、エヴァは違うでしょ？」

「どうして、そう思ったかは知らないけれど……。私は普通の人間よ。しかも魔法の知識なんて全くないの。セオの方が素晴らしい魔導師よ」

「うん、さっきから思っていたんだけどさ、エヴァが魔法を使えないのは当然じゃない？　だってエヴァの魔力はとっても詰まっているもん。その状態で今までよく無事でいられたものだよ。ねえ、エヴァ。エヴァは今のままじゃまずいと思うんだよね。だからさ、まずは王様に会ってから、魔力詰まりを治してもらおう！　そうしたら、エヴァも助かるし、僕たちも助かるからさ」

「セオですら植物を癒す魔法を知らないって言っているんだもの。私ができることなんて何もないと思うんだけど……」

「魔法……魔法かぁ。僕は門番に過ぎないからよく分からないけれど……。ねえ、エヴァってエルモア様の御使いとかじゃあないよね？」

「エルモア様……？」

急に出てきた、聞き覚えのない名前に首を傾げる。ゲーム（プリキス）には登場していないと思う。セオの様子を窺ったが、心当たりがないようで首を振っている。少なくとも神殿関係者ではなさそうだ。

「そうだよね、うん。エルモア様の気配を感じないから、違うと思ったんだけど……一応ね。本来ならエルモア様が来てくれるはずなのに、今回は来てくれないから。それなのに、もう限界という頃にタイミングよく来てくれたから、もしかして、と思ったんだ」

そう言ってうんうん言いながら、腕を組む。正直、デールの言うことはよく分からないことばかりだ。セオもお手上げと言わんばかりに肩をすくめた。置いてけぼりになっている私とセオを尻目にデールはぽん、と手を打った。

「ともかく、王様のところに行こう！　王様なら、もしかしたら再生の魔法を知っているかもしれないし……エヴァだってこのまま放置するのは危険だと思うし……ね？　いいでしょう？」

「まあ、今のままじゃ話が進まないからね。それに見過ごせないこともあるみたいだしね。とりあえずできることをしてみようか、シェリーちゃん」

確かにセオの言う通りなので、デールの提案に頷くことにした。

「それじゃあ、王様に会いに行く前に身なりを整えないとね。そんななりじゃ王様の前に出せないよ」

デールは私を頭からつま先までじろじろと見た。確かに私が今着ているのは寝間着で、その上からショールを着ている。確かに褒められた身なりではないが、人の世界に戻れない今、お着替えは難しいと思うのだが……。まさか、よくあるＲＰＧのように、生地を集めて仕立て屋を訪ねて……なんてことをしなければならないのだろうか。一瞬気が遠くなりかけたが、その考えはすぐにデールによって否定された。

「じゃあ、まずは僕の家に行こう！　エヴァに似合う服があるんだ！」

デールは十五センチくらいの大きさなので、私たちが家に入れるかなと思ったけれど、そんな心配は無用だった。デールの家は長年暮らした子爵邸くらいの大きさがあった。煌々と灯りがつけられた屋敷は、多分奇麗なのだろうが、辺りが暗いせいでよく分からなかった。

「ほら、エヴァ。これなんか君によく似合うと思うよ。さあ、着て着て！」

そう言ってデールが差し出してきたのは真っ白なのに、角度によっては色が変わる奇麗なスレンダーラインのドレスだった。フリルやリボンなどの飾りがついていないシンプルなものだったが、だからこそ、美しい仕上がりになっていた。長袖だが、袖の部分はレースで作られているせいか、華やかだ。

「このドレスの生地はね、上級妖精たちがひと目ひと目力を込めて織り上げたものなんだ。それを王宮御用達のお針子たちが何年もかけて縫ったんだよ」

「そんな素晴らしいものをお借りするわけにはいかないわ。汚したりしたらとても償えないもの」

「借りる……？　何を言っているの？　僕がそーんなけちくさいことを言うと思っているの？　プレゼントするに決まっているじゃないか！　それに汚したら、だって？　それは難しいと思うよ。このドレスは汚れ無効の付与がされている上、そんじょそこらの魔法は弾くし、人間界の刃物じゃ傷ひとつつけられないからね。きっと今後もエヴァの役に立つよ」

固辞しようとしたのだが、「そのぐらいのドレスじゃないと王様にあわせられないよ」というデールの言葉に押し切られてしまった。

「さあ、エヴァ。隣の部屋を使って着替えておいで」

デールは私には優しく囁いた後、クローゼットを指さし、セオに憮然とした表情を向ける。

「あぁ、セオドアはその辺にある好きな服を着ていいよ。どれもこれも妖精界で作ったものだから、モノはいいからさ」

「じゃあ、遠慮なく」

セオは苦笑するとクローゼットを開け、物色を始めた。私への対応とセオの対応が違いすぎることが先ほどから気になっていたけれど、さすがに我慢できなくなって思わずデールを咎めた。

「ねえ、デール。先ほどからのセオへの対応はあんまりじゃないかしら？　セオは私のせいで巻き込まれたんだもの。責めるならセオじゃなくて私であるべきじゃない？」

私の言葉に、デールは首をすくめて「うへぇ」と、気まずそうな顔をした。

「うーーっ、わかったよ。セオドアもきちんとお客様として扱うよ」

「私以上に大事にしてくれる？」

私の言葉にデールは頭を抱えて何も言わなくなってしまった。そんなデールに助け船を出したのは、意外なことに先ほどから軽んじられているセオだった。

「構わないよ、シェリーちゃん。そもそも野郎にちやほやされても嬉しくないからね。そういうことだから、私よりも、私のお姫様を大事にしてくれるかな、デール？」

「任せといてよ。エヴァを大事にしろってことなら言われるまでもない」

納得がいかない私にセオはウインクをひとつすると、口を開いた。

「どうしても俺が気の毒だと思うなら、無事帰れたらたくさん慰めてくれる？　……君の身体でね」

「エヴァ！　エヴァ！　君ってば、ほーんとうに男の趣味が悪すぎるよ！」

ぎゃあぎゃあ騒ぐデールを軽くあしらいながら、セオは「着替えておいでよ」と笑った。

本当にセオは大人で、気遣いの人だと思う。私があんな扱いをされたら、絶対に怒っていると思う。悪くなりかけた空気を元通りにした手腕は見事としか言いようがない。まあ、セオの冗談には、いつも、ちょっとだけドキリとさせられるけれど……。

ドレスを手に隣の部屋に入る。渡されたドレスは豪華なのに、ボタンや留め金などがなく、一人で簡単に着ることができた。丹念に作られたであろうドレスは縫い目がなく、一人で来ても皺が寄ることもなかった。少し大きいかも、と思ったドレスは着てみたら私にぴったりだった。

最近は町娘のような格好がほとんどで、このような正式なドレスを着ることはなかったので、思わず背筋が伸びる。髪を整えたいが髪留めを置いてきてしまっていたので、諦めることにした。

私が二人の下へ戻るとセオはもう着替えを済ませていた。セオはいつもと違い、黒を基調とした服装をしており、その上からローブを羽織っている。控えめに言っても、ものすっごく、格好良くてつい、見惚れてしまう。

セオは薄く笑うと、リボンを片手に近づいて来た。そうして慣れた手つきで私の髪を軽くまとめてくれた。下手をしたら、私よりもセオの方が、女子力が高いかもしれない。セオは満足げな顔をした後に、私の耳元でそっと囁いた。

「すごく、似合っている。ごめん、奇麗すぎてちょっと言葉が出てこない」

危うく腰が抜けそうになったのは私だけの秘密だ。

デールは着替え終わった私たちを出口ではなく、地下室へ案内した。デールが言うには地下室に魔法陣があり、それが王宮へ繋がっているそうだ。

地下室に設置された魔法陣を見たセオは感嘆の声を上げる。

「すごいな。これも失伝魔法だ。こんな場合じゃなければ、研究したいところだね」

「人間がこの魔法を施せるはずないじゃん。無駄なことは最初からしない方がいいよ」

セオの声にデールは素っ気なく答えた。「ほら、行くよ」と急かすデールの言葉に、セオは名残惜しそうに魔法陣を見ていたが、諦めたようにため息をつくと、歩を進めた。

妖精界の危機

デールに案内されてお会いした妖精王は、デールと違って人間大だった。セオと同じくらいの身長の彼は、背中から蝶のような羽が生えている。真っ白な髪と白い瞳を持つ妖精王は、まさにこの世のものとは思えないほど、奇麗な顔立ちをしていた。

「よくおいで下さいました、異郷の友人。どうぞ、顔を上げてください。私などにそのような礼は必要ありません」

妖精王に対する礼儀なんか知らないので、クライオスの国王にするように膝を折ったが、無礼と言われることはなく、それどころか親しげに声をかけてくれた。容貌と同じく、美しい声をしている。

「本来ならもっと歓迎すべきなのでしょうが……。この国の王として恥ずべきことですが、もうこの国にはそんな余力がないのです」

「王様！　そんなことはありません。僕がこうして動けているのは王様のおかげです」

「それもそろそろ限界です。ヘーゼルもつい先日眠りについてしまいました」

妖精王は困ったように笑った後、私たちの方へ向き直ると口を開く。

「私はグウェイン、この国を治める無能な王です。異郷の友人、貴女のお名前を伺ってもよろしいでしょうか？」

グヴェイン様は玉座から降りると私の手を取ると恭しく、唇を落とした。手を取られた瞬間、少し、身体が強張ったが、グヴェイン様に粗野なところがないせいか、それともグヴェイン様の手が冷たくて体温が感じられないせいか、鳥肌が立つことはなかった。

「陛下、お会いできて光栄です。私はエヴァンジェリン・クラン・デリア・ノースウェル・リザムと申します」

「エヴァンジェリン嬢、どうか私のことはグヴェインとお呼びください」

「光栄です、グヴェイン様。それでは私のこともエヴァンジェリンとお呼びください」

「どうか、グヴェインと。私は貴女に『グヴェイン様』と呼ばれるほどの存在ではありません」

「それはさすがに、不敬かと存じます。私はただの旅人に過ぎません。何故私が妖精界にいるのかすら、わからないのです」

「月光草が呼んだのです！　門番たる僕が確かに確認しました」

「そうですか。本来なら私がお呼びするべきだったものを……」

「申し訳ありませんが、グヴェイン様。月光草がなにかも私は存じあげません。私は魔法を使うこともできない、ただの娘です。私は師匠のセオドアとともに偶然プリフェヴィーラに立ち寄っただけで、この国を救う術など持ち合わせておりません」

何故、グヴェイン様もデールも私がこの国を救えると思っているのだろうか？　私は何の力もない、ただの人間だというのに……。いや、確かに転生チートな能力を持っているらしいけれども、魔法が一切使えない今、素質(転生チート)は宝の持ち腐れとなっているはずだ。それなのに、デールもグヴェイン様も何も疑っていない。彼らの目に、私はどのように映っているのだろう。

「セオドア……？」

先ほどまで穏やかに笑っていたグウェイン様が眉をひそめた。なんだか不穏な雰囲気だが、今更『やっぱりなんでもありません』なんて言えるはずがない。私はセオの隣へ行くと、グウェインに紹介した。

「私の師匠のセオドア・ハルトです。力のある魔導師で、素晴らしい治癒術師でもあります」

私が紹介すると、セオが恭しく頭を下げた。そこらの貴族が裸足で逃げだしそうなほど、奇麗な礼だというのに、グウェイン様はセオに冷たい目を向けたままだ。視線のあまりの冷たさにゾッとした私はセオとグウェイン様の間に立った。私を異郷の友人と呼ぶのであれば、セオだってそうだ。そもそも、私よりもセオの方が、実力がある魔導師なのに、どうしてデールもグウェイン様もセオには冷たいのだろう。何よりも、セオは私に巻き込まれたのだから、冷たく当たらないでほしい。

「グウェイン様、セオドアは私が望んだから、ここにおります。つまり、罪はセオドアではなく、私にございます。罰が必要なのであれば、どうか、この身に」

深々と頭を下げ、グウェイン様の反応を待つ。ほどなくして、グウェイン様は小さくため息を溢すと口を開いた。

「エヴァンジェリン、貴女を呼び寄せたのは私たちです。貴女に罪などあるはずがありません。……失礼しました。例え人の子であろうと、エヴァンジェリンの師匠なら敬意を払うべきでしたね。ようこそ、人の子の魔導師殿。お越しを歓迎いたします」

「ありがとうございます、陛下。先ほど紹介に預かりましたセオドア・ハルトと申します。ただ人である私を歓迎していただき、光栄です」

「いいえ、エヴァンジェリンと共にお越しくださったのですから、歓迎しないはずがありません」

「そのお言葉、有難く頂戴いたします。人の子がどこまであなた方の役に立てるか分かりませんが、尽力いたしましょう」

「いえいえ、人の子には荷が重すぎるでしょう。魔導師殿はどうか、この城でゆっくりとお過ごしください」

「陛下がそう仰るなら、エヴァンジェリンと二人でゆっくりさせていただきますが、いつ頃人の世に帰していただけますか？」

「申し訳ありませんが、エヴァンジェリンには力を貸していただきたいのです。この城でゆっくりされるのは魔導師殿おひとりですよ」

「残念ながら、私はエヴァンジェリンから一生離れないと約束をしておりますので、お言葉には従いかねますね」

　大切にしてほしいと要望を伝えたのに、舌の根も乾かないうちに、セオに喧嘩を売っているグウェイン様に呆れてしまう。穏やかで優しそうだと思っていたグウェイン様はどうやらデールと同じく子供っぽいところがあるようだ。セオに加勢しようと思ったが、セオが軽く手を上げて私を制止したので、黙る。そのまま嫌味の応酬が延々と続くので、そろそろ止めようかと、機を窺っているが、なかなか口を挟む機会がない。グウェイン様にもう一度釘を刺そうかと思ったが、セオも決して負けていない。このまま放置していたら『やるじゃないか』『お前もな』みたいな感じで友情が芽生えそうだ。

しかし、人間の世界でも妖精の世界でも嫌味の作法は同じなようだ。全く王侯貴族とは面倒なものだとつくづく思う。私が呆れた目で見ていることに二人が気づいたのは、優に十分以上経ってからだった。こほん、と小さく咳払いをするとセオは気を取り直したように口を開いた。

「申し訳ありませんが、私たちはこの国がどのような状況なのか、存じ上げません。事情を説明していただけないでしょうか」

セオの言葉にグウェイン様は何か言いたげだったが、私の視線に気づいたのか、大人しく事情を話し出した。

「私たちの国は人の国と違い、閉じられた世界にあります。だから、太陽や月が空を飾ることはありません。代わりに太陽草という花がこの地を照らしてくれます。太陽草は十二時間で萎み、その後は月光草がこの地を優しく照らしてくれます。月光草も十二時間経てば散り、今度は太陽草が咲きます」

「つまり、太陽草も月光草も十二時間ごとに枯れて、再度咲くということですか？」

「その通りです。太陽草と月光草が交互に咲いてくれることによってこの地が闇に覆われることはありません」

セオの言葉にグウェイン様は頷く。これぞ、ファンタジーという話で興味深いけれど、この後に続く話が怖くて、楽しめそうにない。

「二つの花は妖精界の生命線なのです。私たち、妖精は太陽草の光を浴びないと存在し続けることができません。草木が日の光を浴びてエネルギーを作るように、私たち妖精は太陽草の光を糧にしています。そして月光草の光で疲れや体の傷を癒すのです。本来は太陽草も月光草も、半永久的に咲き続ける花でした。しかし、ある人の子が傷つけたせいで太陽草は、損なわれかけてしまったのです。月光草は太陽草の光を受けることで咲く花なので、太陽草が枯れてしまうと一緒に枯れてしまいます。花が枯れてしまうと私たちは生きていけません。絶望した我々の前に、エルモア様という神が降臨されたのです」

グウェイン様の話でようやく、デールの言葉が分かり始めてきた。しかし、こんな話はゲーム(プリキス)にはなかった気がするから、シナリオに引き戻されたわけではなさそうだ。けれど、私ができることはなにもなさそうなのだが……。困惑する私を尻目にグウェイン様は話を続ける。

「エルモア様は枯れてしまった太陽草を再生してくださいましたが、根本的な傷の治癒はできなかったのです。太陽草はなんとか咲いてくれていましたが、五百年ほどで枯れるようになってしまったのです。しかし、エルモア様は五百年ごとに訪れてくださり、その度に太陽草を再生してくださっていました」

そこまで話すとグウェイン様は重いため息をついた。それは耐え切れぬほどの重荷を背負い、疲れた老人のような、どこか諦めを含んだものだった。

「しかし、今回、太陽草が枯れてしまったのに、エルモア様がこの国を訪れることなく、三百年が経ってしまいました。太陽草が枯れたせいで、同じように月光草も枯れてしまったのです。二つの花を失った妖精たちはどんどん弱っていき、力なきものは消滅し、力あるものは眠りにつきました。現在、この国で活動しているのは王である私と門番のデール、太陽草の守り手であるオリバーの三人だけになってしまいました。……しかし、もう限界でした。私たちはこのまま消えていくしかないと思っていましたが、貴女が来てくださいました。どうか、お願いです、太陽草と月光草を再生していただけないでしょうか？」

グウェイン様は辛そうにそう言うと、私の目を真っ直ぐ見た。私は何もできない、と繰り返そうとしたが、私が言葉を紡ぐ前にセオが口を開いた。

「話を伺いましたが、妖精界の問題ではないでしょうか？　何故私たちが呼ばれたか理解いたしかねます」

「セオドア、他人事みたいに言うけどさ、妖精界が滅びると人間界にも影響が出るよ」

デールの言葉にセオの右眉が少し上がる。デールの言葉をグウェイン様が引き継ぐ。

「妖精は人の世界のマナを循環させています。マナはこの世界を形作るエネルギーです。木々の成長や天候を動かすのもマナの力です。……そして、あなた方の魔力にも関係します。そう、あなたたち人は、マナを取り込むことによって魔力を得ます。本来、マナの性質は水なのです。留まらず、流れるもの。……けれど、マナを循環させないと、固まり、氷のようになります。その力が大きければ大きい程、塊も大きくなり、下手をしたら氷塊となります。固まってしまったマナを取り込んだ場合、どのような事態を引き起こすか、想像できますか？」

「魔力も固まる、のですね？」

私の回答にゆっくりと頷くと、グウェイン様は静かに続けた。

「その通りです。固まった魔力は人の身にとっては毒にしかなりません。それなのに、一度固まった魔力は妖精の手でないと溶かすことができないのです。……人の世界では最近魔力を持って生まれる子供が少ないのではないですか？」

グウェイン様の言葉に思い当たることがあった。ジェイドの婚約者だ。王家は侯爵家以上の人間としか婚姻を結べない。わが国には公爵家が四つ、侯爵家が十七ある。本来なら、計二十一家のいずれかから、婚約者を選べたはずなのだ。王妃が身籠ると、配偶者や側近になるべく、各貴族家は子供を作るのが常だが、今回はなぜか出生率がたいへん低かった。更にようやく生まれた子供たちも一様に魔力が低かったのだ。

結果、ジェイドに釣り合う婚約者候補は四人しかおらず、うち二人は夭折(ようせつ)してしまっている——だから、余計にわたしが逃げられなくなったのだ。こんな事態の弊害だったのか……。いや、これって結構な大ごとだと思うし、私の手には余ると思うんだけれど。しかし、魔力詰まりなんて言葉は初めて聞いたが、そのような現象が起こっていると言われたら納得せざるをえない。

「そう仰いますが、どうでしょう？　確かに最近のハルトは貴族よりも平民の間に生まれることが多いですが、貴族の中にもいないわけではありません」

セオはそう言って私の方を見る。セオの言葉をグウェイン様が否定する。

「多分、本来ならもっと強大な魔力を持って生まれたはずの子供がいたと思いますよ。多分生まれて来るハルトも、もっと多かったでしょう。ただ、魔力詰まりを起こしたせいで死んでしまっただけで……。無事生まれた魔導師は比較的魔力が弱かったか、生まれつき、魔力の循環が上手い者かのどちらかでしょう。とはいえ、私たちが行うものよりも不完全なものでしょうから、魔道士の寿命は短いでしょうが。……今生存している魔導師は恐らく、本来生まれるはずだった数の一割くらいでしょうね」

「魔力詰まりとはどのような状態を指すのですか？」

「そうですね、魔力を持つ人間は体内にリスパルミオと呼ばれる魔力器官があるのはご存じですね？　リスパルミオには魔力が流れていますが、その中の魔力が固まってしまうと、身体から魔力が出て行かず、そのせいで体内の器官が麻痺します。魔力が高ければ高いほど、その症状は重くなります。更に魔力が溜まると、下手をしたらリスパルミオ自体が硬化します。そうなってしまったとしても、身体は更に魔力を貯めこもうとします。結果、リスパルミオにひびが入ってしまい……最悪、破裂します。もちろん、リスパルミオが破裂した場合、生きていくことができません。恐らく、即死でしょうね」

なんだか、恐ろしいことを聞いた。マナが循環しなければ魔力が高いことはプラスでなく、マイナスに働くようだ。魔法が使えるかもしれないと浮かれていた過去の自分にこの話を教えてあげたい。

そう思った時に、ふとジェイドの顔が頭に浮かんだ。初代国王（オーガスト）の再来と呼ばれる彼は恐らく、この国で一番の魔力を持っている。力が大きければ大きいほど、魔力詰まりは重度になるとグウェイン様は言っていたが――彼は大丈夫なのだろうか？　いや、もう彼の心配をするのは私ではない。

サラ（ヒロイン）がついているのだ。きっと彼女が良いようにしてくれるだろう。

馬鹿な考えを頭から追い出すべく軽く頭を振る私を見て、グウェイン様は眉を顰める。

「エヴァンジェリンもひどい魔力詰まりを起こしてしまっています。その状況でよく命があったものです。先ほどからずっと魔法を使えないと言っていますが、貴女のリスパルミオは固まった魔力でいっぱいです。そんな状態で魔法が使えるはずがありません。どこか、体の不調はありませんか？　このままでは、遠からず命を落としてしまうでしょう。このままではいけませんね」

いつの間にか死亡フラグが乱立していたようで、私は青くなる。

「命を落とすだって……!?　何か治療法はないのですか？　方法があるならお教えいただけないでしょうか？」

隣で血相を変えたセオが大声を出す。自分よりも慌てている人間がいたら、かえって自分が落ち着くというのは本当のようで、私は少しだけだが、頭が回るようになった。遠からず、ということであればまだ少しは時間があるはずだ。

「安心してください。マナの循環——魔力の調整は妖精の仕事と言ったでしょう？　彼女ほど力ある存在ならば、その辺の小妖精には無理でしょうが、あなた方の目の前にいるのは、この国一番の力を持つ妖精です。……恐らく、私以上の適任者はいませんよ。エヴァンジェリン、手を貸していただけますか？」

「あの、魔力を調整いただいても、太陽草の再生はできかねるのではないかと……」

「ふふ、そもそもマナの循環は私たちの務めです。目の前に助けを必要としている人がいるのであれば、癒さないという選択肢はありません。さあ、身体を楽にしてください」

　クスクスと笑うグウェイン様が差し伸べた手を取った瞬間、身体の中に荒れ狂った力が渦巻いた。身体が揺さぶられるような感覚に、船酔いのような気持ちの悪さが襲ってくる。嵐の中にいきなり放り出されたようで何かが身体にぶつかってくるような感覚が続く。なんだか身体が作り替えられていくようで恐ろしい。

「落ち着いてください。決して悪いようにはしませんので、力を受け入れてください」

　グウェイン様の言葉が遠くから聞こえてくるが、何を言っているか理解できない。ただ、訳の分からない感覚に振り回されっぱなしで、クラクラする。怖い、その言葉だけが頭の中を駆け巡る。

「エヴァンジェリン、抗わないでください」

　吐き気がする。立っているのも辛い。グウェイン様の手を振りほどきたいが、身体が動かない。やめて、と言ったつもりだが、声になっていたかも分からない。だんだん息苦しくなってくる。もう限界だ。倒れそうになる寸前、誰かが私の背を支え、反対の手で手を握ってくれた。

「落ち着いて、シェリーちゃん。一緒に居るから」

　不思議と、セオの声は耳に届いた。セオが、いてくれる。それならば大丈夫だ、なぜかそう思えた。そうしたら、詰まっていた息も吐けるようになった。息を吐いて、吸う。たったそれだけの行動で、身体が軽くなっていく気がする。

　その後すぐに、嵐は静まり、身体の中に今まで感じたことがない力があることを感じた。放心状態で立ち尽くす私の隣で、誰かがふうっと息をついた後、頽(くずお)れるような音がした。

「王様！」

デールの声に我に返って音がした方を見たら、グウェイン様が膝をついていた。急いで私も膝をついてグウェイン様の顔を覗き込むが、ひどい顔色をしている。

「グウェイン様！　申し訳ありません、私が抗ったから……」

「いいえ、エヴァンジェリンのせいではありません。私の実力不足です。しかし、これほどのものとは思いもよりませんでした。さすが、というべきでしょうね」

私の言葉を遮ってグウェイン様は言葉を紡いだが、その最中も辛そうだ。デールがどこからか、飲み物を持ってきて、グウェイン様に渡した。グウェイン様は礼を言って、飲み物を受け取ると、一気に飲み干した。飲み物のおかげで一息ついたグウェイン様は、長く息を吐くと立ち上がった。

「グウェイン様、ありがとうございました。おかげで、身体が軽くなりました」

「うん、さすが王様だね！　エヴァの魔力詰まりが解消されているよ」

「いいえ、このような醜態を見せてしまい、こちらこそ申し訳ありません。どうか、立ってください」

グウェイン様はそう言ってくれるけれど、申し訳なくてそう簡単に立ち上がれそうにない。私の隣に立っていたセオもグウェイン様に向かって膝をつくと、口を開いた。

「陛下、ありがとうございます。どのようにお礼を言ったら良いか……」

「お礼を言う必要はありません。先ほども申し上げた通り、元々我々の仕事だったのですから。さあ、二人とも立ってください」

グウェイン様はそう言って私に手を差し伸べてくれる。その手を取って立ち上がった私の隣でセオも立ち上がる気配がする。あの時、私を支えてくれたセオにもお礼を言いたい。

「セオも、ありがとう。あの時、セオの声が聞こえたわ」

「俺は何もしていないけれど……少しでも君の役に立てたなら嬉しいよ」

そう言って花のように微笑んだ。もの凄い破壊力に言葉を失くしてしまう。最近のセオは格好良くて、その上……なんだか可愛い気もする。

グウェイン様は小さく息をつくと、今度はセオに向かって手を差し出した。

「セオドア、エヴァンジェリン程ではありませんが、あなたの魔力も詰まっているようですね。調整しましょう」

「私も……ですか？」

「ええ、そうです。マナの循環ができていない今の時代の魔導師は皆、多かれ少なかれ魔力詰まりを起こしています。あなたは恐らく、人の子の中では五指に入るほどの強力な魔導師でしょう？力が大きければ大きい程、魔力詰まりを起こすものです。エヴァンジェリンと違って急を要する状態ではありませんが、機会は逃すべきではないと思いますよ？」

グウェイン様の顔に疲労の色が濃く残っているからだろうか、セオは躊躇したが、それをグウェイン様は優しく諭した。それ以上言葉を重ねるのは失礼と思ったのだろう。

「では、お願いします」

そう言ってセオはグウェイン様の手を取り、瞳を閉じた。先ほどのとんでもない嵐を思い出すとセオが心配になる。先ほどセオがそうしてくれたように、私もセオを支えたい。そう思ってセオの手を握ろうとした瞬間、セオが瞳を開けた。まさに今、手を握ろうとしている私を見てセオは嬉しそうに笑うと、そっと私の手を握ってくれた。なんだか気恥ずかしいが、嬉しくて手を振りほどく気にはなれなかった。

セオは私の手を握ったまま、グウェイン様に頭を下げた。

「ありがとうございます、陛下。確かに、身体が軽くなりました」

どうやらあんな短時間でセオの調整は終わったらしい。それなのにグウェイン様に疲れた様子はない。やはり、受け手側が抵抗しなければ、術者も楽なのだろう。グウェイン様には本当に申し訳ないことをしてしまったようで、なんだか申し訳ない。少し落ち込んでいると、デールがやって来て私のドレスを引っ張った。

「エヴァ、すごい！　とっても眩しい力！　これなら、太陽草を再生できるんじゃないかな？　ねえ、お願い！　僕たちの国を助けて」

確かにセオのことを助けてくれたことも、私の死亡フラグを折ってくれたことも、感謝しているし、私ができることであれば力になりたい。けれど、なぜかグウェイン様もデールも私を特別な存在だと思っているようだが、正直に言って自信はない。

でも、だからと言って助けてくれた人が困っているのは見過ごせない。駄目で元々、一度試してみても良いのかもしれない。そう、思った。

「ねえ、セオ。私に治癒魔法を教えてくれないかしら？」

セオは少し驚いた顔をした後に、何か考えるような仕草をした後に頷いた。

「魔法を教えるのは問題ないけれど……私たちの魔法では植物を癒すことはできないと思うよ。それでも？」

「ええ、どうしてグウェイン様とデールが私に過度の期待をしているか分からないけれど……こんなによくしていただいたんだもの。私も力になりたいの。何もできないかもしれないけれど、でも、だからと言って、なにもせずにはいられないわ」

「わかった。段階も踏まずに一気に治癒魔法を覚えるのは大変かもしれないけれど……確かに陛下には恩があるし、何よりもこの問題を解決しないと帰れないみたいだしね」

あ、そう言えばそうだった。私たちが帰るためにはこの事態の収拾が必要なんだった！　セオが言うまで忘れていた。思わず、視線を逸らした私に「忘れていたね？」とセオが呆れたような声を出した。

妖精界の救い手

「以前、話したと思うけれど魔法というのは想像力だ。治癒魔法はその最たるものだと俺は思っている。俺は人を癒す時『この痛みを取り除いてあげたい』と思って魔法を使っている」

セオの言葉に前世の頃によく唱えてもらった『いたいのいたいの、飛んでいけ』という小さなおまじないを思い出した。幼いころ、怪我した時に、いつも一緒に遊んでいた幼馴染がよくしてくれた。特に何をしたわけでもないけれど、その言葉で痛みが軽減されたような気がしたものだ。幼馴染の優しい気持ちが籠っていたからかもしれない。もしかしたら、治癒魔法とは、そんな思いが具現化したものなのではないだろうか。

「治癒魔法は他の魔法よりも、ダイレクトに他者に働きかけるものだ。だから、治癒魔法をかけるときは相手に触れて発動させる。実践してみるから、見ていて」

セオはそう言って、懐から刃物を出すと、自分の指を軽く切った。止める暇もないほど、素早い行動だった。セオの手から真っ赤な血が滴る。痛そう、それしか考えられなかった。いつも、私を救ってくれる、彼の優しい手に傷があるのは――セオが痛い思いをするのは、嫌だった。それだけしか、考えていなかった。私はセオの手に自らの手を重ねた。セオの手に触れた、私の手に力が集まるのが、自分でも分かった。

「嘘だろ？　こんな簡単に……」

セオの言葉に驚いて、彼の指先を見つめた。驚いたことに、そこには何の傷もなかった。

「とんでもない素質の持ち主だとは思っていたけれど……さすがに規格外すぎるよ。完璧な術式だ。後は回数を重ねるだけだね。でも、まあ、初めての魔法の発動、おめでとう。そして、ありがとう、シェリーちゃん」

セオはそう言うと、未だセオの手を握ったままの私の手を取ると、手の甲に唇を落とす。この世界の男性はすぐに手にキスをしたがるが、いつになっても慣れない。「ありがとう」とか「はじめまして」とか、口で言ってもらえるだけで十分だと思う。できれば改めてほしいものだ。いや、本当に。

「さて、彼女に治癒魔法という下地ができたからこそ、伺いますが……。太陽草を再生する魔法について何か伝わっていませんか？　差し支えなければ私と彼女と二人で再生に挑んでみたいのですが……」

セオの言葉にグウェイン様は静かに首を振った。

「神の御業は卓越しすぎておりまして……。お恥ずかしい話ですが、実はエルモア様に教えを請うたことがあります。けれども会得することは……いいえ、はっきり申し上げると理解することすらできませんでした」

「教えを請うたことがあるというのであれば、なにか思い出すことがあれば教えていただけませんか？」

セオの言葉にグウェイン様は「わかりました」と頷く。私に助けてほしいとずっと言ってくることに「他人任せな」と少しだけ思っていたが、グウェイン様も努力していたことに気づき、そう思ったことが申し訳なくなる。デールがセオの神官服を引っ張りながら口を尖らせる。

「なあ、セオドアって神官なんだろう？　神様から魔法を教わったりしてないの？　エルモア様から教わった魔法とかないの？」

「残念ながら、私はハーヴェー教の神官でね。知っているかどうかは知らないけれど、ハーヴェー教は唯一神であるハーヴェーを信仰する宗教なんだ。だから、エルモアという神については専門外だ」

「ハーヴェーの信徒なんですか。それなら、知らない仲ではないでしょう。エルモア様は、ハーヴェーの友人だと言っていましたよ」

グウェイン様の爆弾発言に、セオが目を丸くしている。そんな話は初耳だし、エルモアなんて神も教典に存在しない。まあ、ハーヴェー神以外の神を認めていないから当然なのだが……。しかし、グウェイン様の話はどこまで本当なのだろう？　なんだか、昨日から私の常識は覆されてばかりだ。

「申し訳ないけれど……その話は聞かなかったことにさせていただきたい。さすがにそれを信じると異端審問で裁かれかねません」

セオはため息をつくと額を抑えたまま、俯いた。確かにとんでもない話を聞いてしまった。これからハルトになる私も、この話は忘れた方がいいだろう。

「とりあえず、駄目で元々です。一度、太陽草に治癒魔法をかけてもよろしいでしょうか？」

しばらく俯いたままだったセオが気を取り直したように頭を上げると、そう言った。グウェイン様もセオの提案を受け入れてくれた。

「太陽草と月光草は王宮の庭にあります。案内しますので、ついてきてください」

王宮の廊下は先が見えないほど長く、全体的に暗い。前にはグウェイン様が、隣にはセオが、後ろにはデールが居るというのに、足が竦んだ。グウェイン様について行かなければならないのに、足が進まない。セオに「怖い」と伝えてもいいものだろうか？　いや、これから先は自分の人生を歩むと決めたのだから、一人で乗り越えないといけないだろう。そう思うのに、どうしても足が動かない。

「ちょっとごめんね」

セオの声が聞こえた瞬間、ふわりと身体が浮いた。驚いてセオの方を向いたら、目の前にセオの顔があった。

「足元がちょっと悪いみたいだから、少しの間、我慢してね」

セオはそう言うとウインクをした。大丈夫、なんて強がりは言えなかった。自分でも情けないとは思うけれど、セオの厚意に有難く甘えることにした。自立は……少しずつ頑張っていこう。

「ありがとう、セオ」

お礼を言うと「どういたしまして」とセオは笑った。そのままの状態で結構な距離を進んだと思うのだが、まだ目的地には着かないようだ。まだ続く廊下を見て、セオの腕は大丈夫かと心配になる。

「こう見えて鍛えているからね。君の一人や二人、軽く抱えられるよ。この廊下ぐらいなら、十往復ぐらいなら任せておいてよ」

思わずそわそわしてしまった私を、セオはそう言って慰めてくれる。全て顔に出ているのだろうか？　なんだか恥ずかしい。

「面倒な弟子でごめんなさい。……こんなに甘やかされたら私、駄目になりそう」

「面倒？　むしろ役得だよ。それに、君には是非とも駄目になってほしいものだね。俺が居なかったら何もできなくなるようになれば良いと思うよ。あ〜あ、これから行く先が面倒な場所じゃなくて、神殿の宣誓の間なら最高だったんだけれどね」

「宣誓の間……？」

「ふふふっ。サリンジャでは将来を誓い合う二人が式をあげるところだよ」

「将来って……」

「無事戻れて、君がハルトになれたら、すぐにでも式をあげようか？　俺なら大歓迎だよ」

「嘘つき。あなたの好みのタイプは自立した女性でしょうに……」

思ってもないことを楽しそうに話すセオに非難めいた視線を向けてしまう。そもそも戦場（？）で将来の夢を語るのは死亡フラグだからやめてほしい。

「前々から思っていたんだけれど、君の情報ソースはどこなんだい？」

セオが呆れたような声をあげる。前世の知識もあるけれど——セオドアルートのサラは自立した女性に育つのだ——セオの様子を見ていたら誰でも分かると思う。私たちがそんな話をしていたら、ようやく中庭に着いたようだった。

「ここから出ます。足元に注意してください」

廊下から離れたので、もう大丈夫だと思い、セオに降ろしてくれるように頼んだ。セオは何も言わないけれど、長時間人ひとり抱えているのはたいへんだと思うのだ。セオは少し渋ったが、重ねて言うと降ろしてくれた。

中庭は真っ暗でどのくらいの広さかはよく分からないが、なんとなく広そうだ。グウェイン様が進んだその先に、デールと同じくらいの大きさの、緑色の髪を持った小さな男の子がいた。

「陛下！　いかがなさいましたか？　ここにおいでになるとは……なにかございましたか？」

男の子はグウェイン様の後ろに立つ私とセオを見て、一瞬黙った後、ぼろぼろと泣き出した。

「とうとう……、とうとうお越しくださったのか」

そう言うと男の子は私の下へやって来て小さな手で私の指を掴んだ。転生者というイレギュラーな存在で、『転生チート』が発動しているような気もするが、本当に彼らの目に私はどのように映っているのだろう？　彼らが盲目的に信じる力が本当に私にはあるのだろうか……？　残念ながら、よくある物語のように超特大魔法やとんでもない復活魔法を覚えていたりはしないのだが……。

「エヴァンジェリン、彼は太陽草の守り手のオリバーです。オリバー、彼女はエヴァンジェリンです。まずはご挨拶なさい」

グウェイン様が静かに窘めると私の指にしがみついていた男の子はハッとしたように私から離れ、ぺこりと頭を下げた。

「失礼しました、エヴァンジェリン様。私は太陽草の守りをしております、オリバーと申します。どうかお見知りおきください」

「はじめまして。オリバー様、どうか私のことはエヴァとお呼びください」

最後に会った妖精は無邪気なデールとは違い、どこか固い性格で、なんとなく騎士のようだ。

「御名を呼び捨てになどいたしかねます。どうか、お許しください。それに私の名に敬称などは必要ありません。どうか、オリバーとお呼びください」

「オリバー様、グウェイン様もデールもそうですが、私に何か期待されていますが……私は一介の貴族の娘として育ちました。私にできることであればお力になりたいとは思いますが、皆様が思うような超越した存在ではないのです」

「どうか、オリバーと。……貴女様は御自分では御身の価値をご存じないのですね。貴女がそう仰るなら、その言葉を信じましょう。ですが、触れるだけで構いません。どうか、太陽草に触れていただけないでしょうか？」

オリバーの必死の様子に、拒否できず、頷く。そうしたら感極まったようにオリバーは再度涙をこぼした。追い詰められていたのだろう、と気の毒に思ってしまう。彼らが言うように私が役に立てれば良いのに……。今からがっかりさせると思うとどうにも気が重い。

「オリバー、灯りを」

グウェイン様の言葉に頷いたオリバーが灯りを生み出すと、そこには枯れ果てた背の高い植物と、先ほど私が見た時と違ってすっかり枯れてしまった木があった。

「これが太陽草です。そして、あちらにあるのが月光草です。月光草は、本来は複数本あったのですが……長い年月で失われ、今は一本しかありません」

「それでは、まずは治癒魔法をかけてみましょうか？」

そう言ってセオが太陽草に近づこうとした瞬間、オリバーがすごい勢いでセオの前に立ちはだかった。

「太陽草に触るな、人の子よ！」

「人の子が触れてはいけないというのであれば、シェリー……エヴァンジェリンも駄目だと思うけれど？」

「お前は特にダメだ。お前は何を背負っている？　お前からは強い女の念を感じる。お前に執着している……金髪の女だ」

「えっ？　私？」

オリバーの言葉につい反応してしまう。だってセオは前世からの私の推しなのだ。今はもっともっと、好きになっている自信がある。私の言葉にセオはなんだか脱力したような様子を見せ、オリバーは一生懸命首を振っている。

「ひ、姫ではありません！　もっと禍々しいものです。瞳を真っ赤にはらした……まるでバンシーだ。濃い死の臭いがこやつからはします。そのような存在を太陽草に近づけることはできません！」

姫って私のことだろうか？　いつの間に私は姫になったんだろう……。オリバーはなんだかずれている妖精のようだ。

セオは優れた魔導師で、経験もある。だからこそ、ハルトという職業も相まって多くの死に触れたに違いない。セオに暴言を吐くオリバーに怒りを覚える。私が文句を言う前に、グウェイン様がオリバーを窘めた。

「オリバー、およしなさい。この人の子は、エヴァンジェリンの師です。私が許可しています。彼も太陽草の下へ」

「かしこまりました。……失礼なことを言った。非礼を詫びる」

グウェイン様の言葉に渋々頷いたオリバーは小さく、セオに謝罪した。とんでもなく失礼なことを浴びせかけられたというのに、セオは「構わない」と答えた。なんだか、痛そうだと思った私は、セオの手を握って、彼の手の甲を撫でた。慰めたいとは思ったけれど、どうすればいいか分からない。こんな時に何もできない自分が本当に嫌になる。セオならもっとうまく慰められただろうに……。少々落ち込みながらも、セオの手を撫で続けた。そんなことしか、できなかった。セオは黙って私のしたいようにさせてくれた。

「さて、じゃあ一緒に治癒魔法をかけてみようか」

セオの言葉に頷いて、先ほどの感覚を思い出して太陽草に触れる。きちんと力が太陽草に流れているのが分かった。セオも同じように魔法をかけているようだったが、残念なことに太陽草の様子は変わらなかった。セオは小さくため息をつくと、グウェイン様に声をかけた。

「やっぱり駄目か……。陛下、先ほどお願いした……エルモアという神の教えを何か思い出せませんか？」

「申し訳ありませんが……何も思い出せないのです。元々理解すらできていませんでしたし、ね。オリバー、デール、あなたたちも何か心当たりはありませんか？」

グウェイン様の言葉に二人は首を振った。こうなってしまってはお手上げだ。

ふと太陽草を見上げる。私よりも少し背の高い植物は枯れ果ててしまって、なんだか物悲しい。奇麗だったんだろうな……。どんな花が咲くのか、見てみたい。

そう思った瞬間、辺りが一気に明るくなった。まるで昼のようだ。驚いて辺りを見回したが、セオもグウェイン様を始めとした妖精たちの姿も見えない。

「セオ？　グウェイン様？　デール、オリバー？」

名前を呼んでも、返事がない。困って立ち尽くしていたら、誰かがこちらに歩いて来るのが見えた。

引きずるほどの長い緑の髪を持った、信じられないほど美しい男性だ。その男性は私が見えていないようで、静かに私の目の前を通り過ぎた。男性の先にあったのは、向日葵によく似た花だった。けれど、向日葵と違って内から光っているようだ。

「さあ、もう一度咲き誇れ……○○」

男性が向日葵を撫で、なにか言ったが、なんと言ったかよく聞こえなかった。多分、太陽草の名前ではないかと思った。男性の言葉に向日葵が更に明るくなり、あまりの明るさに瞳を閉じた。

「シェリーちゃん？　大丈夫？　ちょっと疲れたかい？　少し休ませてもらった方がいいかな」

突然かけられた言葉に瞳を開けると、そこは真っ暗な中庭で、セオや妖精たちもいた。

「部屋を用意しましょうか？」

そう言うグウェイン様の言葉に首を振る。今見たものが信じられないが、多分、あれは過去の風景で、あの男性がエルモア様だろう。なぜ、私があんな景色を見たのか分からない。けれど、ただ一つ分かったことがある。多分、太陽草の再生には、名前が必要だ。

「グウェイン様、デール、オリバー、太陽草という名前以外に、ですか？　申し訳ありません。オリバー、あなたは？」

「名前……？　太陽草の名前を知っていますか？」

グウェイン様の問いにオリバーは「申し訳ありません」と首を振った。デールもオリバーと同じように首を振っている。

それならば、太陽草の再生はできないだろう。けれど、思いついたことがある。太陽草は向日葵に似ていた。それなら種を落としているかもしれない。

私は太陽草の下へ行くと、その下を掘った。後から考えたら、突然の奇行だと思うが、誰も私を止めなかった。近づくのが怖かったという理由でないことを祈るばかりだ。掘り続けていたら、何か光るものを見つけた。まるで、向日葵の種のような細長い種――間違いない。これは太陽草の種だ。本当に不思議なことだが、私は確信していた。

私は、その種を両手で包み、心の中で『どうか、この国を照らして』そう願った。その瞬間、種がほんのりと温かくなる。私は急いで、太陽草の隣に小さく穴を掘ると、その種を埋めた。この種にどう声をかければいいか、その種の名前がなにか、なぜか私は分かっていた。私は種を埋めた土の上に手を置いて、種に語りかけた。

「お願い。どうか、奇麗に咲いて。リュール」

私の身体になにか温かいものが流れた。先ほどグウェイン様にしてもらった感覚と似ているのに、もっともっと優しく、まるで春風のようなその力は私の身体を循環すると大気に溶けるように消えた。

その瞬間、今度こそ、あたりが光に包まれた。眩しさに目を眇めながら、太陽草を見ると、枯れ果てた太陽草の隣に、一回り大きな、新しい太陽草が咲いていた。

「新たな太陽草の誕生……！」

誰かが小さくそうつぶやいたのが聞こえた。けれど、ここで止まってはいけない。だって月光草が呼んでいる。何かに操られるように、私は月光草の下へフラフラと歩いて行った。

私が月光草に触れたら、月光草は喜ぶようにさやさやと揺れた。私の体の中の温かい力が月光草に流れていくのを感じた。そのままどのくらい経っただろうか？　月光草に流れて行った力が倍以上の力になって戻って来たことを感じた。力が戻って来た瞬間、体中を駆け巡った。我慢できず、頽れた瞬間、何かがふわりと頭の上に振って来た。膝をついたまま、頭の上に振って来たものを手にする。それは、月光草の花びらだった。驚いて視線をあげた、その先には満開の月光草が咲いていた。

「太陽草と一緒に咲いたら、まずいんじゃないかしら！」

つい、月光草に向かって声をあげた私に後ろからクスクスと笑う声が聞こえた。

「安心してください。ほら、後ろを見てください」

その言葉に従って後ろを見たら、そこには何本かの月光草の木があった。

「この中の何本かは咲いていませんから、太陽草が休むころにはきっと咲いてくれますよ。エヴァンジェリン、お礼を言わせてください。新たな太陽草の誕生をこの目で見ることができるとは思っていませんでした。本当にありがとうございます。貴女のおかげでこの国は救われました」

そう言うと、グウェイン様は私に向かって跪いた。一拍遅れて、デールとオリバーもその隣で一緒に跪く。

「頭をあげてください。私などに頭を下げてはいけません、グウェイン様」

「どうか、グウェインとお呼びください。私たちの救世主に敬称で呼ばれるわけには参りません」

「姫、ありがとうございます。貴女が下さった太陽草、必ず守り通します」

「エヴァ、ありがとう。やっぱり君がこの国を助けてくれる人だったね」

ちっとも頭をあげてくれない三人に困った私は助けを求めてセオを見上げた。セオは呆然としていたようだが、私の視線に気づくと、隣に来て、抱き上げてくれた。

「彼女は疲れています。部屋を貸していただけますか？」

セオの言葉に安心したと同時に、一気に体がだるくなる。瞼が重くなってきて、我慢できず、瞳を閉じた。

救済された世界のその後

ぼんやりと瞳を開けたら、目の前にセオの顔があった。

「大丈夫かい？　どこか痛いところとか、不調を感じるところはないかい？」

セオの優しい言葉に軽く首を振った。

「水でも飲むかい？」

そう言って差し出された水を飲み終えると、セオがグラスを受け取ってくれた。

「あの後、きちんと夜にも月光草が咲いたよ。すごく幻想的でとても奇麗だったよ。君にも見せてあげたかった」

「私……どのくらい寝ていたの？」

「丸一日は寝ていたね……起きないんじゃないかと思って、怖かった……」

そう言うとセオは私を抱きしめた。急なことに驚いたが、セオの身体は小刻みに震えていて、申し訳なく思った。私もセオを抱きしめ返すと、ようやくセオの震えが止まった。

「ごめん……でも、もう少し、このままでいてもいいかい？」

「ええ、もちろん。心配かけたみたいでごめんなさい」

「今は有難いけどさ、君って子は本当に……」

そう言うとセオは私の背に回していた手を離すと、私の頬に触れた。そうしてゆっくりとセオの顔が近づいて来た。いきなりのことに驚いて、けれど瞳を閉じかけた瞬間、大きな音がしてドアが開いた。

「エヴァーー！　起きた？　起きた？」

大きな声と一緒にデールが弾丸のように飛び込んできた。デールはその勢いのまま、私に抱き着く。

「もう大丈夫？　それなら来て、見てみて！　本来の僕たちの国を見て！」

そう言って引っ張っていかれた先には、まばゆい日差しの下、緑色の髪を持つ十五センチほどの小さな妖精たちがたくさん飛んでいた。妖精たちは私の顔を見ると一斉に寄って来た。

「ありがとう、ありがとう！　異郷の友人」

妖精たちは口々に話すと、摘んできた花を私の髪に差した。頬にキスをしてくれる妖精もいて、くすぐったくてたまらず、つい笑ってしまう。

「あぁ、エヴァンジェリン様、目覚められたのですね。よかったです。まだまだ最盛期には程遠いですが、貴女のおかげでこの国は息を吹き返しました。なんとお礼を言って良いことか」

「そのことですが、私がなにかしたわけではありません。あれは太陽草と月光草の意思で、私はただ、導かれただけにすぎません。その証拠に同じことをもう一度してほしいと言われてもできません」

そう、あの時は何かに操られていたのではないかと思っている。だって今思うと私の行動はちょっと常軌を逸していたのだから。

「貴女がそう仰るのなら、それでもかまいません。けれど、これだけは忘れないでください。エヴァンジェリン様、この国の救世主。私たちは貴女に永遠の感謝と親愛を」

そう言うと、グウェイン様は私の足を恭しく持ち、靴を脱がせて、足の指先へキスをした。

「ひゃっ！　グウェイン様、そのようなことをしては……！　どうか、立ち上がってください」

突然のことに驚いて窘めたが、グウェイン様は薄く笑うと、今度は足の甲へ唇を落とす。もう一度やめるように言っても、グウェイン様は私の足首を持ったまま、立ち上がってくれない。正直、足にキスとか勘弁してほしい。色々と気になってしまう。困る私を助けてくれるのは、いつもセオだ。

「さて、私の愛しい人にこれ以上触れられると困りますね、陛下」

セオはそう言って私を抱え上げてくれた。この国に来てからの私は自分の足で歩く時間よりも、セオに抱えあげられている時間の方が長いかもしれない。

けれど、愛しい人って……！　嘘も方便なのだろうが、セオの甘い声でそんなことを言われててしまうと、なんだか本気にしてしまいそうになる。……危険な兆候だ。

「しかし、本当にシェリーちゃんは色々ととんでもないね……。少しの間も目を離していられやしない」

「ごめんなさい。でも、今回のことは私の力じゃないわ。だって、私は何の魔法も使ってないんだもの。なにかに導かれただけにすぎないわ。ほら、私の魔力は規格外なんでしょう？　それを利用されたんじゃないかしら？」

「ふーん、魔力の強さねぇ……。それこそ、王家の血かな？」

「初代国王（オーガスト）の血が濃いとでも言いたいの？　それは殿下で私に流れる血はそんなに濃くは……」

私がそう言った瞬間、喜びに満ちあふれていた妖精たちが固まっていた。目の前のグウェイン様も青くなっている。ぶるぶると震えながら、オリバーが口を開く。

「オーガスト！　あの忌まわしき人の子よ！　我々の仇！　憎き獣！　……姫、どうかその名はこの国ではお口になさいますな。これが姫でなければ、その名を口にしたものを八つに割いても足らぬところです」

「オリバー、落ち着きなさい。エヴァンジェリン様に失礼ですよ。人の子の魔導師は、皆、アレの子孫です。アレを悪く言うのはエヴァンジェリン様をも侮辱することになるでしょう……。皆も、忘れなさい。……申し訳ありませんが、エヴァンジェリン様、どうかアレの名だけはこの国ではお口になさらないでください。このように先祖の罪は子孫の罪と思う、分別のないものが騒いでしまいますから」

いきなりの皆の変化に私もセオも驚いたが、グウェイン様が静かに諭してくれ、少し安堵する。

「はい、申し訳ありません。気を付けます」

「いいえ、どうか、お気になさらずに。ですが、ひとつだけ忠告を。どうか、アレに騙されないでください。アレは神などではない。……恐ろしき、邪神です」

そうポツリと呟いた後、グウェイン様は皆に微笑みかけ、楽しそうな声をあげた。

「さあ、歌い、踊りましょう！　私たちの永遠の友人に感謝の歌と踊りを！」

いきなりのグウェイン様の言葉に私とセオは顔を見合わせる。私を抱くセオの手に力が籠る。

今から入殿に行くのに、なんだか得体のしれない恐怖が足先から這い上がってくるような気がして、不安になる。

「大丈夫だよ、君は俺が守るから」

顔色が悪くなっていたのか、セオがそう言うと、私の額にキスを落とした。

その後、どれだけ歓待を受けても、先ほどの剣幕を思い出すとゆっくりしていく気にはなれなかった。グウェイン様に早く帰りたい旨を告げると、妖精たちは不満を口にした。けれども、先を急ぐ必要があると言ったら、グウェイン様が妖精たちを説得してくれた。

「それではどうか、このペンダントをお持ちください。これは私たちの親愛の証。貴女が困った時、今度は私たちが貴女の力になりましょう」

グウェイン様はそう言って鮮やかな緑の宝石が嵌められたペンダントを私の首から下げた。私がお礼を言うと、グウェイン様は嬉しそうに微笑んだ。

「それから、我々の中でも魔法に長けたものを貴女の下へ送ります。必要な魔法があれば、彼女から聞いてください」

「あの、さすがに派遣していただくと目立つのでは……」

「ふむ、そうですね。では必要になったら、そのペンダントに語りかけてください。それを目印に、すぐに参りますので。それでは、エヴァンジェリン様、セオドア、本当にありがとう。この国はいつでもあなた方を歓迎します。いつでもお越しください。さあ、そのペンダントを掲げてください。そうして『人の世へ』と」

頷いてペンダントに「人の世へ」と呟いた瞬間、またもや世界が回るような感覚がして、気づくと真っ暗な闇の中に私たちは立っていた。

また、違う世界にでも飛ばされたのかと戦々恐々とした私の耳に届いたのは、ファータの声だった。

「エヴァちゃん、小さなハルト様も！　どうしたの？　その恰好！」

「どうしたのって……。レディー、私とシェリーちゃんが消えてからどのくらい経ちましたか？」

「いなくなったって……？　エヴァちゃんがいなくなったってあなたが飛び込んできたのはついさっきだけど……？」

驚いたことに一日以上妖精界にいたというのに、全く時間は経っていなかった。私とセオは目を見合わせると、笑った。

「うん、きちんと魔力の循環ができているね。今日から防御魔法の練習をしてみよう」

二日ほどプリフェヴィーラの宿でゆっくりした後、私たちは大神殿に向かって出発した。以前のように馬車の中で、魔法の練習を始めたが、今までが嘘だったかのようにスムーズだった。もちろん、お膝の上は卒業だ！

魔力を感じるために、とんでもない事態に巻き込まれたが、結果私が魔法を使えるようになったのだから、怪我の功名だろう。優秀な先生もそばにいてくれるし、私の未来は、多分明るい。

「とりあえず俺が防御魔法を張ってみるから、触ってみて」

セオが防御魔法を張ったらしいので彼に触れようとしたら、彼の身体から十センチほど離れたところで手が進めなくなった。硬い透明な壁のようなものが彼の周りにある。そのまま壁に沿ってぺたぺたと触ってみると卵型の楕円形をしているようだった。

「これを大きくすると何人かが入れる」

そうセオが言うと、何かが私の身体を通り過ぎたような感覚がした。もう一度セオに手を伸ばすと、今度は問題なく触れた。そしてセオがいる方向と逆の方向に手を伸ばすと、硬い壁のようなものがあった。

「今は私も防御魔法の中に入れてくれているのね？」

「そういうこと。こうして俺が何度かお手本を見せるから、最初はこれをイメージしてみると良いんじゃないかな」

「つまり、こうね？」

透明な壁で何も入れないように囲えば良いのだろう。よくあるメジャーなタイプの魔法だ。色々なゲームやアニメで見たことがある。今度は簡単に展開できた。ただ、不思議なことに魔法を展開した時も、展開している今も、なんだか身体が温かい。

「え？　シェリーちゃん？　嘘だろ、こんな簡単に会得されてたまるかよ」

ぶつぶつ言うセオを尻目に私は考える。これって私の身体にぴったり沿って展開すれば、防御魔法越しに男性を触れるんじゃないだろうか。身体に沿うように防御魔法を展開する。うまく展開できたようだが、やはり、身体が温かい。

以前セオは『炎魔法とか水魔法とかじゃない限り、魔法に温度はない』と言っていたが、どうにもおかしい気がする。もしかして私が展開している防御魔法にも温度があるのだろうか。迷った私は隣に座っているセオの手をぎゅっと握る。

「私の手を触ってみて、どう思う？」

「は？　え？　あ、いや。小さいというか、可愛いというか……あ、奇麗に手入れしているね？」

なんだろう、セオがちょっとおかしい。防御魔法をすぐに発動させたことが悪かったのだろうか。なんだか引かれている気がする。

「私の手、温かい？」

「うん、あったかいし、小さいよ。爪も奇麗なピンク色だし……」

やはり、防御魔法にも温度があるということだろうか？　先ほど触らせてもらったセオの防御魔法には温度が無かった。それなのに、私の魔法には温度がある。これは異常事態ではないだろうか……。

「あのね、セオ。私、今防御魔法を身体にぴったり沿うように張っているの。それなのに、私の手が温かく感じるのは、おかしくないかしら？」

私がそう言うとセオは真剣な顔をして私の手を再度握った。

「防御魔法を張っている？　言われてみると、確かに硬い。でも、君が言うように温かいね……なにか、身体に違和感は？」

「なんだか、身体が温かいの。太陽草や月光草に触った時みたいに」

「それは、おかしいね。今日は宿に泊まる予定だから、宿に着いたら妖精たちに聞いた方が良いかもしれない」

「妖精たちに？」

「ああ、ペンダントに話しかけたら魔法に精通している妖精を派遣してくれるって言っていただろう？　早めに対処した方が良い。それから、原因がわかるまで魔法は使わないように。もしかしたら、取り返しのつかない事態になるかもしれないからね」

セオの言葉に頷き、魔法を解除した。そうすると、先ほどまで感じた温もりはゆっくりと引いて行った。その後は、セオはずっと難しい顔をしていた。

それから程なくして馬車が止まった。どうやら今日の宿についたようだ。馬車から降りると不思議な感覚が私の身体を駆け巡った。

「シェリーちゃん！」

思わず立ち止まった私に向かって大きな声を上げると私を抱き上げた。セオは再度私を馬車に乗せると、護衛さんたちに、すぐに受付をして部屋を用意するように指示した。

「セオ、ごめんなさい。ちょっと違和感があっただけで、大丈夫よ」

「君の立っていたところを見てごらん。なにか、気づかないか？」

セオに言われて開いた扉から外を見たら、先ほどまで私が立っていたあたりには、なぜか草が生い茂り、花が咲いていた。宿屋の前は舗装されてはいないので、地面は土だったが、先ほどまであんな草は生えていなかった気がする。

「ここにいて。いいね？」

そう言って馬車から降りるとセオはそこに生えていた草を引き抜いた。そして馬車に戻ってくると、抜いた草を馬車の中にあった袋に入れた。袋の口を縛ったころに、護衛さんたちが部屋の準備ができたと知らせに来てくれた。セオは頷くと私に草が入った袋を「持っていて」と渡してきた。私が袋を抱えると、セオは袋を抱えた私を抱き上げた。

「あの、私、自分で歩けるわ」

「うん、あとできちんと説明するから、このままで」

セオは私を抱えたまま、部屋に入ると、私をソファーの上に降ろした。それから、なんだかニヤニヤ笑っている護衛さんたちを部屋から追い出して、鍵をかけた。

「シェリーちゃん……。君が地面に降りた瞬間、君の足元から植物が生えて、とんでもない早さで成長していったんだ。その瞬間は見られてはないとは思うけれど……。なにか、魔法を使った？」

セオの口から出た言葉はとてもではないが、信じられないものだった。ああ、だからセオは私を抱きかかえていたのか。けれど、なんだかどんどん人間離れしていっているような気がする。転生チート、イェーイ！　なんて言っている場合ではない。地面に降りるたびにそんな事態が起ころうものなら、日常生活すら営めないだろう。

「何もしてないわ。ただ、馬車を降りた瞬間、なにか違和感があったけれど」

「うん、わかった。やっぱり妖精たちに相談しよう。ペンダントに話しかけてくれるかい？」

私は頷いてペンダントに話しかけようとしたが……なんて話しかければいいか、少し迷う。無難に「相談があるのですけれど」と言った瞬間、光が弾けた。

目をシパシパさせながら、開いた目の前には緑の髪の十五センチほどの可愛い女の子とグウェイン様がいた。

「エヴァンジェリン様、お呼びと伺い、参上いたしました。なにかございましたでしょうか？」

グウェイン様と女の子は膝をつくと、私に聞いて来た。

「早速頼ってしまい、申し訳ありません。でも、グウェイン様自らお越しくださるとは……」

「貴女様のお呼びならいつでも参ります。それにご相談と伺いましたから、私の方が適していると思いまして」

「嘘でしょう、王様ったら。エヴァンジェリン様にお会いしたかっただけでしょう？」

グウェイン様の隣で女の子はきゃらきゃらと笑う。

「余計なことは言わないように」

「はーい。ねえ、王様、早く私のことをエヴァンジェリン様に紹介してよ」

「エヴァンジェリン様、こちらはヘーゼル。我が国で一番の魔法使いです」

女の子はグウェイン様の言葉に胸を張る。その仕草は小さい子供のようで、可愛い。

「はじめまして、エヴァンジェリン様。私のことはヘーゼルって呼んでね。王様に次ぐ実力者で、王様よりもたくさんの魔法を知っているの。きっとお役に立つから仲良くしてね」

「ありがとう、ヘーゼル。私のことはエヴァと呼んでくれるかしら？」

「わかったわ、エヴァね。それで、エヴァ、今日はなにが知りたいの？　さあ、言って。きっと役に立つから！」

ヘーゼルはそう言って私の周りを飛び回る。

「実は今日魔法を使ってみたんだけれど、そうしたら、身体と発動した魔法が温かくて……」

「それから、シェリーちゃんが立った場所から草が生えてきた。なにが起こっているんだろうか。このままじゃとてもじゃないが日常生活が送れない」

私の言葉にセオが補足する。私たちの言葉にヘーゼルは「ううん？」と唸る。

「何の魔法を使ったの？　火の魔法？」

「いいえ、防御魔法よ」

「そうなんだ……。それに草木を活性化させたの？　そんな魔法は私たちでも使えないよ。それこそ、エルモア様くらいしか……その草の生えた場所ってどこ？」

「草が生えたのは宿屋の前だ。ほかの人間にバレたら面倒なことになるから、草は抜いて来ている。これがそうだよ」

そう言ってセオは先ほど草を入れた袋をヘーゼルとグウェイン様に差し出した。二人は袋を覗き込むと気持ちよさげに目を細めた。

「太陽草の気配ですね」

「うん、太陽草の匂いがするね。ねえ、エヴァ、これちょうだい。とっても心地が良いんだもの」

「あげるのは構わないけれど……。太陽草の気配って」

「あったかーい、気持ちがいい匂い。とってもいい匂い。ありがとう、エヴァ」

袋の中から花を取り出すと、その花を握ってすごい速さでヘーゼルは室内を飛び回る。そんなヘーゼルを、グウェイン様は少し乱暴な手つきで捕まえた。

「……少し、思い当たることがあります。エヴァンジェリン様、その防御魔法を使っていただけますか？」

私は頷いて、思い出しながら防御魔法を展開する。きちんと発動できて、身体が温かくなる。防御魔法を展開した私をグウェイン様とヘーゼルはまじまじと見た後に、頷いた。

「エヴァンジェリン様、貴女様から太陽草の気配がします。恐らく、太陽草が貴女様に力を貸しているんだと思います。推測ですが、太陽草と貴女は繋がっているのではないでしょうか。貴女様が魔法を使うたびに太陽草が力を貸し、それに反応して植物が茂るのでしょう。太陽草は私達妖精や植物たちに力を分け与えてくれる存在ですから」

「それは……私に何かあったら太陽草にも差し障りがあるということですか？」

「いいえ、貴女様は太陽草に新たな名前を付けてくださったでしょう？　名前が違うということは別の存在ということです。ですから、そのことについては問題ないでしょう。恐らく、太陽草はエヴァンジェリン様のことが好きなのでしょう。だから、自分のできることは何でもしてあげたいのではないでしょうか」

「それは美談かもしれませんが……このままだとシェリーちゃんは遠からず実験動物になります。なんとかならないものでしょうか？」

「簡単な話じゃない！　エヴァも私たちの国で暮らせばいいのよ」

「ああ、それはいい考えですね。我が国であれば、植物が育つのは歓迎されるでしょうしね」

なんだかとんでもないことになっているようだ。確かに魔法を使うたびに植物を茂らせると、とんでもなく目立つ。だからと言って魔法を使わないなんて選択肢はない。だって入殿する以外に私が生きていく術はない。

それに、妖精界に行くことも考えられない。妖精界に行ったらシナリオから逃げられるかもしれないけれど、憎悪の瞳で見られた後では躊躇してしまう。私の曾祖母は王家から降嫁してきた姫だったから、割と王家とは血が近い。オーガストと血が近いことが知られたら、何をされるか分かったものではない。新たな破滅フラグの可能性だってあると思う。

「ええと……妖精界は人間が足を踏み入れるところではないと聞きました。それならば、ただ人である私が住んではいけないと思うのですけれど……」

「妖精界の救世主である貴女様を拒む妖精なんかいません。それに貴女様は我々に近しい存在ではありませんか」

「あなた方に近しい存在……？　私が、ですか？　私は一介の貴族の娘に過ぎません。実の父母も貴族で――人間でした」

「血筋ではありません。なんというべきか……在り方が、我々に近いのです」

グウェイン様の言葉に息を呑む。私が妖精に近い存在と言うが、なぜだろう？　私が転生者だからだろうか……？　前世では三十を過ぎても未経験であればクラスチェンジができると専らの噂だったし――確かに私は未経験だった――けれど、それは関係ないと思う。

「けれど、私は人なのです。人として生きていきたいと思います」

私の言葉にグウェイン様とヘーゼルは残念そうにため息をついた。セオだけが難しい顔をしたままだ。もしかして、私のことが不気味になったのだろうか？　セオに嫌われてしまったのかもしれない。セオが何を思っているのか聞いてみたいのに、肯定されたら、と思うと怖くて言葉が紡げない。

「彼女を妖精界に渡すつもりはありません。なにか方法はないんですか？」

俯く私の頭の上からセオの言葉が降って来る。驚いて見上げた私に向かってセオは優しく微笑んだ。

「そうですね……ひとつだけ思いつく方法があります。月光草の力を借りるのです。月光草は太陽草の力を受け取って花を咲かせるのです。つまり、太陽草の力を吸収する力があるということです。

月光草から作ったものを身につければ、あるいは」

「けれど、それは諸刃の剣じゃないでしょうか？　シェリーちゃんの力を制限するということでしょう？」

「ええ、そうです。けれども、エヴァンジェリン様ほどの力をお持ちでしたら、特に問題はないと思います」

「セオ、心配してくれてありがとう。でも、このまま魔法を使うたびに植物が生えられたら、困るもの。だから、方法があるのなら、試してみたいです。月光草を少しいただくことはできますか？」

「ええ、もちろん。どうかお持ちください。ただ……」

私が聞くとグウェイン様は快諾してくれたが、その後に言葉を濁す。

「ただ……なんですか？」

「十二時間後に散ってしまった花びらは力を使い切っているので、何の力もありません。ですから、枯れる前に素材を取る必要がありますが……太陽草も月光草も、我々には傷つけることができません。素材をとる技術がないのです。ですので、エヴァンジェリン様に再度お越しいただくことになります」

つまり、再度プリフェヴィーラに戻らなくてはいけないということだろう。恐る恐る見上げたセオは渋い顔をしたまま、頷いた。

「背に腹は代えられないからね。仕方が無い。プリフェヴィーラまで戻ろうか」

「え？　今から行けばいいんじゃないの？　そのペンダントに願ったら、どこにいても妖精界に行けるもの」

プリフェヴィーラまで戻らなくてはいけないと思っていたから、ヘーゼルの言葉に驚く。そんなに貴重なものを貰っていたのか……！　さすがにこれは返さなきゃいけないのではないだろうか。

「あの、グウェイン様……。そんな貴重なペンダントをいただくわけには……」

「いいえ、どうかこのままお持ちください。そのペンダントは誰にでも使える物ではありませんから、悪用されることはありません。何よりも、貴女様に危機が迫った時に緊急避難ができるお守りにもなるでしょう」

お守りを返そうとしたけれど、拒否されてしまった。けれどもこんな貴重なものをただで貰うのは気が引けてしまう。

「シェリーちゃん、貰っておくといい。君が妖精界に行かなかったら、そのペンダントも何の意味も無くなっただろうから。それに、君がハルトになるなら、贈られたものは笑顔で受け取れるようにした方が良いよ……もちろん下心のある男性からの贈り物は断るべきだけどね」

助けを求めて見上げたセオは、珍しく何の助けにもならなかった。私が渋々頷くと何故か三人とも嬉しそうに笑った。

「さあ、行きましょう。ペンダントに『妖精界へ』と言ってください」

ペンダントに願うと、また世界が回るような感覚がして、私は再び妖精界の地を踏んでいた。私たちが現れた場所は城の中庭で、目の前には月光草が揺れていた。

「おあつらえ向きの場所だね。しかもそろそろ太陽草が枯れそうだ。さて、それで？　妖精界まで来たけれど、どうしたら良いんでしょう、陛下」

「月光草が満開の時に、時折散る花びらを集めましょうか？　妖精たちに頼めばそこまで難しいことではないとは……」

気が遠くなりそうなグウェイン様の言葉に目眩がする。妖精界にいる間は時間が経過しないとはいえ、どのくらい時間がかかるのだろうか？　とはいえ、ほかに方法はないだろう。花びらを拾うべく、月光草に近づくと、目の前の月光草がゆらりと揺れた。ゆらゆらと揺れる月光草は淡く輝いて、その光は収縮すると、私の右手の薬指に集まった。この間からこんなことばかりだ。心臓に悪いし、目だって痛いので、そろそろこの展開はやめてほしいものだ。光が収まると、案の定私の手には、月光草の花の――つまり桜の花の――意匠の指輪が嵌まっていた。

「解決ですね！」

もう、これ以上称賛されるのも――グウェイン様は下手をしたら私を褒め殺し続けるのだ――私の特異性を語られるのも嫌だし、何よりもセオに見放されたくない私はその一言で全てを終わらせることにした。三人はもの言いたげに私の顔を見たけれど、私の気持ちを汲んでくれたのか、何も言わなかった。

大神殿と神官と令嬢

月光草の指輪は、私たちの思惑通り、太陽草の力を吸収してくれた。おかげで私は何の憂いもなく、魔法を使えるようになった。とはいえ、魔法の勉強を始めたばかりの私は、百パーセント魔法が発動できるわけではなかった。三割の確率で失敗してしまう。

「練習あるのみだね。慣れれば、百パーセントの確率で発動できるよ」

落ち込む私にセオは苦笑しながら慰めてくれた。正直、最近の私は自分でもどうかと思うほど人間離れしてきているのに、態度を変えないセオはすごい。本気で尊敬してしまう。

しかし、防御魔法を展開してみて気になることがひとつ。そう、強度だ。私の張った防御魔法はどれくらいの攻撃なら防げるのだろうか？　外部から攻撃を受ける度胸はまだない。そう、まずは自分で自分を攻撃したい。それならば、防御魔法が薄っぺらくてもそんなに大怪我はしないだろう。

なにか刃物とか鈍器とかないだろうかとは思うが、ここは馬車の中だから、目につくところにはない。

「ねぇ、セオ。何か刃物とか持ってないかしら？」

「刃物？　何に使うの？　悪い予感しかしないんだけれど……」

「防御魔法の強度を確かめたいから、自分を斬りつけてみようかと思って！」

「君のそのいらないまでの行動力が怖いよ。なに、その思い切りの良さ。もう少し俺の心臓に優しい方法を学んでくれないかな？」

「じゃあ、セオ、私を殴ってくれる？」

「却下。あのね、シェリーちゃん……」

私の実験方法をことごとく否定されて困ってしまう。さて、セオの心に優しい確認方法って何があるだろう？　さすがに壁に体当たりとか、傍から見ると異常者認定間違いなしの行動はとりたくない。

「シェリーちゃん？　聞いているかい？」

色々と考えていた私の耳にセオの声が飛び込んできた。驚いて顔を上げると、私の顔を覗き込んでいたセオと目が合った。距離が近すぎて、思わず息を呑む。

「え？　なに？」

「君、俺の話を全く聞いてなかったね。この間から思っていたけれど、集中したり考え事したりしたら、自分の世界に入り込む性質だね？　本当に殿下はよくもまあ、我慢したもんだよ。そこだけは称賛に値するね。シェリーちゃん、いいかい？　分かっているとは思うけれど、生返事だけはしないように。君の身体にも、魔法的にも危険なことになりかねないからね」

「はい、ごめんなさい。ちゃんと聞いてなかった時はそう言うし、聞き返すことにするね。……今の話は聞いてなかったわ。もう一度言ってくれる？」

素直に謝るとセオは困ったように笑う。

「しかし、大神殿に向かってからこっち、ずっと君を見ていたけれど……」

なんだか不穏な話の流れになりそうで、ドキリとしてしまう。王都を立ってからこっち、変なトラブルを起こしっぱなしだし、セオには迷惑をかけ通しだ。弟子入りの話は無かったことにしようと言われても文句は言えない。固唾を呑んでセオの次の言葉を待つ。

「殿下の婚約者でいるときは本当に頑張って猫をかぶっていたね？　婚約を解消して正解だよ」

続いた言葉は私が想像していたものとは全く違った。ほっとしてセオの顔を見ると、とても優しい瞳で私を見ていた。なんだか、泣きそうになる。それをごまかすべく軽い口調で返した。

「貴族なんて足の引っ張り合いが趣味なんだもの。とりあえず見えた足を引っ張るのは礼儀だと思っているような人がいるところで猫をかぶらない人間はただの馬鹿だと思うわ。……でも、婚約解消は正解だと私も思うわ。セオはご令嬢に対する夢が壊れたかしら？」

「いや、君以外の女性はどうでも良いんだけれどね」

「もう、すぐにそんな軽口を叩くんだから。それってセオの悪い癖よね」

「悪い癖、ね。自業自得なんだろうけど、俺の言うことを右から左に流されるのは切ないね。でも、一緒に旅をしていて思ったんだけれど、シェリーちゃんがシェリーちゃんでよかったよ。公爵家のお姫様なんて俺の手には余るかもしれないと思ったことがあったけれど、杞憂だったね。君と一緒にいるとホッとするし、楽しいよ」

そう言ってセオは私の手を優しく握ってくれた。セオの言葉が、握ってくれた手が、嬉しくて、胸の奥がきゅっとする。

「私もセオといると安心するわ。……本当に、いつもありがとう。でも、急にどうしたの？」

「うん、大神殿に着く前にきちんと伝えておきたかったんだ。これからも俺と一緒にいてほしいし、色々とお礼を言いたかったからね」

「お礼を言うのは私の方よ。セオがいてくれるから、色々と乗り越えられたんだもの。私はあなたに迷惑をかけ通しだけれど、セオさえよければ、大神殿についてからもよろしくね」

私はセオの手を握り返して笑った。

それからの大神殿までの道のりはとても順調だった。私は防御魔法や回復魔法の練習をした。おかげで成功率は七割から八割まであがった。

道中、防御魔法の実験として、思いっきり転んでみたり、ちょっと高いところから——と言っても一メートルに満たない高さだ——飛び降りてみたりした。その都度、セオは真っ青な顔で飛んできた。そうして怪我をしていないか確認しながら「君からは目を離さないようにするよ」とため息をついた。ちょっと過保護が過ぎると思うのだが……。

そりゃあ、ちょっとばかりお転婆かもしれないが、発見だってあったのだ。防御魔法をかけていたら転んでも土がつかないことを興奮交じりに伝えたが「そうか、それは良かったね」と興味なさげに呟いただけだった。……雨の日などにも重宝できそうで、大発見だと思うのだけれども……。

それから一週間後、私たちは大神殿に、無事、到着した。ジェイドの妨害が入るかもしれないと思っていたが、結局、彼からの接触は何もなかった。安心したのか、がっかりしたのか、よくわからない気持ちを抱えたまま、私は大神殿の前に立っていた。

クライオス王国は割と大きな国なので、それに比例するように王宮は立派だった。けれど大神殿は王宮よりも、大きく、古いけれど荘厳な雰囲気に呑まれてしまいそうになる。美しい建物だけれど、なんだろう、違和感を覚える。

すごい敵意に晒されている気がするのだ。こう見えてお妃教育に何年かだけでも王宮（毒蛇の巣）へ通った身である。自分の身に向ける害意は敏感に感じる。

「ねぇ、セオ。何か感じない?」

「そうだね、大神殿はいつもこんな雰囲気だよ」

セオは気づいていないのか、それとも私が気にしすぎているのか、もしくは、セオが私を騙して連れてきたのか……。いや、それはないだろう。セオはいつもすごく親切で誠実だ。王都でも大神殿に着くまでの道のりでも、ずっと私を守ってくれた。そんなセオが私を騙すことはないと思う。というか彼にまで騙されていたら、私はもう何を信じていいかわからなくなりそうだ。

「これから大神官様に会いにいくよ、アポはもう取ってあるから大丈夫だよ。手順は簡単だ。大神官様の前で水晶に手を当てて『光よ』と唱えるだけ。くれぐれも、それ以外については口にしないこと。あとは大神官様のお言葉に『はい、誓います』というだけだよ。そうしたら、これが胸に浮かぶから」

そう言ってセオはトントンと親指で自分の左胸を叩いた。誓約の印が刻印されるということだろう。私に手早く説明をすると、セオはまっすぐ神殿の中へ入って行く。遅れないように私も続いた。

「新しいハルト候補者を連れてきた、私の弟子にしようと思っている。大神官様に取り次いでほしい」

神殿の中に入ると、受付のようなところでセオがそう告げると、相手は頭を下げて後ろに下がる。

やはり、間違いない。ものすごい敵意を感じる。特に「ハルトの候補者」とセオが口にした瞬間からこちらへ向ける敵意が増した気がする。私はそっと体の周りに防御魔法を展開し、身体に密着させる。セオの周りにもこっそりと張っておいた。だって、この敵意の強さは只事ではないと思うのだ。奥からとんでもない魔物が出てきても私は驚かないと思う。

受付の人は戻ってくると私とセオを奥の部屋へと案内してくれた。そちらは敵意を発する何かがいる方なので行きたくない。行きたくはないが、セオを一人で行かせるわけにはいかないので渋々ついていく。

ついていった先には、一見柔和そうなお爺ちゃんと、セオが私の属性を調べた時に使ったものを何倍も大きくした水晶があった。

「大神官様、彼女がエヴァンジェリンです。強い光の力を感じましたので、連れて参りました。大神官様より祝福をいただければ、このまま私の弟子といたします」

セオの言葉に大神官様と呼ばれた老年の男性は頷く。だんだん吐き気がするほど、気分が悪くなる。なんでセオは平気そうな顔をしているのだろう。気持ちが悪い。

「うむ、印を見せよ」

大神官様がそう言って水晶を指さす。気持ちが悪いと思うが、動けないほどではない。何というか、バス酔いしているような感じだ。

私は震える足でなんとか水晶の前に行く。そして水晶に触って「光よ」と唱えた。その瞬間、セオの部屋で起こった時と同じようにものすごい光が水晶から発されて、その後水晶は割れてしまった。

「セオドアよ、これはまたとんでもない逸材を見つけてきたものだ。エヴァンジェリンといったか？　素晴らしい素質だ。そなたにハルトの名を与える。今後はハルトを名乗って生きるが良い。神殿に対する忠誠の誓いを。ここに跪きなさい」

私は大神官様の言葉に従い、跪く。大神官様は私の額に手を置き、誓約の言葉を口にする。

「これ以降神殿の命に違わず、神殿に尽くし、神殿の意に沿わぬことをせぬよう、誓うか？」

「はい、誓います」

私がそう言った瞬間、大神官様の手から何か呪いのようなものが私の身体に入ってきそうになったが、それは音も立てず、霧散した。私が防御魔法を張ったままだからだろうか。しまった、バレたかなとちらりと大神官様を見るが満足そうに笑っているので、恐らく気づいていないようだ。正直に話すべきかどうか迷ったけれど、なぜ防御魔法を展開していたのかを聞かれたら言い訳ができない。とりあえずは黙っていることにする。

そして不思議なことに、大神官が私に刻印を授けたと思われた瞬間、先ほどまでこちらに向けられていた焼けつくような敵意は無くなっていた。何だったのだろうか、緊張していた、では済まされないほどの敵意だったのだ。後でゆっくりセオに聞いてみたほうがいいかもしれない。

「さて、エヴァンジェリン・ハルトよ。今後はどうする予定かな？」

「セオドア様を師と仰いで研鑽を積みたいと思います」

「うむ、許す。ただし、そなたに伝えることがある。ひとつ、決して無償で治癒や防御などの魔法を使ってはならぬ。きちんと対価を得、さらに神殿に許可を取ってからでないとその力の行使は許さぬ。ふたつ、そなたが得た報酬は全て一度神殿に納めよ。その後神殿から働きに見合うものをそなたに与える。みっつ、これからそなたは神殿の序列の一位としての地位が授けられる。そなたが子作りを許される相手は神殿に所属する二位以上の者のみで、それ以外との性交は一切禁ずる。よっつ、この世には悪魔がいる。悪魔を見つけ次第、捕らえ、神殿に連れてこよ。決して自らで悪魔を殺すことは罷りならん。よいか？」

「かしこまりました。けれど、私はずっとハーヴェー教の敬虔なる信徒として生きて参りましたが、悪魔については今初めて伺いました。背教者ではなく、悪魔ですか？　それはどのようなものでしょうか？」

初めて聞いた悪魔という言葉に違和感を覚えて問うと、大神官様は重々しく頷いた。

「うむ。悪魔とは、魔族と呼ばれる種族と異世界から来たという種族である」

大神官様の言葉に私は驚く。魔族が何なのかは分からないが、『異世界から来た』というのは私も当てはまるのではないだろうか？　疑問を解消すべく大神官様に重ねて問う。声が震えていないか、心配になるが、今ここで情報を集めておかないと後々後悔することになりそうだ。

「魔族とは、魔物とは違うのでしょうか？　フェンリルやコカトリスなど、魔物と呼ばれるものがいることは存じておりますが『魔族』については寡聞にして聞いたことがございません」

「哺乳類から人が生まれたように魔物から人間に似た種類のものが生まれておる。それが魔族だ」

つまり、収斂進化の結果、魔族にも人間と同じ見た目の種族が生まれたと言うことだろうか？

「異世界から来たものとは、何でしょうか？　それはどんな形をしているものでしょうか？」

「異世界から来たものとは、ここではない世界から来た人間を指す。以前来たものはチキウのニホとかいうところから来たとか言っておったな。この世界の秩序を乱す存在である」

聞けば聞くほど異世界人とやらは私にも当てはまりそうだ。チキウのニホとは地球から来た日本人のことだろう。どうやら私の他にも日本出身の人がこの世界にいたようだ。私のように異世界転生か、異世界転移かは分からないが……。

「どのようにして、見分ければ良いのでしょうか？　彼らには何か特徴があるのでしょうか？」

「魔族も異世界人も見た目は我らと一切変わらぬ。魔族に関してはそれに加えて高い運動能力を持っておる。異世界人に関してはこの世界にないものを作り出そうとする人間が怪しい。以前来たものは石鹸とやらを作ろうとしたり、奇抜な料理を作ろうとしたりしていた。この世界にないものを作ろうとする人間はまず疑ってよかろう。また、奇抜な格好をしているものもいる」

「見分け方はどうすればよいのでしょうか？」

「怪しいというものは全て連れてくるが良い。先程、そなたに刻印を与えたが、万が一悪魔であれば、刻印を与えれば、魔族であれば金色に、異世界人であれば七色に、身体が光るのですぐにわかる」

危なかった。大神官様の話通りであれば、恐らく私は異世界人としてジャッジされただろう。つまり、私が大神官様の魔法を無効化できなかったら私は悪魔として裁かれていたのかもしれない。破滅フラグを乗り越えたと思いきや、今度はとんでもない死亡フラグに足を踏み入れたようだ。地獄の一丁目から逃れたと思っていたが、どうやら二丁目に来てしまっただけのようだった。

絶対に私が異世界人とバレてはいけない。

もしバレたら、セオは私を大神殿に突き出すだろうか？　いや、今刻印を無事授かったことになっているので、もう大丈夫なのだろうか？

そもそも、セオは私を本当に弟子にするためだけに連れてきたのか？　私はどこかで異世界人であることを悟られるような発言をして彼に疑われていたのではないだろうか？　いや、違う……違うと思いたい。彼のあの献身的なまでの優しさが、ただ悪魔を見つけるためのもののはずがないと思う。

今まで以上に注意を払わなくてはいけない。決して誰にも左胸をみられないようにしないとならない。刻印がないことに気づかれたら、どんなことになるか……。

最悪私は処刑されて終わりだとしても、弟子が悪魔であったことで師匠たるセオが一緒に処刑されることだけはあってはならないのだ。それに子爵家にも何か影響があるかもしれない。

セオにはジェイドのことでも道中でも、散々お世話になった。今も私を導こうとしてくれている。そんな彼に恩を仇で返すわけにはいかない。いよいよになったら自害してでも、彼と子爵家だけは守らなくてはなるまい。

今まで優しそうに見えていた大神官がとんでもない化け物のように見えて思わず私は生唾を飲み込んだ。

書き下ろし番外編

セオドアという男

「やあ、優しい歌だね」

お腹の子に聞かせるための子守唄を口ずさんでいる私の背後から涼やかな声がした。振り向くと、そこには案の定、無駄に色気を振りまく弟分が大量にレモンが入った袋を抱えて立っていた。

「昔、母が歌ってくれていた子守唄よ。……今までずっと忘れていたんだけれど、この子が来てくれてから思い出したの」

「へぇ？　そんなものなんだね。私も昔は母に歌ってもらったはずだけど……ちっとも覚えてないし、バーバラと違って思い出すことも無さそうだ」

表情も声音も穏やかなのに、私のお腹を見るセオドアの目はどこか暗い。子供が嫌いなはずはないのに、私の妊娠が発覚した後は、私とお腹の子に、憐れむような目を向けている。最近では私のことを避けているような節もあった。だから、彼がこうして私の前に現れるのはちょっと意外だ。

セオドアは手に持っていた大量のレモンをテーブルの上に置くと、もの言いたげに私を見つめる。

「それで？　あなたがわざわざ私に会いに来るなんて珍しいこともあるものね。何か用かしら？」

「ああ、今日はバーバラにお願いがあって来たんだ」

「お願い？　あなたが私に？　どういった風の吹き回しかしらね？　いったい何をお願いするつもりかしら？」

私の、少し年の離れた友人の弟子であるセオドアとは、彼女が居なくなった後も付き合いがある。同じ王宮神殿に所属しているということもあるけれど、幼いころから知っているセオドアはまるで弟のようで、かわいいと思っている。セオドアは私のことを姉とは思っていないようだけれど……。

まあ、それでもいい。私が好きで構っているだけだから、彼からも同じほどの情を返してほしいとは思っていない。

ただ、変なところで自分を責めるところがあるセオドアが、もっと自由に生きられたら良いのに……とは思ってしまうけれど。本当に彼女は早くいなくなりすぎだ。この子には未だ彼女の手が必要だったというのに……。

「実は大神殿に連れて行こうと思っている子がいてね。その子の両親の保護をお願いしたいんだ」

セオドアは小さく息をつくと、決心したような顔で一気に言うと頭を下げた。にょきにょきと背が伸びたせいで見えなくなっていたセオドアのつむじが久しぶりに見えて思わずつつきたくなる。昔はあんなに小さかったのに、大きくなったものだと思うとなんとも感慨深い。でも、他人行儀な感じが少しだけ癪に障る。

「大神殿に連れていきたい子、ねえ。誕生祭が間近に迫ったこの時期に？」

私の言葉に頭を上げたセオドアの顔には、深い笑みが浮かんでいる。これはこの子が、何か隠していることがある時に見せる表情だということを、私は知っている。何を隠していることやら。多分聞いても答えないだろう。基本的に私はセオドアの味方で、彼の不利益になるようなことはするつもりはない。だから、隠し事なんてしないでほしいのだけど……。

誕生祭はハーヴェーの現身であるオーガストの生誕を祝う日で、この日は国を挙げての大祭だ。大神殿に来てくれた人間は無料で、治癒魔法を受けられる。とはいえ、ハルトの人数も、私たちの魔力も限られているから、本当に無料で回復魔法を受けられる人間はそんなに多くない。けれど、あまりに少ないと大神殿の面目が立たないから、誕生祭の時はよほどのことがない限り、各地に散っているハルトたちが大神殿に集まる。特にセオドアは魔力量も多ければ、治癒魔法の腕だって卓越している。その上、解毒もできる彼は大祭では引っ張りだこだ。恐らく、私が十人いるよりもセオドアが一人いた方が、よっぽど役に立つだろう。下手したらそれ以上の可能性もある。それほど、私の弟分は有能だ。

大神殿に帰還した私たちは、とにかく忙しい。色々と諸手続きをしなければいけないし、誕生祭の準備だって必要だ。そんな時期にわざわざ、大神殿に連れて行くなんて無謀としか思えない。

まあ、確かに最近の王家の動きは少々どころでなく、不審なところがあるし、何よりも恋敵のそばに少女を置いておきたくはないのはわかる。でも誕生祭の前後のハルトは本当に尋常ではないほどの忙しさなのだ。今の時期に神殿に連れて行っても、一人にせざるを得ないだろう。そうすると、少々問題が生じるのだ。……神殿は圧倒的に女性が少ない。つまり、狼の巣だ。

セオドアが連れていきたい子はともかく奇麗な子らしい。そんなところで、見目麗しい、箱入りの貴族の令嬢を放置しようものなら、何が起きるかは火を見るよりは明らかだ。

「ああ、ちょっと事情のある子だから、早めに入殿したほうが良いと思ってね。その事情のせいで彼女の両親がちょっと暴走しそうだから、バーバラにフォローを頼みたいんだ」

『事情のある子』ねえ……単刀直入に王太子の婚約者に惚れたから連れ去りたいとでも言えばいいのに！　私が何も知らないとでも思っているのだろうか。頼ってくれるのは嬉しいけれども、最後のラインは守ろうとするなんてちょっと不義理ではないだろうか。そんなに私が信用できないのだろうか？　そう思うと、つい非難めいたことを口にしてしまう。

「事情のある子、ねえ……。王太子の婚約者をかっさらっていくのに、私には何の情報も寄越さないつもりなの？」

「相変わらず、情報が早いね。さすが、貴婦人たちの救世主」

「あら、貴婦人方から聞かなくても、最近のあなたの行動を見ていたらわかるじゃない。用もないのに王宮をうろついていたでしょう？　それに、いつもなら絶対に行かない夜会に、わざわざおめかししていそいそと出かけて行って、しかもその夜の帰りは遅かったわよね？　更に次の日は王太子の婚約者が人目を憚らず王宮神殿に飛び込んできたのよ？　その後は婚約者殿のお家に入り浸り……それなのに『なにもない』なんて言っても、誰が信用すると思うの？」

「まあ、確かに。順調に外堀は埋まっているような感じだね。そんなに噂になっているのかい？」

セオドアはどこか危険な光を宿した瞳で艶やかに笑った。あまりの妖艶さに思わず呻き声が漏れてしまう。私が相手じゃなかったら、絶対に勘違いされているに違いない。余計な女が寄って来て困るなんて時折愚痴っているけれど、自業自得なところも多分にあると思う。

とはいえ、セオドアの『女が寄って来て困る』という言葉は本心じゃないだろう。だって、今は『余計な女』でも、いつ、なんの役に立つか分からないとセオドアは思っているはずだ。本当に女性に群がられるのが嫌なら、標的だけを狙えば良いのだ。女というのは『自分だけ』に弱いのだから。それなのに、セオドアは不特定多数の人間に優しくする。そうして、彼女たちを魅了するために、より艶やかに、それでいて親しみやすそうに振る舞う。魅せられた女たちはセオドアにより目をかけてもらうために、先を争ってセオドアの役に立とうとする。自分たちが利用されていることには気づかずに……。本当に性質の悪い子だ。

セオドアのことを『恋多き男』なんて呼ぶ人間がいるが、見る目が無いとしか言いようがない。セオドアは誰にも恋なんてしていない。確かに女たちを侍らせているけれど、セオドアの瞳の奥はいつも冷めていた。この子の目は、誰も愛していない目だ。どうして誰も気づかないのだろうか？

まあ、誰も愛せないのは当然だ。だってセオドアは自分で、自分を大切にできていないのだから。自分を大事にできない人間に恋愛なんて無理だ。なにより、彼は愛する人を見つけたくないと思っていたのだから、尚更。

そんなセオドアが心配だったけれど、なにやら風向きが変わってきたようで、嬉しくなってしまう。私がついつい揶揄ってしまっても仕方のないことだと思う。

「当然でしょう？　貴方も、お相手も、とっても目立つんだもの。色々な方の口の端に上っているわよ？　デビュタントでもあなたからダンスを申し込んだのでしょう？　唯一、彼女にだけ」

「へぇ……。そんなことまで噂になっているのか。それなのにあちらからの接触がないってことは……」

セオドアは何かを考えながら、ぶつぶつと呟いているけれど、その顔には珍しく余裕がない。

あああああ！　もう擽(くすぐ)ったい！　じれったい！　揶揄いたい！　なにか言いなさいよ、セオドア。彼女に焦がれているとか、どうしても手に入れたいとか、だから、協力してほしいとか！

来るもの拒まず、去るもの追わず、誰にも深入りしなかったあなたが、周りを憚らず、溺愛している女の子のことを！　この、姉に、なにか、相談、なさいよ！　そう叫びたいのをグッと我慢して私は微笑んでやる。

なんとしても、あの子から白状させてやる。何も思っていないなんて嘘はつかないでほしいものだ。本当にどうでもいい子に、あれなんか持って行かないだろう。私が気づいていないとでも思っているのだろうか。

「ふぅん……。本気なのよね？」

「さあ？　どうだろうね？」

「本気なんでしょう？　そうじゃないと許さないわよ」

「許さないって……？」

「あなた、どうでもいい相手に私のチョコレートを持って行ったなんて言わないでね」

「あ。バレてた？」

「どうしてバレないと思うのよ。楽しみにしていたのに！　わざわざサリンジャから取り寄せたのよ」

「妊婦が大量にチョコレートを摂るのは良くないらしいよ、バーバラ」

「大量じゃなければいいんでしょう？　それに、そもそも、どこの情報よ、それ」

「さあ？　どこだったかな？」

セオドアは本心を口にするつもりはないようで、いつもの嘘くさい、それでいて艶やかな笑みを浮かべている。どこまでも私を信用しない態度に、少々カチンときてしまう。だから、ついつい意地悪を言ってしまった。

「それで？　彼女はあなたがずっと探していた人？　それとも、欲してやまない存在？　どちらなのかしら？」

「なんのことだか。私が何を欲していたとバーバラは思っているのかな？」

私の意地悪にもセオドアは微笑みを崩さない。どこまでも本心を隠すつもりのようで、ますますイライラしてしまう。私の勝手な気持ちだってわかっているつもりだったのに、どこまでも他人行儀な感じが、どうにも我慢できない。別に、私の大事なチョコレートを持って行ったから、怒っているわけではない。言ってくれれば分けるのは吝かではないのだから。

私が苛立っているのは、頼ってくれているのに、頼ってほしいのに、本心を見せないセオドアの態度だ。意地悪を言ったのに、少しも怒ってくれないことだ。どうしたら、私にも、少しは本音を見せてくれるのだろうか？　そう思いながら言った言葉はきっと聞いてはいけないものだった。だって聞いた瞬間、セオドアの瞳が傷ついたかのように曇ったのだから。

「つまり、あなたの大切な大切なお姫様と、王子様から奪う予定のお姫様、どちらを取るつもりかを聞きたいの」

セオドアは一瞬だけ見せた陰りを隠すように、深く笑ったが、何も言わなかった。だから、もうこれ以上追及するのはやめておこう。これ以上話を続けたら、何を言ってしまうか分からない。

「わかったわ。リザム子爵夫妻を守れば良いのね？」

私がため息交じりに問うと、ようやくセオドアは安心したのか、いつもの胡散臭い笑顔に戻った。

「迷惑をかけるね、バーバラ。お礼とお詫びを兼ねてサリンジャからチョコレートを贈るよ」

「あら？　妊婦にチョコレートは良くないんじゃなかったの？」

「さあ？　誰がそんなことを言ったんだろうね？」

いつもの笑顔で、どうでも良さそうに言うと、「それじゃあ、頼んだよ」とさっさと出ていこうとする。いつもなら引き留めるところだけれど、今日は止めておく。けれど、これだけは言わなくちゃ！

「セオドア！　あなた、レモンを忘れているわよ！」

こんなに大量のレモンを私の部屋に置いて行かれても困ってしまう。セオドアは、振り返ると
「ああ、差し入れだよ」と笑った。

「物には限度ってものがあるでしょうに！　こんなに貰っても消費できないわ」

「それならパック？　とやらに使ってもいいし、皆にお裾分けしてもいいんじゃないかな？　任せるよ」

出て行ってしまったセオドアに聞こえるように釘をさしておく。

「ちょっと、この調子でチョコレートを送って来ないでね。ほどほどよ、ほどほどにしておきなさいね！」

聞こえていたのか、いなかったのかは、セオドアの返事がなかったので分からない。

けれど、今度こそ見つけたんだろうと思ったのに……。略奪までしようとしている少女を選べないならば、私の見立て違いだったのだろうか？　それとも、まだ自分の幸せを考えられないだけな

のだろうか？　どちらにせよ、少女を選べないのであれば、手に入れようとしなければいいのに。王太子が少女をどう扱うつもりかは知らないけれど、セオドアに翻弄されるよりもましな未来を用意してくれるだろう……。

しかし、その後、人伝てに、裁判中の王太子のろくでもなさを聞き、その後の話し合いでクライオス王家を見限りたくなり――もともと王妃の傲慢さは鼻についていたけれど――、セオドアの方がまだましかもしれないと思った。少女のことが一番大事だと即答できないセオドアに負けるなんて王家はどれだけポンコツなのか。それとも、少女の男運が悪いだけなのか……。

苛々しながらも、渋々引き受けたリザム子爵夫妻の保護をしようとして、私はリエーヌと出会った。本来なら出会わなかったはずの彼女は私の初めての友達になった。リエーヌは外見もそうだが、内面も、ともかく可愛い女性だった。彼女の義娘なら、『王太子の婚約者』もきっと良い子だろう。

リエーヌの泣く顔も、セオドアの傷ついた顔も見たくない。だから、どんな形でも、セオドアも、彼女の義娘も幸せになってほしい。そのためなら、協力は惜しまないつもりだけど……あの子は、いつかは私を頼ってくれるだろうか？

書き下ろし番外編

お膝の上って本気ですか

王都を出発してそろそろ五日経つ。今、俺が護衛しているのは、王宮神殿に所属するセオドア・ハルト様だ。セオドア様はハルトの中でも群を抜いて強く、特に七聖と呼ばれる選ばれた方のおひとりだ。

個人的な感情で（もてる男は嫌いだと）セオドア様を嫌う人間は多いが、俺はある一点を除けば、割と好ましいと思っている。なぜならはっきり言って、セオドア様の護衛任務はあらゆる意味で、当たり任務だと思っているからだ。

なにせ、セオドア様はハルトだというのに、偉ぶったところがない。馬車を揺らすなと騒いだり、野営は嫌だとごねたりしないので、サクサクと行程が進む。なにより、セオドア様は魔法を出し惜しみしない。他のハルトと違い、俺たちが怪我をしたときはどんな傷でもすぐに癒してくれる。

これほど理想的なハルトなのだが、唯一の問題点は、顔が良すぎるところだ。いや、こう言うと語弊が生じる。問題は、他者を期待させるだけ期待させて、誰も愛さないこと、というべきかもしれない。

セオドア様はものすごい美形な上、並々ならぬ色気の持ち主で、ともかくもてる。

恐らく、神官の中でも一番、入殿希望者を大神殿へ連れて行っているだろう。連れて行く相手は老若男女様々だが、若い女性がともかく多い。そしてセオドア様と大神殿まで共に行く間に、女性たちはもれなくセオドア様に惚れる。

けれど、セオドア様が彼女たちに振り向くことはない。どこまでも一線を引いた付き合い方をし、入殿した後はこれで義務は果たしたとばかりに彼女たちを突き放す。今までかいがいしく面倒を見てもらっていた人間はいきなり放り出され、大神殿で路頭に迷う人間も少なくない。

確かに、入殿後の自分の身の振り方を考えていない人間も悪いけれど、もう少し寄り添ってやっても良いのではないかと、俺なんかは思ってしまう。

まあ、俺はただの魔導師に過ぎず、お偉いハルト様の考えはよく分からない。立場が違えば考えも変わるものなんだから、仕方がないことなのかもしれない。

そういう背景があるから、このくらいの日程になると、俺たち護衛はそわそわし始める。なぜならば、セオドア様と五日も一緒にいれば、優しくされた令嬢たちは、自惚れ始め、セオドア様に言い寄り始めるからだ。言い寄られたセオドア様は、やんわりと令嬢を窘める。窘められた令嬢は怒ったり泣いたりと忙しくなり――ガードが緩くなる。

魔法を習う女性が少ないせいで、神殿の魔導師には女性が少ない。神官様ならまだしも俺みたいな半端者は伴侶などそうそう望めない。

問題を起こした貴族の子女が神殿に身を寄せることもあるが、彼女たちは所謂『預かりもの』だ。洗礼を受けていない彼女たちは厳密に言うと入殿していない。ただ、神殿に身を置いているだけなのだ。だからこそ、彼女たちと俺たちが住む場所は隔てられており、会うことはほぼない。運よく彼女たちと恋に落ちることがあっても、婚姻を結ぶときは神殿と彼女たちの家に許可を取らなければならず、実際は彼女たちとの結婚は夢のまた夢だ。

だから、ハルト様が連れてきた女性たちは、狙い目なのだ。彼女たちは正式に入殿し、寄る辺もない身だ。俺たちは、神官様方と違って、相手の規制もない。魔力さえあれば、だれでも良い。そんな狼の群れの中に誰の手もついていない女性がやって来る。しかも、失恋したての。女性の落とし時は相手が弱っている時だ。

セオドア様がやんわりと拒み始めたころからモーションをかけると相手に好印象を与えるらしく、成功した奴も少なくない。だから、セオドア様を嫌いだと公言する人間でも、セオドア様の護衛に名乗りを上げる人間は少なくない。とはいえ、セオドア様には猛烈な信奉者がいるので、競争率はなかなか激しいのだが……。

しかも、今回大神殿に連れて行っている女性は、ともかく奇麗で可愛かった。キラキラと輝く金髪はまるで黄金のようだし、紫色の大きな瞳は神秘的だ。肌は透けるように白く、桃色の唇はプルプルしていていかにも美味しそうだ。こんな美しい女性は今まで生きていて見たことがない。

どうして、こんなご令嬢が入殿することになったのかと思ったが、どうやら痛ましい事件があったらしい。事情を知っている人間が言うには『ご令嬢は王太子の婚約者だったが、利用されて捨てられた』らしい。なんてもったいないことをするんだ、王太子！　やっぱりお偉いさんの考えていることは分からない！

けれど、王太子に捨てられ、保護してくれたセオドア様にも冷たくされたご令嬢は絶望するだろう。そこを優しく慰めたら、もしかしたら俺に惚れてくれるかもしれない！　皆そう思っているのだろう、いつも以上に俺たちは浮き足立っている。

そんな折、野営することになった。ご令嬢は馬車から降りてきてセオドア様の隣に座っている。見れば見るほど、可愛い。食事を渡すと俺たちにも「ありがとう」と笑いかけてくれるから、性格も良さそうだ。もし、彼女が俺の婚約者だったら、絶対に手放さなかったと思う。王太子ともなれば、女性に不自由しないから、こんな可愛い女性でも簡単に捨てるのだろうか？　信じられないことだ。

そんな失恋したてのご令嬢は、セオドア様に優しくされたせいか、もうすでに惹かれ始めているらしく、セオドア様の隣で頬を赤くしてもじもじしている。こんな仕草を俺たちは何度も見ている。そう、ハルト様に告白しようとしている時、女性たちはこんな仕草を見せるのだ。

俺たちは固唾を呑んで、二人の動向を見守る。彼女がセオドア様に振られたら、即慰めに行くのだ。

「あのね、あの……セオ」

「うん？　どうしたの、シェリーちゃん」

ご令嬢は上目遣いでセオドア様をチラチラ見ていて、ともかく可愛い。そのせいか、セオドア様の声がいつになく甘い気がする。セオドア様、もしかして面食いか？　いや、まだ告白されてないからに違いない。なにせ、告白されるまでセオドア様はともかく優しいのだ。俺たちが耳をそばだてているのに気づいているのか、いないのか二人は会話を続ける。

「私が断ったくせになにを、と思うかもしれないけれど……あの、お願いがあるの」

「シェリーちゃんのお願いなんて珍しいね。もちろん君の望みを俺が叶えないはずないでしょう？　言ってごらん」

なんだろう？　セオドア様の様子がおかしい気がする。いつもこんな感じだっただろうか？　セオドア様が大神殿に誰かを連れて行くのは久しぶりだから、よく覚えていないが、なんだか違う気がする。

だってなんだか、セオドア様の顔がにやついている気がするのだ。もしかして、とうとう不落のハルト様も誰かを愛することになったのだろうか……？　なんだか怖いものを見るような思いで俺たちは二人の様子を窺う。

セオドア様はいまだ恥じらうご令嬢の手を取ると、掌に唇を落とした。

「ほら、シェリーちゃん。話して？」

甘い空気に思わず砂を吐きそうになるのを、俺たちはグッと我慢する。この後どうなるのだろう。俺たちまで緊張してご令嬢の言葉を待ってしまう。そうして飛び出てきた言葉に俺たちは驚愕することになる。

「あの、ね。明日からは、セオの……その、お膝の上で……お願いできない、かしら？」

え？　お膝の上？　誰が？　誰を？　いつ？　どこで？　どうして？

お膝の上で、何をするんだーーーー!!

というか、お膝の上って本気ですかーーーー!!

多分、俺たちの心の声は一致していたと思う。

ご令嬢は真っ赤になって俯いている。こっそりとセオドア様を盗み見ると満面の笑顔だった。すごく嬉しそうだ。こんな上機嫌のセオドア様は初めて見たかもしれない。

「もちろん！　構わないよ。明日からも一緒に頑張ろうね、シェリーちゃん」

頑張るって何をですかーーーー!!

というか、あんた誰だ!?　本当にあのセオドア・ハルト様か!?

驚愕する俺たちを尻目にセオドア様はご令嬢を抱き上げ、膝の上に乗せた。ご令嬢はますます顔を赤くしている。いったい何が起こっているのだろうか？　そして、俺たちはいったい何を見せつけられているのだろうか？

「ちょっと、セオ。今は……」

「予行練習だよ。君はすぐ照れるからね」

そう言うと、セオドア様は、今度はご令嬢の鼻にキスをした。「きゃっ」と小さくご令嬢が可愛らしい声を漏らす。俺たちは砂を吐きながら、その後もいちゃつく二人を見守ることしかできなかった。

しかし、お膝の上って……王都ではそんな口説き文句が流行っているのだろうか？　お膝の上……う、羨ましくなんか……ないはずはない。

夜半過ぎ、ご令嬢が寝入ってしまったからだろうか、馬車からセオドア様が下りてきた——そう、野営の時は、痛ましい事件のせいで暗闇に怯えるご令嬢とセオドア様は一緒に過ごすのだ。

それだけでも、今までのご令嬢方とは違うのに、なぜ今まで気づかなかったのだろう？　いくらご令嬢が夜に怯えるからと言って、今までご令嬢に対して一切の隙を見せなかったセオドア様が夜を共に過ごすはずがないのだから。

セオドア様は「お疲れ様」と言いながら近寄って来ると、艶やかに微笑んだ。

「そういうことだから、彼女には手を出さないように。皆にも言っておいてくれるかな？」

凄みのある笑顔だった。なんだか、呑まれてしまった俺たちはただただ頷くことしかできなかった。

結局、ご令嬢には手を出すな、というのが俺たちの共通認識となった。

しかし——お膝の上って馬車の中で、なにが行われているのだろうか？

知りたいような、知りたくないような………。

馬車の横でつい、聞き耳を立ててしまう俺たちは悪くないと思う。

書き下ろし番外編

真っ暗い夜と灯り

後悔、とは読んで字の如く、後から悔やむことだ。現在、私は昼間の自分の判断をものすごく悔やんでいる。昼間の私！　なぜあんなことを言ったのだ！　情けないことだけれど、私は馬車の中でブルブルと震えていた。

「王都から出るのを優先したい」

確かに昼間はそう思ったから、セオにもそう提案した。おかげで王都から無事脱出もできた。けれど、今、深い暗闇の中で震えが止まらない。どこからか、欲望に塗れた、硬く冷たい、男の手が伸びてきそうで、怖くて怖くて仕方が無い。

この世界の夜は前世と違って暗い。まぁ、夜でも煌々と明かりが灯っていた前世の日本の方が異常だったのかもしれないが……。

運の悪いことに今日は半年に一度の朔の日だった。そんなことすら頭になかった自分が心底恨めしい。この世界には月が三つある。全ての月が空を飾る時もあれば、二つしか見えない時も、一つしか見えない時もある。前世では月の周期は二十九・五日でひと月に一回、月の光が地上に届かない朔の日あった。けれど、三つの月が空に浮かぶこの世界では、前世と違い、朔の日は半年に一度だ。

この世界において、夜空だけは前世と同じように見えて、心の平穏を保つために見ていたけれど、月だけは少し違っていた。けれど、それはそれで美しく、また、三つが横に並ぶことはなかったので、あまり気にしていなかった。むしろ、いつでも夜を彩ってくれる月たちは私にとって好ましいものでしかなかった。そう、朔の日のことを忘れてしまうくらいに。

あぁ、選りにも選って、大神殿に向かった最初の日の夜が、朔の日だったなんて……最近の私は運が悪い。寝てしまおうと思うのだが、嫌な記憶が後から後から思い出されて、とても眠れそうにない。乱暴な手への嫌悪感が、あの時の絶望が、何故か今夜は頭から離れない。

夕食時に『怖かったらすぐに声をかけてね』とセオは言ってくれたが、日中『野宿は初めてだから、無理をしない方が……』と言ってくれたのに『大丈夫』と押し切った手前、セオに頼ることはできない。というか、こんな夜中に起こすなんてあり得ないし、弱音を吐いてセオに『これだから貴族のお嬢さんは……』と思われるのは、絶対に嫌だ。

それに、私以外の人は見張りの人を除いて眠っていると思う。ぼんやりと馬車に座っているだけの私と違って、皆は働いているのだ。セオも野営の準備を手伝ったり、護衛さんたちに、なんらかの指示を出したりしていた。私よりも絶対に疲れているだろう。

しかも、他の人が地面に布を引いて眠る中、私だけは馬車の中で眠らせてもらっている——もちろん、セオが気を遣ってくれたのだ。神殿の馬車はスプリングが効いていて、たいへん過ごしやすい。わが国の馬車は『スプリング？　何それ、美味しいの？』とでも言わんばかりに硬いので、あまりの違いに驚いてしまう。リザム家の馬車にも是非導入してほしい。しかも、馬車は大人が四人横に並べるほどの広さがあるので、寝辛いということはない。

他の人たちに比べて優遇されているというのに、甘えたことを言ってはいけないと思う。何よりも、これから先、独り立ちをした時に夜が怖いなんて言っていられない。……それはわかっている、わかってはいるのだが、どうにも寝付けない。あの時の記憶に縛られて、身体の震えが止まらない。なんて情けないいんだろう。馬車の外には、セオも、セオが厳選したという神殿騎士の方々もいるというのに……。

横になっていられず、身体を起こして、ため息をつく。自分の身体を抱きしめてみたけれど、身体の震えは止まらない。けれど、私には他にできることはない。

自分を抱きしめながら、どのくらい経っただろうか？　遠慮がちに馬車の扉が叩かれた。いきなりのことに心臓が跳ねたが、続いた声に思わず安堵のため息をつく。

「シェリーちゃん？　大丈夫？」

「だ、大丈夫よ」

聞こえてきたセオの声に内心で縋りつきたいと思いつつも、それを必死に我慢して答えた。『そうか、それなら良かった』と馬車から離れて行くだろうと安堵半分、後悔半分で思ったけれど、続いた声は私の想像と違っていた。

「悪いけれど……入っても良いかい？」

本来なら断るべきだ。淑女としても、旅の連れとしても。セオにこれ以上負担を強いるわけにはいかないのだから。そう思いつつも、私は我慢できなくて「うん」と頷いていた。

そっとドアを開けたセオは私の顔を見て目を見張った後に、すぐ馬車に乗り込んだ。そうして私の頬を撫でた。どうしたんだろう？　と思ったが、セオに触れられて初めて自分が泣いていたことに気づいた。本当に情けない。恥ずかしくて俯く私をセオは抱きしめてくれた。

「ごめん、もうちょっと早くに声をかけるべきだったね。つい、色々と考えちゃって……」

セオが温かくて、腕の中の居心地が良くて、いけないと思いつつもセオに縋りついてしまう。私の心細さに気づいたのか、セオも私を強く抱きしめてくれた。そのまま暫くして私が落ち着いたのを見計らってか、セオが優しく声をかけてくれた。

「見せたいものがあるけれど、外に出られる？」

正直、外に出るのは怖いけれども、この恐怖の克服の第一歩になるかもしれない。セオが一緒にいてくれる今が最大のチャンスかもしれない。私が頷くと、セオは優しく笑って、私を馬車の外へ連れ出してくれた。そうして、少し離れた場所にある、葉が落ちた後の木の前までエスコートしてくれた。

「見ていてごらん。光属性はこんなこともできるんだ」

そう言うと手の中に白い光を生み出した。その光はふわふわと飛ぶと、木の枝に引っ付いた。手から光が離れたと同時に、セオの手の中には青い光が生まれる。その光も先ほどと同じように、木の枝のところへ行った。次は赤い光、黄色い光とセオはどんどんと光を生み出し、光は木を飾っていく。

そうして十分もしないうちに、目の前にはまるでイルミネーションのような光が木を彩っていた。いや、前世のイルミネーションよりも奇麗かもしれない。セオの生み出した光は電灯の明かりよりも優しくて、どこまでも幻想的だった。

「火属性も火を出すことで、暗闇を照らすことができるけれど、火事が怖いからね。光属性はその心配も無いし、これだけたくさんの光を生み出すこともできる。闇が怖いなら、この魔法を覚えると安心できるかもしれないね」

そう言うとセオは、私の手を優しく握ってくれた。そうして私の耳元に顔を近づけ「教えてあげるよ」と囁いた。嬉しくて「ありがとう」と言ったら、何故かセオは目を丸くした。変な返事じゃないと思うのだが、何かおかしかったのだろうか？　内心首を傾げていると、セオは「何でもない」と笑った。

セオの手を握ったまま、暫く光に彩られた木を見つめた。幻想的な風景はどこまでも奇麗すぎて、いつまでも見ていられそうだと思ったけれど、この魔法を持続するのは、セオは辛くはないだろうか？　何よりも疲れているセオをあまり長い時間拘束はできない。

「もう大丈夫。いつも、ありがとう」

大分落ち着いて来たこともあり、そう言ったらセオは私の顔をまじまじと見た後に頷いた。

「うん、それならよかった。明日も長時間移動しなきゃいけないから、早く寝たほうが良いね」

セオはそう言うと光る木をそのままにして、私を馬車へエスコートしようとする。

「あの魔法はどうするの？」

「うん？　俺がある程度離れたら消えると思うから、このままで問題ないよ」

光り輝く木を背にして進んだが、もうそろそろ馬車につくという頃に、魔法が消えたのだろう、闇が濃くなった。思わず足が竦みそうになったが、隣にいたセオが新しい光を生み出してくれたおかげで、無事馬車に辿り着けた。

足が竦みそうになった私に気づいたのか、セオは馬車の中でも光の魔法を生み出し、暫く一緒に馬車にいてくれた。

「本当なら眠るまで一緒にいてあげたいけれど……それじゃ、落ち着かないだろう？　近くにはいるから、安心して。光もこのままにしておくよ」

「うん、ありがとう。でも私よりもセオの方が疲れているでしょう？　魔法も持続しなくて大丈夫。セオもゆっくり休んで。本当に私は大丈夫だから」

「この魔法はそんなに魔力を食わないから大丈夫だよ。俺はこう見えて頑丈だからね、俺のことは気にしないで眠ると良い」

そう言うなり、セオは私を引き寄せると瞼に優しく、唇を落とした。

「おやすみ、良い夢を」

そうして馬車から出て行こうとするセオに、本来ならおやすみ、と返すべきだったのに……、セオの洋服をつい掴んでしまった。私も驚いたが、セオはもっと驚いたのだろう。セオの洋服を掴む私の手を信じられないものを見るような目で見た。思わず握っていた手を放して「ごめんなさい」と謝罪をした。もう、本当に何をしているんだろう、私。これ以上、セオに迷惑をかけるわけにはいかないのに。

「ごめんなさい、本当に大丈夫なの。おやすみなさい、セオ」

なんとか取り繕おうとしたけれど、私の虚勢はセオにはバレバレだったようだ。

「シェリーちゃんさえよければ、一緒にいても良いかい？」

そんな言葉をくれた。遠慮すべきだと思ったけれど、多分私が眠りにつくまでセオは眠らないだろう。下手をしたら、もっと迷惑をかけるかもしれないし、このまま一緒にいてくれた方がセオも楽かもしれない——ううん、違う。こんなの言い訳だ。私がセオにここにいてほしいだけだ。セオには申し訳ないけれど、ここで無理に意地を張っても仕方が無い。セオにいてほしいと思うなら、きちんとお願いすべきだろう。

「うん、お願いします」

そう返すと、セオは「うあぁぁ」とおかしな声を出した。もしかして、お願いしたらいけなかったのかも、と不安になったが、すぐにセオはやけに真剣な顔をして頷いた。

「いや、ごめん。大丈夫、問題ないから」

セオが灯りを出してくれたせいか、それともそばにセオが居てくれるせいか、その後は先ほどまでの恐怖が嘘だったかのように、よく眠れた。

大神殿に着くまでには最低でも六日間は野宿が必要になるそうだ。次からは大丈夫だと思ったのに、夜になるとどうしても怖くて……結局、神殿に着くまで、野宿の日はセオが一緒にいてくれるようになった。申し訳ないと言ったところ、逆にセオに謝られた。

「本当なら、女性騎士が居てくれたら良かったんだけど、神殿は女性をあまり外に出さない傾向があるから……。こっちこそごめんね」

「セオが謝ることなんて何もないわ。セオはいつも助けてくれるもの。私が弱いだけ」

「それじゃあ、お互いに謝りっこはなしにしようね。そもそもシェリーちゃんと一緒に眠れるのは役得でしかないんだから」

セオは艶やかに笑うと、ウインクをした。顔が熱くなったのは多分気のせいだと思いたい。

あとがき

はじめましての方も、そうでない方もこんにちは。三角あきせです。このたびは『婚約破棄した傷物令嬢は、治癒術師に弟子入りします！』をお手に取ってくださり、ありがとうございます。

二巻が刊行されましたのも、ひとえに皆様の応援があってこそだと思っております。この場をお借りして厚く御礼申し上げます。

さて、某小説サイトから、ずっと応援してくださっている方は、この巻の内容に驚かれたかもしれません。小説サイトではさらっと流しました、セオドアとエヴァンジェリンの旅路の様子を書きたくなり、担当のH様に相談した結果、実現しました。私の無茶な提案にうなずいてくださったH様、本当にありがとうございます。

二人がどのように信頼関係を築いて行ったのかを、皆様に少しでもお届けできたのではないかな？　と思っております。

そんな無茶ぶり前回な話に美麗な絵をつけてくださった林マキ先生、本当にありがとうございます。今回も目を見張るほど美しく、ＰＣの壁紙にしております。

先日一巻が発売されました。「本ができたら一冊欲しい」という父に「ラノベだからね？多分合わないよ？」と何度も念押ししてから渡しました。すぐに手が届くところに本を置いているにも関わらず、一切読んでいる様子がないので、恐る恐る「どうだった？」と聞いてみました。

「名前が横文字ばかりで覚えられない。公爵令嬢とかじゃなくて戦姫とか将軍の娘とかにして漢字名にしてくれたらありがたい」

ポンコツの父はポンコツでした。私が横文字の名前を覚えられないのは、父の遺伝子のようです。しかし、戦姫……全く違う話になりそうです。

ほかのお話の構想もありますが、戦姫や将軍などは出てこないので、おそらく父は私の話を読むことはできないでしょう、残念。

そんな感じで父には放置されている『傷物令嬢』ですが、これから先も、まだまだ山あり谷ありで、苦労しそうです。けれど、作者はハッピーエンドが大好きなので、最終的にはきちんと幸せになります！　……多分。最後までエヴァンジェリン達にお付き合いいただければ、たいへん嬉しく思います。

最後に、無事に二巻が発売されましたのは、応援してくださっている皆様のおかげだと思っております。

本作を楽しみにしてくださっている皆様、美しいイラストを描いてくださっている林先生、担当のH様、私の本を置いてくださっている書店様、そして見守ってくれている両親。この作品にかかわってくれている、すべての方に心からの感謝を申し上げたいです。本当にありがとうございました。

今後とも何卒よろしくお願いいたします。

シリーズ累計
170万部
突破！
（紙＋電子）
小説
第15巻
2023年
12月20日
発売！
TOKYO MX・MBS・BS11にて
絶賛放送中!!!
帝国物語
餅月 望――著
Gilse――イラスト
式HPへ！
原作HP
TVアニメHP

ティアムーン帝国物語
コミックス
第8巻
2024年
発売予定!
漫画：杜乃ミズ
TVアニメ
ティアムーン
断頭台から始まる、
姫の転生逆転ストーリー
詳しくは公

リーズ累計120万部突破!（紙＋電子）

TO JUNIOR-BUNKO

※第4巻書影

イラスト：kaworu

TOジュニア文庫第5巻
2024年発売!

NOVELS

※第25巻書影

イラスト：珠梨やすゆき

原作小説第26巻
2024年発売予定!

COMICS

※第10巻書影

漫画：飯田せりこ

コミックス第11巻
2024年春発売予定!

SPIN-OFF

漫画：桐井

スピンオフ漫画第1巻
「おかしな転生～リコリス・ダイアリー～」
好評発売中!

甘く激しい「おかしな転生」シ

TV ANIME

Blu-ray&DVD BOX
2023年12月22日
発売決定!

CAST
ペイストリー:村瀬 歩
マルカルロ:藤原夏海
ルミニート:内田真礼
リコリス:本渡 楓
カセロール:土田 大
ジョゼフィーネ:大久保瑠美
シイツ:若林 佑
アニエス:生天目仁美
ペトラ:奥野香耶
スクヮーレ:加藤 渉
レーテシュ伯:日笠陽子

STAFF
原作:古流望「おかしな転生」(TOブックス刊)
原作イラスト:珠梨やすゆき
監督:葛谷直行
シリーズ構成・脚本:広田光毅
キャラクターデザイン:宮川知子
音楽:中村 博
OP テーマ:sana(sajou no hana)「Brand new day」
ED テーマ:YuNi「風味絶佳」
アニメーション制作:SynergySP
アニメーション制作協力:スタジオコメット

アニメ公式HPにて新情報続々公開中!
https://okashinatensei-pr.com/

GOODS

おかしな転生
和三盆
古流望先生完全監修!
書き下ろしSS付き!

大好評
発売中!

STAGE

舞台
「おかしな転生
～アップルパイは笑顔とともに～**」**

DVD
好評発売中!

GAME

TVアニメ
「おかしな転生」が
G123 で
ブラウザゲーム化
決定! ※2023年11月現在

▲事前登録はこちら

只今事前登録受付中!

DRAMA CD

おかしな
転生
ドラマCD
第②弾

好評
発売中!

詳しくは公式HPへ!

TOブックス
コミカライズ
連載最新話が
読める!
月額400円(税込)で
全作品が読み放題!

婚約破棄した傷物令嬢は、治癒術師に弟子入りします！2

2023年12月1日　第1刷発行

著　者　三角あきせ

発行者　本田武市

発行所　TOブックス
〒150-0002
東京都渋谷区渋谷三丁目1番1号　PMO渋谷Ⅱ　11階
TEL 0120-933-772（営業フリーダイヤル）
FAX 050-3156-0508

印刷・製本　中央精版印刷株式会社

ISBN978-4-86794-020-4